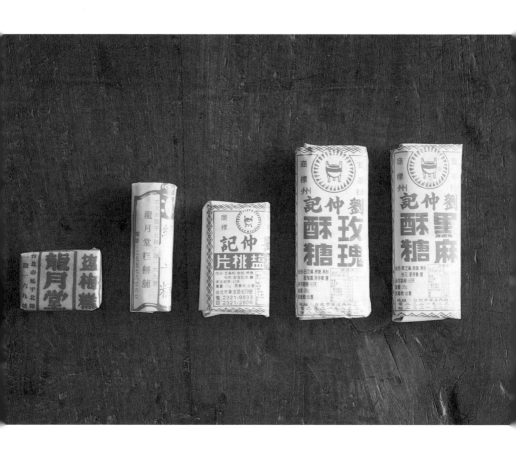

먹방과 추억 사이

타이베이 소녀의 푸드 스토리

홍아이주 지음

임락근 옮김

먹방과 추억 사이

타이베이 소녀의 푸드 스토리

홍아이주 지음 · 임락근 옮김

마르코폴로

목차

서문

친애하는 한국 독자 여러분, 안녕하세요.

저의 책을 통해 만나뵙게 되어 반갑습니다.

이 책은 타이베이 교외에 3대가 함께 사는 가족의 이야기를 다뤘습니다. 큰 원형 테이블에 둘러앉아 식사를 하며 있었던 옛날 이야기들과 가족들이 좋아하는 타이베이의 옛 거리들에 대해 썼습니다. 글을 쓰고 손수 전통적인 대만 가정식을 요리하며 이미 곁을 떠난 외할머니와 어머니를 추억했습니다.

이 책이 대만에서 출간된 2021년에는 코로나19가 전 세계를 휩쓸었습니다. 저는 1980년대 어린 시절의 음식에 대한 추억에 대해 쓰고 있었지만 사회의 식문화 양상은 크게 변했습니다. 전염병 탓에 다 같이 모여 식사하는 것이 어려워졌습니다. 음식 배달 주문과 혼밥은 더 대중화됐습니다. 한편 부엌과 친하지 않던 많은 사람들이 자가격리로 오히려 요리를 시작하며 오랜만에 집밥의 위대함과 마음을 달래주는 힘을 느끼게 됐습니다.

이 책의 한국어판 계약 소식을 들었을 때 영국 유학 시절 만났던 한국 친구들의 얼굴이 떠올랐습니다. 출신지가 다르고 서로 처음 보는 사이이더라도 한국 친구들은 점심 식사를 같이 했습니다. 각자의 도시락을 열어 큰 테이블에 올려놓고 음식을 나눠 먹는 가족 같은 친밀함이 놀라웠고 은근히 부럽기도 했습니다.

런던에서의 겨울날, 제 생일을 챙겨준다며 친한 한국인 친구 지나 리가 미역국과 계란말이, 흰밥을 만들어 줬던 생각이 납니다. 음식을 통해 전해진 그 친절이 십여 년이 지난 지금도 생생한 기억으로 남아 있습니다.

같은 아시아 국가인 한국은 풍성한 음식문화와 집에서 요리를 하는 전통이 있습니다. 문화는 다를지라도 한국 독자 여러분들이 대만 가정의 음식과 사람들 이야기에 공감할 수 있을 것을 기대합니다.

2024년 12월 홍아이주

제1부

복고풍 소녀의
식도락 쇼핑 코스

1. 부엌의 유물

새집으로 이사를 해보니 부엌이 정말 작게 느껴졌다. 일자형의 부엌은 가스레인지와 싱크대를 제외하면 조리할 수 있는 공간이 불과 40센티미터 남짓이었다. 요리를 할 때마다 협소해서 식재료를 이리저리 옮기느라 바쁘다. 그래도 아무리 작아도 상관없다. 어쨌든 나만의 부엌이니까. 여자로서 자기만의 부엌을 갖는다는 건 가장이 된 것 같은 각별함이 있다. 무엇을 먹을지 스스로 결정할 수 있으니 말이다.

급히 서두르느라 새로 이사 간 집은 썰렁했다. 목재로 된 마루에는 천장에 달린 전등 외에는 가구 하나 없었다. 그래도 부엌만큼은 형태를 갖추고 있었다. 내게는 머그잔 하나와 오랜 친구와 선물로 주고받은 주전자도 있었다. 수도꼭지를 몇 분 동안 열어놓고는 안에 고여 있던 물을 흘려보냈다. 깨끗한 물을 받아 홍차를 끓이고, 각설탕 조금과 우유를 넣었다. 그리고서 바닥에 앉아 홍차를 마셨다. 정신 차려 보니 창밖은 이미 어둑해져 있었다. 제방에는 인적이 보이지 않았다. 물가의 무성한 갈대도 어둠 속에 파묻혔다. 따뜻한 노란빛의 집안에는 새 페인트 냄새가 서늘하면서도 그윽했다. '홀로서

기란 바로 이런 것이구나.' 이렇게 나는 나만의 부엌을 갖게 되었다.

*

사람들은 모두 여러 개의 부엌을 거친다. 이사를 가고, 인테리어를 손보고, 결혼을 하면서 이 부엌에서 저 부엌으로 여행을 한다. 어렸을 때 우리집 부엌은 컸다. 교외에 우뚝 선 건물에 살았는데 그때는 외할머니가 살아계셨다. 건물의 1층 공공구역에는 외삼촌 여럿이 살았다. 식사 시간이 되면 큰 식당 말고도 오픈 주방에 테이블이 놓였다. 한 상에 열 개 넘는 요리들이 올랐다. 외할머니는 둘째 삼촌이 살던 건물에도 벽돌로 된 아궁이를 만들어 놓고 크고 검은 주철 소재의 웍을 뒀다. 그걸로 산더미처럼 쌓여 있는 쭝즈(粽子)[1], 수십 마리의 털게, 대량의 미펀(米粉)[2]을 찌고 겨울이 되면 묵은 생강과 찹쌀을 채운 오리고기를 구워 가족들의 영양을 보충했다. 삼대가 시끌벅적하게 모여 식사하던 시절로부터 벌써 십수 년이 흘렀다. 기억은 선명한데, 마치 냄비 뚜껑을 열었을 때 모락모락 피어오르는 수증기같이 허공에서 덧없게 흩어졌다.

　어머니의 부엌은 서양식이었다. 당시의 표현을 빌리자면 '유로피안 시스템 키친'이었다. 꽤나 큰돈을 들여 리모델링한 부엌이었다.

1　　찹쌀을 삼각 모양으로 빚어 고기나 야채 같은 속을 채운 후 연잎으로 감싸 쪄낸 중국식 주먹밥. 단오절에 주로 먹는다.

2　　얇은 면으로 끓인 쌀국수.

그곳에 있던 옅은 회색빛 HPL 소재의 수납장 문, 일본산 가스레인지에는 모두 젊은 시절 어머니의 꿈이 담겼다. 부엌은 집 안에 존재하는 또 하나의 집이었다. 조리대 이외에 사각 테이블이 하나 있었고, 어렸을 때 나와 남동생은 매일 그 테이블에서 아침밥과 간식을 먹었다. 여름에는 히비스커스차에 아이위젤리(愛玉)[3], 흰목이버섯과 연밥으로 만든 디저트를 먹었고 겨울에는 화성탕(花生湯)[4]이나 따뜻한 미쟝(米漿: 쌀음료)을 마셨다. 모두 아이위젤리를 활용하고, 땅콩을 물에 불려 만든 수제 간식들이었다. 집 안 식당에는 열 명도 앉을 수 있는 둥그런 마호가니 테이블이 있었는데, 주로 저녁이나 손님 접대용으로 쓰였다. 우리는 그것을 그다지 좋아하지 않았다. 대신 부엌 안의 사각 테이블을 좋아해 붙어살다시피 했다. 다시 말해 어머니 곁을 거의 떠나지 않았다는 뜻이다.

어머니는 상인 집안 출신이었다. 어렸을 때부터 매일같이 80명이나 되는 직원들을 위해 식사를 준비했다. 집 안에서는 크고 작은 연회가 끊이지 않았다. 작은 식당에 버금가는 규모였다. 어머니의 음식 솜씨는 아주 뛰어났는데, 만들어진 음식들은 맛도 좋았지만 눈으로 즐기는 재미가 쏠쏠했다. 어머니는 특히 칼을 잘 다뤘는데, 생강을 실처럼 가늘게 채썰거나 무를 일정한 크기로 얇게 썰어내는 기술은 어린아이들에게 추앙의 대상이었다. 웍 돌리는 솜씨도 훌륭해

---

3   무화과를 이용한 대만식 젤리.

4   달달한 땅콩 스프.

서 볶아내는 속도 역시 재빨랐다.

대가족의 식사는 규칙이 많고 까다로웠는데 어머니는 이것만큼은 엄격했다. 나는 어렸을 때부터 의자 등받이에 등을 대면 안되고, 앉는 것도 앞부분 삼분의 일 가량만 걸터앉도록 배웠다. 어른들 앞에서는 좋아하는 음식을 많이 집어서도 안됐다. 그래도 어머니의 부엌에서는 부탁만 하면 어떤 음식이라도 손쉽게 얻을 수 있었다. 출근 시간은 아침 8시였지만 어머니는 종종 어스름한 새벽부터 일어나 닭고기 탕을 끓이거나 표고버섯이 들어간 현미죽을 만들었다. 쉬는 날에도 일찍부터 부엌 조리대에 여러 개의 작은 접시를 올려놓고 큼지막한 햄, 채썬 피망, 옥수수 등의 재료를 토스트용 빵에 잔뜩 얹도록 우리에게 임무를 맡겼다. 케첩 발린 빵 위에 치즈를 듬뿍 얹고 오븐에 넣어 굽는데, 이렇게 완성된 서양식 피자의 이미지는 1980년대 대만에서 충분히 이국적인 음식이었다. 때로는 아이들도 조수 역할을 했는데, 그때마다 어머니는 요리 비법을 가르쳐줬다. 이를테면 두유를 만들 때 냄비 바닥 모서리 부분을 국자로 가볍게 긁어내야 눌어붙지 않는다거나, 총요우빙(蔥油餅)[5]을 만들 때 반죽 위에 라드와 소금, 얇게 썬 파를 골고루 얹어야 한다는 것들이다. 또 차예단(茶葉蛋)[6]을 만들 때는 젓가락으로 계란 껍질을 두드려 금을 내라고 배웠다. 문양을 멋들어지게 새기려면 손가락으로 젓가락 뒷

---

5   파가 들어간 밀가루 반죽을 구워낸 빵.

6   삶은 계란을 찻잎과 향신료로 조려낸 음식.

쪽 끝을 잡고 뾰족한 부분으로 껍질을 두드린다. 손목에 힘을 빼고 손가락에만 적절히 힘을 주면, 마치 청자 위의 문양같이 균등한 무늬가 고르게 새겨져 맛뿐만 아니라 보기에도 훌륭한 작품이 된다.

당시 부엌에서 먹고 놀던 나는 어른이 됐고 어머니는 나이가 들었다. 20년 넘게 사용해 온 부엌은 낡았고, 고장난 수납장 문은 틀어져 아귀가 맞지 않았다. 가스레인지의 점화스위치는 부품 생산이 중단돼 라이터가 없으면 불을 켜지 못했다. 어머니는 검소한 성격인 데다 타인에게 헌신적인 오랜 습관 탓에 수리를 차일피일 미뤘다. 그러다 병에 걸리고 나서야 부엌을 손보겠다는 내 제안에 마지못해 동의했다.

친한 친구의 어머니가 인테리어 일을 오래 했는데, 우리 어머니를 위해 보기에도 좋고 실용성도 있으면서 수납 공간도 많은 새로운 주방을 설계해 주었다. 같은 여자로서 공감하는 부분이 있었던 모양이었다. 공사가 끝나자 우리는 새로운 부엌의 밝은 조명 아래 찬장과 수납장을 하나하나 열어가며 어머니에게 보여줬다. 어머니는 몸이 많이 쇠약했지만 눈빛은 여전히 반짝였다. 불행히도 어머니는 새 부엌과 그리 오랜 시간을 함께 하지 못했다. 불과 몇 달 뒤 당신은 하늘나라로 떠났고, 새 부엌에서 연기가 피어오른 것은 몇 차례 되지 않았다.

*

어머니는 이제 곁에 없지만 모녀가 부엌에서 함께 보낸 시간은 지금도 여전히 옅은 빛을 내고 있는 도기 그릇에 잠들어 있다. 나는 이 부엌의 유산들을 이어받아 새 집에서도 계속 사용하고 있다. 먼저 어머니의 뚝배기부터 이야기해 보자. 이 뚝배기는 특별히 브랜드라고 할 것이 없다. 이름난 장인이 구워 만든 것도 아니다. 뚜껑 위에는 대나무잎 모양이 그려져 있고, 뚝배기 바닥에는 '내열성'이라고 쓰인 대만산 제품이다. 이 집에서 얼마나 오래 사용했는지 기억도 나지 않는다. 뚝배기 바닥은 검게 그을렸고 그 위로 한 줄 선명하게 금이 가 있다. 오랫동안 빈 냄비 채로 가열된 탓에 '탁' 소리를 내며 갈라졌던 것이 기억난다. 어머니는 꽤나 고민한 끝에 결국 전문점에 수리를 맡겼다. 부상을 치료하고 돌아온 뚝배기는 지금도 사용하고 있다. 나는 이 뚝배기로 전골요리를 했고, 흰죽을 쒔으며 돌솥밥을 지었다. 다 사용한 뒤 설거지할 때 여기저기 상처가 나 있는 것을 보면 마치 오랜 동료와 함께 늦은 밤까지 야근을 하고 있는 것 같은 쓸쓸함과 따뜻함이 교차한다.

평소 요리할 때 사용하는 프라이팬 가운데 철로 된 것 하나는 어머니와 마지막으로 유럽 여행을 갔을 때 주방용품점이 모여 있는 프랑스 파리의 몽마르트 거리에서 공수해 온 제품이다. 무쇠 프라이팬은 사용한 뒤 곧바로 손질해야 한다. 깨끗이 닦은 후 가스레인지에 올려 약불로 살짝 데운 뒤 불을 끄고 찬 기름을 적신 휴지로 안쪽을 한 번 닦아낸다. 제대로 관리된 무쇠 프라이팬이라면 이튿날 오믈렛을 구워도 들러붙지 않는다. 나는 성격이 다소 감성적이다. 키우던

반려동물이 죽으면 도저히 감당할 수 없을 것 같아 동물도 식물도 가급적 근처에 두지 않으려고 한다. 그러나 프라이팬 정도는 돌볼 수 있다. 제대로 관리만 한다면 무쇠 조리도구가 때로는 사람보다도 장수할 수 있기 때문에 이별의 슬픔을 두려워하지 않아도 된다.

일본 교토 니시키 시장의 유명한 주방용품점 아리쓰구(有次)에는 사람들이 보통 주방용 칼이나 냄비를 사러 온다. 그러나 어머니는 그곳에서 요리용 족집게를 샀다. "족집게를 왜 군이 교토에서 사는 거에요?"라고 묻자, 어머니는 내 눈높이만큼 족집게를 들어올리더니 시범을 보이며 그 정교한 만듦새에 대해 설명해 줬다. 이 고급스러운 물건이 대만의 철물점에서 흔히 볼 수 있는 하나에 20대만달러(약 800원)짜리보다 얼마나 대단한지에 대해서도 말이다. 시간이 흐르고 나는 우리 집안 대대로 내려온 요리법으로 루러우(滷肉)[7]를 자주 만들었다. 전통시장에서 사온 흑돼지고기 덩어리는 불로 지져도 겉표면에 돼지털이 남는 경우가 있다. 이때 비로소 족집게가 있으면 얼마나 손쉽게 털을 제거할 수 있는지 절실히 느꼈다. 작은 도구이지만 그것으로부터 장인 정신을 엿볼 수 있었다.

놋쇠 국자도 마찬가지였다. 대만 장화현 화탄(花壇)에서 만들어진 이 국자는 주로 아이스크림을 풀 때 사용하는데, 나는 주로 컵케이크를 굽기 전에 반죽을 컵에 나눠 담을 때 썼다. 그때는 어머니가 치료를 막 시작했을 때여서 아직 체력이 남아 있었다. 평일 어느 날

---

7   팔각 등의 조미료를 넣고 조려낸 돼지고기.

아침 나는 잡지에 실린 놋쇠 국자 기사에 정신이 팔려 있었다. 항암 치료를 받고 퇴원한 지 얼마 되지 않았던 어머니는 그런 내 모습을 보고는 소파에 비스듬히 앉은 채 천천히 말했다. "지금 차로 가면 낮에는 화탄에 도착할 수 있지 않아?" 그러고는 당시 여든이 넘은 대만의 남은 몇 안 되는 놋쇠 국자 장인인 황요신(黃有信)에게 전화를 걸었다. 통화음이 몇 번 울리고 그의 아내가 전화를 받자 나는 용건을 말했다.

"어디에서 오시나요?" 그녀가 물었다.

"타이베이요."

"그럼 오후에 오세요. 남편이 낮잠 자는 걸 좋아해서요."

황요신은 80세가 넘는 고령이라 낮잠을 자야 했다. 그러니 오후에 오라고 한 것이었다. 우리는 두말없이 좋다고 대답했다. 마침 집에는 아버지가 있었다. 덕분에 차를 얻어 탔다. 어머니를 조수석에 태우고 우리 3명은 놋쇠 국자를 사러 출발했다. 우리는 정오께 장화에 도착했는데 주변을 둘러보다가 화탄에는 오후에야 도착했다. 황요신은 이미 낮잠에서 깨어 있었다. 그의 작업장은 삼합원(三合院)[8] 형태의 자택 한편의 부엌에 있었다. 국자는 사이즈가 열 종류가 넘었는데 가장 큰 것은 러우위안(肉圓)[9]을 푸는 데 사용했고, 가장 작은 것은 량위안(涼圓)[10]을 떠내는 용도였다. 우리가 사이즈를

---

8   중정을 둘러싸고 북, 동, 서 세 방향에 방이 있는 'ㄷ'자 모양의 전통 가옥 형태.

9   전분으로 고기소를 감싼 간식.

10   전분으로 달달한 소를 감싼 간식.

고르자, 황요신은 동판을 두드려 국자를 만들기 시작했다. 국자가 완성되어 손잡이를 용접해 달았는데 거기에는 상표를 나타내는 글자 '길(吉)'을 새겼다. 우리는 그의 곁에서 불꽃이 튀는 모습을 지켜보며 실없이 웃었다. 황요신은 그런 우리에게 주의 사항을 반복해서 일러줬다. 국자의 둥근 머리 부분이 떨어져나갈 수 있으니 절대로 뜨거운 물에 담궈서는 안 된다는 내용이었다. 그날은 국자 하나를 위해 부모님과 내가 떠난 즉흥적인 여행이었다. 시간이 흘러 황요신은 은퇴했고, 어머니는 하늘나라로 떠났다. 그날 일들은 자세히 회상할수록 너무나 소중하다. 마치 수많은 추억 가운데 홀로 밑줄이 그어져 있는 것 같다. 그런 하루였다. 마지막은 그 도마였다.

어머니와 이모의 혼수용품에는 외할머니가 각별히 신경 써서 골라준 초령목 재질의 도마 하나와 중식용 주방칼이 한 자루 있었다. 우리집 주방칼은 어디로 사라졌는지 모르겠지만 이모는 아직까지도 그 칼을 사용하고 있다. 30년이란 세월 동안 셀 수 없을 만큼 여러 번 칼을 갈았다. 나무로 된 손잡이는 썩어 망가져 다시 고쳤다. 거무스름한 칼날 위에는 쌀 한 톨 크기만큼 이가 빠진 부분이 있다. 겉보기에 문화재급인 물건을 오늘날까지 사용한다는 것은 이모가 걸걸해 보여도 사실은 정 많고 마음이 여리기 때문일 것이다.

어머니는 대신 도마를 오래도록 썼다. 나는 30년도 넘은 그 도마가 때로는 아주 무서웠다. 왜냐하면 그것은 어머니가 가장 즐겨 사용하는 조리 도구라서, 과일을 빼고는 날것이든 익힌 것이든 모든 종류의 음식들이 그 도마 위에서 처리됐기 때문이다. 흔히들 도마

위가 화장실 변기보다도 세균이 많다고 하지 않던가? 어머니에게 몇 번이나 겁을 줬지만 소용 없었다. 도마를 사용한 뒤에 뜨거운 물로 헹궈내는 것이 소독의 전부였다. 그래도 우리 가족은 밥을 맛있게만 먹었다. 한 번도 탈이 난 적이 없었다. 어머니가 투병을 시작한 뒤에는 내가 식사 준비를 해야 했는데, 같은 도마를 사용할 용기가 나지 않았다. 도마는 그렇게 부엌의 한구석에 처박힌 채 여러 해가 흘렀다. 그러나 그 나무 도마는 오랜 세월을 함께하면서 영혼이 깃든 느낌이 들어 차마 처분할 수 없었다. 어머니가 돌아가신 뒤에도 도마가 나보다 윗사람이라는 생각마저 들어 도저히 버릴 수 없었다. 지금은 도마의 두께가 다소 얇아졌고 버섯 모양으로 갈라지기 시작한 부분은 노인의 얼굴처럼 잔주름이 생겼다. 그래도 중심부는 평평했고 움푹 들어간 곳이 없었다. 무엇보다 굉장히 무거워서 튼튼해 보였다. 나는 도마를 새 아파트에 가져갔는데 처음에는 어떻게 써야 좋을지 전혀 감이 오지 않았다. 찻잔을 얹는 쟁반으로 사용해보기도 했고, 가끔 구운 빵을 놓는 데 써보기도 했다.

돌이켜 보면 우리 모녀가 가장 많은 시간을 함께 보낸 장소는 부엌이었다. 어머니는 돌아올 수 없는 먼 여행을 떠났고, 내 앞길은 아직 안개로 자욱하다. 그렇지만 황동, 스테인레스, 나무, 도자기로 된 이 든든한 유품들이 있다면 낯선 새 부엌일지라도 적어도 지난 날들을 따뜻하게 회상할 수 있다.

2. 복고풍 소녀[1]의 쇼핑 리스트

어머니의 병은 결코 가볍지 않았다. 날이 갈수록 먹는 양은 줄었고 말수도 적어졌다. 잠은 늘었고 그러다가 간혹 깰 때면, 생명이 조용히 멈추는 방향을 향해 깊은 심연으로 빠져드는 것 같았다. 당시 나는 매일 어머니에게 무엇을 먹고 싶냐고 묻고는 최대한 그 소원을 들어주려 노력했다. 아픈 어머니에게 조금이라도 희망을 주고 싶었다. 어머니는 음식 이야기를 할 때 얼굴에 미소를 띄는 일이 많았다. 그렇게라도 기력을 회복해서 조금이라도 가족과 더 많은 시간을 보내길 바랐다.

인생은 종점에 이르러서야 되돌아보는 법일까? 평생 음식에 있어서는 부족함 없이 자랐던 어머니였지만 마지막 여생에는 오히려 소박하고 어린 시절 자주 먹었던 맛을 그리워했다. 이를테면 동과(冬瓜)를 소금에 절여 만든 떡갈비. 이 음식은 돌아가신 외할머니가 자주 만들던 가정식이다. 흰죽과 야채절임이라든지 고기완자 같은 음

---

1   원문은 老派少女. 어르신과 잘 어울리고 올드한 라이프 스타일을 선호한다는 뜻이 담겨 있다.

식들도 마찬가지다. 그러던 어느 날 어머니는 춘권 튀김이 먹고 싶다고 했다. 물론 춘권 튀김은 손쉽게 구할 수 있는 음식이 아니었다. 어머니는 투병 중에도 의식이 또렷했다. 포장한 뒤 돌아오는 길에 습기로 눅눅해진 춘권피만큼 최악은 없었다. 가장 좋은 것은 신선한 춘권피를 사 와서 볶은 봄야채로 속을 채운 뒤 기름으로 갓 튀겨낸 것을 어머니께 내드리는 것이다. 그러나 그때는 초봄이었다. 춘권을 먹는 청명절[2]까지는 아직 멀었기 때문에 춘권피를 사고 싶어도 근처 시장에서는 쉽사리 구할 수 없었다. 이럴 때는 타이베이에 가서 우리 모녀 삼대가 마음의 고향으로 여기는 곳에 기댈 수밖에 없다. 바로 다다오청 디화지에 있는 용러시장(永樂市場)[3]이다.

어머니의 항암 치료와 수술 등으로 2년 동안 병원을 오가며 간병을 하면서 내 일상도 리듬이 무너졌다. 낮보다는 밤에 활동하는 시간이 길어졌다. 얼굴은 창백해졌고 매너리즘에 빠진 것 같은 나날이 이어졌다. 그래도 일단 디화지에만 가면 넘쳐나는 햇볕 덕에 병실에서의 음울한 음기가 사라졌다. 감각들이 살아나 길거리의 느낌과 냄새가 한데 어우러져 생동감이 느껴졌다. 한방 약초향, 음식 가판에서 나는 냄새, 버섯이나 조개, 새우, 오징어 따위의 건어물 냄새가 풍겼고, 멀지 않은 곳에 있는 샤하이청황먀오(霞海城隍廟)[4]에

---

2   4월 5일. 조상의 묘지를 찾아가 성묘를 하는 풍습이 있다.

3   다다오청(大稻埕) 디화지에(迪化街)는 단수이강을 통해 들여오는 차, 약재, 향, 말린 식재 등을 파는 거리로 현지인 사이에서 '원하는 것은 뭐든 살 수 있는 곳'으로 불린다. 백년의 역사를 자랑하며 시대에 따라 달라진 건축 양식을 엿볼 수 있는 매력이 있다.

4   1856년에 지어진 사원으로 결혼을 관장하는 월하노인 등을 모시고 있어 이곳에서 기원

서 피우는 향까지 어렴풋이 뒤섞였다. 이 복잡한 냄새를 깊숙이 들이마셨을 때 나는 비로소 살아 있다는 느낌이 가득 들었다.

냄새가 여럿 뒤엉켜 있더라도 하나씩 식별할 수 있었다. 기묘하게도 각각 다른 매력이 있다. 외할머니와 쇼핑하던 어렸을 때와 어머니와 함께 먹고 마시던 시절을 회상해보면 우리는 거리의 구석구석까지 누볐다. 그곳은 우리 복고풍 대만 모녀 삼대가 타이베이에서 가장 좋아하는 동네였다. 다소 진부한 표현이지만 '시집간 딸이 친정에 돌아온' 것 같은 느낌이랄까. 진공포장된 영원한 청춘은 소녀의 마음속의 자유로운 작은 새와 같다. 본가에 돌아온 듯, 청베이(城北)⁵의 강변에 위치한 다다오청에 올 때마다 우리는 모두 소녀가 됐다. 발걸음은 경쾌했고 얼굴에서는 빛이 났다. 사실 친정이라는 표현은 과장이 아니다. 우리 외할머니 아란(阿蘭)의 본가는 실제로 다다오청에 있었다.

일제 시대 말기 외할머니는 유복한 푸젠성(福建省) 출신들이 모여 살던 다이헤이쵸(太平町)⁶에서 자랐다. 그녀는 다차오 국민학교 6학년 때 해방을 맞이했고 일본의 식민 지배는 막을 내렸다. 이후 외할머니는 결혼 전까지 당시 최고의 인기를 구가했던 에이라쿠자(永樂座) 극장 매표소에서 근무했다. 전성기를 목도했던 사람들은 모두

눈에는 보이지 않는 훈장 같은 것을 간직하는 모양이다. 외할머니는 당대 절세미인이라 불렸던 대스타 구정치우(顧正秋)가 에이라쿠자 무대에 섰을 때 인기가 얼마나 대단했는지에 대해 이야기해 주었는데, 그때마다 눈이 마치 미러볼처럼 반짝였다.

외할머니는 단수이(淡水)강 너머 관음산(觀音山) 기슭의 외진 교외 지역으로 시집갔다. 그녀에 따르면 반짝이는 하이힐을 신고 갔는데 집에 들어서자마자 진흙에 발이 깊숙이 빠졌단다. 그렇게 타이베이 아가씨의 시골 생활 분투기는 시작됐다. 그러나 완고했던 외할머니는 살아온 방식을 고수했다. 외출할 때는 반드시 풀메이크업을 했고 코르셋으로 몸을 조였다. 맞춤 제작한 드레스를 입었고 검고 가느다란 가죽 벨트를 찼다.

옛날에는 여성에 대한 세상의 요구가 엄격했다. 아름다움뿐만 아니라 능력까지 있어야 했다. 외할머니와 어머니는 모두 동네에서 요리 실력으로 명성이 자자했다. 외할아버지는 무역업을 했는데 1960~70년대에 직원 수만 100명 가까이 됐다. 가족도 수십 명에 이르는 대가족이었는데 많을 때는 매일 식사를 위해 큰 원형 테이블을 8개나 펼쳐야 했다. 뿐만 아니라 날마다 연회가 이어졌고, 유럽이나 중동, 동남아시아에서 온 손님들을 사흘에 걸쳐 준비한 화려한 대만 요리와 직접 빚은 술로 대접했다.

외할머니는 쇼핑할 때 대갓집 사모님 느낌을 풍겼다. 일상적인 물건들을 살 때는 집 근처의 루저우중산시장(蘆洲中山市場)에 자주 갔는데, 생선이나 고기, 과일 등을 고를 때는 마치 벽에 장식하는 달력을 고를 때처럼 큼지막하고 보기 좋은 것들로 담았다. 손도 커서 한번에 많은 양을 주문해 점원에게 집까지 배송을 부탁했다. 그러나 명절이나 손님을 접대할 때면 외할머니는 직접 다다오청의 용러 시장까지 원성을 떠났다.

다다오청은 백년 전부터 대만 전역의 화물과 고급 식재료가 모이던 곳이었다. 예전에는 출장 요리사들도 모여들었기 때문에 이곳에서는 사람도, 식재료도 한번에 구할 수 있었다. 이곳에 대한 절대적인 신뢰는 어머니도 마찬가지였다. 손님 대접을 해야 할 때면 전복, 해삼, 샥스핀, 부레, 해파리, 망태버섯, 피나무 표고버섯, 일본산 말린 가리비, 디저트용 하스마[7], 그리고 크림색의 함초롬한 이란(宜蘭)[8]산 땅콩 등 필요한 고급 식재료는 반드시 이곳에서 사갔다. 외할머니와 어머니는 자주 가는 단골 노포가 있었고, 물건을 고르는 나름의 엄밀한 기준이 있었다.

나는 맏손녀였다. 외할머니는 그런 나를 외출할 때마다 데리고 다니며 다양한 음식을 맛보게 해줬다. 덕분에 나는 하얗고 통통한 체형을 갖게 됐고, 그때의 추억들을 지금도 간직하고 있다. 외할머니의 단골집에 우리 모녀가 최근 발굴한 가게들까지 더해지자 복고풍 쇼핑 지도가 완성됐다. 강변의 시간은 느리게 흘러간다. 이제는 타이베이의 구도심이 된 디화지에의 낡은 건물들과 에드워드 양 감독

---

7   개구리의 내장을 가공한 식재료.
8   대만 동북부 지방의 명칭.

의 《타이베이 스토리》에서 밤길을 달리는 자동차 불빛에 반짝이는 건물들의 화려한 장식들은 최근 보수 공사를 거쳐 원래의 모습으로 되살아났고, 힙한 가게들과 관광객들을 불러모으고 있다. 그래도 노포들이 있고 그곳 사람들의 정취가 남아 있는 한, 옛 모습을 알아볼 수 없을 정도로 변할 일은 없을 것이다. 우리는 노포를 중심으로 삼대의 기억을 날줄과 씨줄로 엮어 지도 삼아 이 동네를 누볐다.

용러시장이나 디화지에에 올 때면 우리의 여정은 옌핑베이루 36항(巷)이라 표시된 골목길에서 시작된다. 터널 같은 입구의 양옆에는 예전에 과자점이 하나씩 있었다. 지금은 '용타이식품행(永泰食品行)'만이 남아 있는데 이곳에서는 여전히 각양각색의 옛날 과자를 팔고 있다. 외할머니는 단것을 좋아했는데 아마낫토(甘納豆)[9]와 내가 좋아하는 단수화성(蛋酥花生)을 샀다. 단수화성은 땅콩에 계란옷을 입혀 튀긴 음식인데 식감이 꽤 바삭했다. 어머니와 함께 갈 때는 누에콩이나 수박씨 등 짭짤한 과자를 사곤 했다.

터널을 빠져나와 오른쪽으로 돌아서는 민러지에(民樂街)[10]에서 량차(涼茶)를 마신다. 우리의 쇼핑 스타일은 상호명을 외워 다니는 것이 아니어서 위치와 사람 얼굴에 의존한다. 예컨대 민러지에에 두 곳 있는 약초상 노포 '즈성(滋生)'과 '야오더허(姚德和)'는 인테리어가 거의 비슷했는데, 우리는 그 중 나이 든 아주머니가 있는 가게

---

9   콩 종류나 밤, 연밥, 고구마 등을 설탕 시럽에 조린 뒤 슈가파우더를 묻혀 말린 일본 전통 디저트.

10   약초로 만든 차.

에 자주 갔었다. 이유는 그 아주머니의 머리가 희끗희끗했는데 피부는 아기처럼 희고 좋아서였다. 뭔가 그 가게의 량차에는 디톡스를 돕는 신비로운 효능이 있는 것 같았다. 수 년 전 아주머니가 은퇴하고 나서야 그 가게가 53번지에 즈성이란 이름의 가게였다는 것을 알게 됐다.

디화지에에는 한약방이 많은데 대부분 평판이 좋았다. 나는 1980년대생이라 한약을 자주 먹지는 않지만 가끔 고급 향료나 향주머니, 후추나 계피가 필요할 때면 어머니의 단골인 '성지약행(生記藥行)'에 간다. 성지에서 약재를 사는 것은 그 자체로 힐링이 되는 경험이다. 다른 가게들 중에는 호들갑스러운 장식에 야단스럽게 호객 행위를 하는 곳들도 더러 있지만, 성지는 점원도 배치도 모두 차분하고 평화롭다. 고기를 조리하는 데 필요한 조미료 하나를 사더라도 경험 많은 직원이 약재 서랍을 열어 하나씩 꺼내고는 눈앞에서 저울에 달아 보여준다. 다른 가게들은 점포 앞 치러우(騎樓)[11]에 물건들을 잔뜩 쌓아두지만 햇볕과 습기 때문에 변질될 우려가 있다. 성지에서는 약재를 종이에 감싼 뒤 순식간에 면 주머니로 깔끔하게 포장해 준다.

디화지에에서 물건을 살 때는 발품도 팔아야 하지만 물건을 보는 눈이 있어야 한다. 가게마다 잘하는 것이 다르기 때문에 한 곳에서 모든 것을 사는 것은 거의 불가능하다. 먼저 가게 앞에 설탕 절임 과

---

11 상가 건물 점포 앞에 마련된 긴 회랑. 햇볕과 비를 피하는 데 유용하다.

일이나 과자, 말린 생선알을 잔뜩 쌓아둔 곳은 제쳐둬도 된다. 말린 과일은 때깔이 좋을수록 믿을 수 없다. 이 동네 노포들은 각자 나름의 자부심이 있기 때문에 괜찮은 물건을 가게 밖에 두지 않는다. 손님들이 문의했을 때 비로소 가게 안의 냉장고에서 표백되지 않은 천연 그대로의 망태버섯이나 제비집, 부레를 꺼내주고는 원산지에 대한 설명도 해준다. 손님은 물건을 보는 눈이 있고, 가게는 손님을 보는 눈이 있다. 외할머니와 어머니는 규수의 태가 나는 데다 물건에 대한 질문도 날카로웠다. 나 같은 뜨내기가 혼자 간다면 무시당하는 경우도 허다하다.

구운 과자류에 대해서 이야기해보자. 축하할 일이 있거나 제사를 지낼 때 쓰는 멘구이(麵龜)[12]나 가오룬(糕潤)[13], 셴광빙(鹹光餅)[14] 등을 살 때면 옌핑베이루의 '롱위에탕단가오푸(龍月堂糕餅鋪)'나 '스즈쉬안(十字軒)'이 좋다. 롱위에탕은 1932년 창업했는데 외할머니와 나이가 같다. 나는 혼자 그것을 기억해두고는 물건을 사러 갈 때마다 남몰래 나이를 셈하고 마음속으로 축복해주고 있다.

롱위에탕에서 파는 뤼더우가오(綠豆糕)[15]나 옌메이가오(鹽梅糕)[16]와 같이 아가씨들이 좋아할 법한 과자는 매우 정교한 수작업으로

12　팥 앙금이 들어 있는, 거북 모양의 카스테라 형태의 붉은 과자.
13　찹쌀가루에 토란 따위를 섞어 찐 음식.
14　짠맛과 단맛이 나는 중국식 도너츠.
15　녹두가루와 찹쌀가루를 섞은 뒤 굳혀 만든 과자.
16　소금에 절인 매실과 찹쌀가루, 설탕 등을 섞어 만든 고형 과자.

만들어져 붉은 글씨가 인쇄된 종이로 포장돼 있다. 포장 하나에 과자 여섯 개가 들어있는데 과자 하나하나가 손톱만큼 작고, 입에 넣자마자 바로 녹아내리는 질감이 일품이다. 혀 위에 뤼더우가오를 얹고 차를 한 모금 마시면 입 안에서 두둥실 향기로운 연기가 돼 사라진다.

펑빙(椪餅)은 안이 텅 비어 있는 과자다. 바닥면 안쪽으로는 얇게 물엿이 발라 놓았는데 행인차(杏仁茶)[17], 멘차(麵茶)[18] 등의 달달하고 뜨거운 음료와 특히 궁합이 좋다. 집에 포장해갈 때는 주의해야 한다. 부서진 펑빙은 너무 슬프니까 말이다. 스즈쉬안 옆에 위치한 '자푸치스단가오(加福起士蛋糕)'에서 가장 인기가 많은 것은 물론 대표 메뉴인 치즈 케이크이지만 실은 겉부분이 매우 얇게 구워진 펑빙 역시 껍질을 살살 부숴가며 화성탕이나 행인차를 부워 먹으면 추운 겨울에 마음을 녹일 수 있다.

이 주변의 제과점은 어디든 당연하게 셴광빙과 서우옌빙(收涎餅)[19]을 판다. 서우옌빙은 가운데 뚫린 구멍에 붉은 실을 꿰고 젖먹이 아기의 목에 걸어주는데, 타이베이에서는 이제 꽤나 보기 드물다. 곰곰이 생각해보면 과자는 쉽게 구할 수 있어도 이제는 아기 자체가 적으니까 그런 것 같다.

---

17   살구씨에 찹쌀가루 등을 넣어 우유처럼 만든 차이며, 한국어 한자 발음으로 표기함.

18   밀가루와 참깨, 땅콩, 두부 등을 갈아 만든 가루를 물에 타서 걸쭉하게 끓인 차.

19   아기들이 침을 흘리지 않도록 입에 물려주는 쿠키.

우리 집안 여자들이 다 같이 진심으로 쇼핑을 할 때는 식도락이 빠질 수 없다. 주변에서 간단하게 국수라도 먹는다면 용러시장 주변에 미타이무(米苔目)[20]를 파는 가게가 몇 군데 있다. 말린 새우와 유충(油蔥)[21]을 넣은 국물에 푸른 부추를 넣는 가게가 있는데 외할머니의 단골집이다. 어머니는 안시지에(安西街)의 노포 '마이몐이에자이(賣麵炎仔)'에서 쌀국수에 구운 고기나 돼지 간을 곁들여 먹는 것을 좋아했다.

이밖에 외할머니와 어머니는 구이즈이지에(歸綏街)에 있는 '이몐왕(意麵王)' 본점에 각별한 애정이 있다. 이몐왕은 국물 없는 비빔면 말고도 완탕면과 반찬 역시 맛있지만 두 분의 관심은 면보다는 식후에 먹는 빙수에 있는 듯했다. 우리집에 전해내려오는 이야기로는 이몐왕은 본래 빙수 전문점이었고 국수는 나중에야 메뉴에 추가됐다고 한다. 때문에 이 집에서는 오히려 빙수를 주문해야 진정한 단골이다. 주문할 때는 '홍마이푸니우(紅麥布牛)'라고 외치는데, 토씨 하나 틀리지 않고 마치 암호를 외듯 막힘없이 주문할 수 있다면 그야말로 베테랑으로서의 능숙함이 드러난다. 홍마이푸니우란 토핑을 모두 얹겠다는 뜻이다. 팥, 맥각(麥角), 푸딩, 연유의 앞 글자를 각각 딴 줄임말이다. 이 가운데 맥각과 푸딩은 빙수 가게를 평가할 때 중시하는 나만의 기준이다. 이곳은 다소 단단하면서 약 냄새

---

20   우동면처럼 두텁지만 길이는 짧은 형태의 쌀국수.
21   잘게 썬 샬롯(미니 양파 종류)을 기름으로 튀겨낸 것.

가 나는 율무가 아니라, 달콤하면서 부드럽고 매끄러운 맥각을 쓰고, 이름이 알려진 브랜드의 냉동 푸딩이 아니라 부드럽고 진한 맛의 계란 푸딩을 내놓는데, 여기에서 가게의 배짱과 근본을 이루는 심미안이 드러난다.

*

오랫동안 다다오청을 오가며 백년 넘은 건물들 사이를 지나고 노포에서 밥을 먹으며 어렸을 때 먹었던 간식들을 샀다. 빠르게 흘러가는 시대의 주름진 틈새에 몸을 감추면 세월의 흐름이 비껴갈 수도 있지 않을까 싶었지만 역시나 뜻대로는 되지 않았다.

오늘은 어머니에게 룬빙(潤餅)[22]피를 사드리기 위해 온 것이다.

용러시장 1층에 있는 아침 시장의 '린량하오(林良號)'에 도착했다. 동그란 얼굴의 상냥한 아주머니와 아들이 아버지로부터 기술을 물려받아 룬빙피를 만드는 이 가게는 역사가 벌써 90년 가까이 됐다. 린량하오에서 만드는 것은 오래된 리듬과 시간이 빚어낸 시(詩)다. 물에 적신 반죽 덩어리를 집어들고 석쇠 위에 펴바르면 얇은 비단 같은 하얀 막이 생긴다. 몇 군데 가볍게 매만지면 두께도 균일해진다. 구워지는 것을 기다렸다가 룬빙피를 맨손으로 벗겨내는 작업을 수백, 수천 번 하다 보면, 빛이 투과될 정도로 아주 얇은 피가 차곡차곡 포개지는 모습이 시간의 경과를 나타내는 증거 그

---

22   메밀로 만든 전병에 내용물을 감싸 먹는 음식.

자체다. 묵묵히 옆에서 보고 있으면 곧 마음 속 작은 먼지가 조용히 내려앉는다.

룬빙피를 주문하니 아주머니는 분주한 와중에서도 친절히 응대해줬다. 민난어(閩南語)[23]로 몇 마디 대화가 오가자 화제는 금세 외할머니와 어머니 이야기로 옮겨갔다. 아주머니는 따뜻하고 조용한 목소리로 물었다. "할머니는 잘 지내시지? 건강하시고?" 순수한 선의였다. 그러나 안부를 묻는 따뜻한 대화 속에서 내 가장 어둡고 깊은 심연의 허무함이 모습을 드러냈다. "할머니는 돌아가셨어요."

외할머니가 돌아가신 지 어느덧 10년. 언제나 함께일 것만 같았던 어머니도 지금은 일분일초가 소중한 처지가 됐다. 어느새 내 손을 잡아주던 두 분은 곁에 없고, 백년도 더 된 이 길 위에 주위를 둘러봐도 나 혼자뿐이다.

---

23   중국 푸젠성 남부를 기원으로 하는 방언. 대만어와 거의 유사하다.

3. 토박이의 루저우 노트

우리집은 타이베이 교외의 신베이(新北)시에 있었다. 우구(五股)와 루저우(蘆洲)라는 두 지역의 경계선인데, 행정적 구분으로는 우구에 속하는 모퉁이에 위치한다. 세대 수가 500호가 채 되지 않는 이 작은 마을에는 지금까지 슈퍼마켓도 없고, 당연하게도 약국이나 노점상 같은 것도 없다. 마을 주민들은 대부분 서로의 얼굴을 잘 안다. 족보를 타고 올라가면 친인척 관계일 것이다. 동네에는 오래된 잡화점이 두 곳 있다. 이 중 하나는 붉은 색 벽돌로 지어진 건물인데, 역사가 70년도 넘었다. 어렸을 때 심부름으로 가게에 가면 할아버지의 오랜 지인인 주인장은 계산할 때 여전히 양팔저울과 주판을 사용했다.

도시와 농촌의 경계 부근에서는 생활 양식의 차이가 크다. 조용한 시골은 해가 저물면 길가에 인적이라고는 찾아볼 수 없지만, 창문 너머 루저우의 신시가지에는 셀 수 없을 만큼 많은 불빛이 반짝였다. 변두리에 살더라도 시장이나 식당에 가거나 아이브로우 펜슬을 살 필요는 생긴다. 그럴 때 배수구 하나만 건너면 루저우까지 불과 200보 남짓이다. 지금부터 여러분에게 소개할 내 고향은 바로 그 건너편의 루저우다.

　외지인들은 특별한 일이 없는 한 일부러 루저우까지 올 일이 없을 것이다. 이곳은 사람들이 살아가는 주거지일 뿐, 여행을 할 만한 곳이 아니다. 소수의 여행 매니아들을 제외하면 대다수의 사람들은 보통 여행지를 고를 때 먼 곳을 선호한다. 바쁘고 복잡한 일상에서 벗어나 짧은 시간이라도 새로운 기분으로 멋진 사진을 여러 장 남기고 싶기 마련이니까. 가능한 한 대도시나 관광지에 가거나 유명한 맛집을 순례한다. 최소한 만개한 꽃들을 배경으로라도 담아 SNS에 자랑한다. 그렇기 때문에 타이베이에 사는 사람이 국내 여행을 한다면 남부 타이난(台南)이나 동부 화롄(花蓮), 타이둥(台東)에 가거나 펑후(澎湖) 같은 섬에 간다. 지방에서 상경한 여행객들은 시먼딩(西門町)이나 신이구(信義區)에 있는 요즘 인기 많은 가게 앞에 가서 줄을 선다. 여행을 할 때는 시간이 제한적이기 때문에 루저우 같은 변두리는 애시당초 가 볼 만한 리스트에서 배제된다.

　그렇다고 아쉽기만 한 것은 아니다. 내 경험에 비춰봤을 때 어떤 곳은 전혀 기대하지 않았던 만큼 오히려 인상적으로 다가오는 경우도 있다. 집에서 그다지 멀지는 않아도 오랫동안 가지 않았거나, 갈 일이 없었던 곳이라도 마치 다른 나라에 온 듯한 느낌을 주기도 한다. 언젠가 한 번은 회의를 마치고 귀가하던 길에 산샤(三峽)라는 지역에 들렀다. 길가에 적당히 차를 세울 수 있었던 터라 발길 닿는 대로 옛 거리로 들어갔다. 북적이던 가게들이 저녁 무렵 문을 닫은 뒤의 거리는 마치 화장을 지운 모습이었다. 개와 늑대의 시간 속에서 길다란 길에는 인적이 없었고, 오래된 거리의 건물들이 품고 있는 화려한 세월의 흔적은 조금씩 그림자 속으로 사라져 갔다. 그 윤곽은 쓸쓸하면서도 아름다웠고 존귀했다. 또 어떤 날은 중허(中和)[1]의 화신지에(華新街)에 갔다. 치러우 밑으로는 윈난(雲南) 방언을 쓰는 아저씨들이 한데 모여 차를 마시고 있었고, 주변에서는 새우젓과 갈릭칩 냄새가 풍겼다. 시장 안에는 동남아시아 요리에 자주 사용하는 허브들을 가득 실은 짐차가 두어 대 있었다. 이 정도 양이라면 타이베이에서 시장을 열 군데 넘도록 다니며 모아도 구할 수 없을 정도였다.

중년에 접어들면 여행의 감흥은 심경이 변화할 때나 사물의 이치를 파악하는 데서 나오는데, 이러한 주변의 이국적 공간이나 소박한 삶의 현장은 복잡한 면이 있어 오히려 재밌다. 그래서 평소 동네에서 많은 시간을 보내는 나로서는 루저우의 기억과 일상 속에서 발견한 좋은 점들을 기록해보고자 한다. 외부인들에게 참고가 되거나 혹은 그들이 조금이라도 여행하는 기분이 들 수 있도록 말이다.

그 첫 번째, 사찰

만약 루저우를 찾는다면 시간대는 오전을 추천한다. 오가는 사람으로 붐비고 먹을 것도 많으니까 말이다. 타이베이의 지하철에 올라 산민가오중(三民高中)역에서 내린 뒤 1번 출구로 나오면 도로 안내

---

1   신허와 중허는 각각 신베이시 구역의 명칭.

판을 따라가거나, 스마트폰의 지도를 보며 걸어도 좋다. 어렵지 않게 더성지에(得勝街)의 용련사(湧蓮寺)를 찾을 수 있다. 이곳은 루저우 구시가지의 중심으로, 종교의 중심이자 시장의 중심이고 사람들로 붐비는 곳이다. 루저우는 옛날에 허상저우(河上洲 또는 和尚洲)로도 불렸다. 명칭의 공통점은 저우(洲)라는 글자가 들어가 있는 것인데, 인근 지역이 물가이기 때문일 것이다. 용련사는 인근 지역에서 가장 영험할 뿐 아니라 비교적 고지대에 위치해 홍수 같은 자연재해가 있을 때 침수 피해가 적었다. 자연히 그 주위로 상점이 모여들어 상권이 형성됐다. 용련사의 본존인 관세음보살은 중국 저장성 단산열도(舟山列島)에서 왔다. 당시 태풍이 불어닥쳤는데 타이베이의 두취안터우(渡船頭: 현재의 단수이)까지 표류한 끝에 지금의 자리에 정착했고 2백 년 가까운 세월이 흘렀다. 건물은 여태껏 여러 차례 보수공사를 거치며 원래의 모습은 거의 찾아볼 수 없게 됐다. 현재는 1980년대 보수를 마친 모습이 그대로 남아 있는데, 우뚝 선 사찰 건축이 웅장하고 박력 있다.

사찰을 둘러볼 때 어떤 이는 명승지로서, 혹은 예술로서 바라보기도 하지만 용련사의 경우에는 속세를 볼 수 있다. 그곳에 있는 평범한 사람들의 삶 말이다. 타이완에서는 마을마다 발전의 기점이 된 사찰이 있고, 그 입구에서부터 시장이 발달하는 구조다. 그런데 용련사의 경우 번화함의 정도가 대단하다. 입구의 중산시장도 평범한 규모가 아니다. 루저우의 현재 인구도 일반적인 수준을 넘어선다. 때문에 용련사의 고지대에서 주위를 내려다보면 입구의 광장을 포함해 사방으로 펼쳐지는 시장의 범위 안에 수많은 양철 지붕으로 뒤덮인 골목길이 보인다. 낮에는 아침 시장, 밤에는 야시장인 그곳은 차량이 진입할 수 없을 정도로 인산인해를 이룬다. 호객 행위를 하는 상인들의 목소리는 사방으로 울려퍼진다.

사찰은 현지인들의 발걸음이 끊이지 않는다. 특별히 행사가 없는 날에도 공양을 올리는 제단은 70~80%가 채워져 있다. 공물의 대부분은 작은 과자류나 귤 두어 개가 고작인데, 아마도 장을 보러 나온 김에 절에 잠시 들려 인사를 대신해 올려둔 것일 테다. 절의 문 바깥에서는 물건이 담긴 봉투를 양손 가득 든 채 멀리서 손을 모아 기도하는 사람들의 모습도 흔히 볼 수 있다. 절은 안팎을 가리지 않고 뜨겁고 따뜻하며 활기찬 생기로 가득하다. 세상의 생기는 사람이 많다고 생겨나는 것은 아니다. 도로가 가장 혼잡한 시간대에는 신이구의 길목이나 지하철 내부도 사람들로 미어터지지만 그곳에서 보이는 것은 샐러리맨들의 권태와 피로다. 만약 분위기에 색깔이 있다면 덩어리진 쥐색이랄까.

여러 대에 걸쳐 같은 절을 찾으면 인연은 필연적으로 깊어진다. 우리 집 모녀 삼대는 용련사에 의지해 왔다. 외할머니는 절을 민난어로 '또와비오(大廟)'라고 불렀다. 어렸을 때 내가 아프면, 외할머니는 또와비오를 찾아 핑안수이(平安水)라 불리는 물을 구해와 내게 줬다. 당시 초보 엄마였던 어머니는 절에서 떠온 물을 아이에게 마시게 하는 것은 문명적이지 못하다고 생각해 외할머니와 갈등을 빚었다. 그런데 딸은 어느덧 신앙심 깊게 자라나 절을 찾을 때마다 먼저 입구에서 핑안수이를 두 잔 마시고는 스스로 심신이 모두 강해졌다고 느끼는 사람이 됐다. 어머니는 짐작도 못하셨으리라.

어머니와 그 절의 인연은 안타이수이(安太歲: 액막이) 의식에서 비롯됐다. 매해 구정을 앞두고 어머니는 절을 찾아 가족을 대표해 모두의 안녕을 빌었다. 내가 30대에 접어든 뒤 몇 년 동안은 둘째 외숙모가 절에 함께 간 어머니에게 내 혼사를 기원하는 인등불을 올려보라고 권했다. 어머니는 고지식한 편이었지만 결혼에 관해서는 낡은 틀에 얽매이지 않았다. 딸이 집에 있는 게 좋다며 성급히 시집 보낼 필요는 없다고 답했다. 그렇게 좋은 인연은 몇 년째 나타나지 않았다. 그러는 사이 어머니는 하늘나라로 떠났다. 결혼 문제는 끝내 스스로 해결해야 하는 것으로 남았다.

돌아가신 분에게 의식이 얼마나 유익할지는 모르겠다. 그래도 우리 같은 유가족에게는 충분히 의미가 있다. 어머니가 돌아가신 뒤에도 우리집이 전과 같이 안타이수이 의식을 이어가는 것은 용련사에서 해마다 통지서를 보내오기 때문이다. 그 분홍색 종이에는 가족들의 이름, 태어난 날짜와 시간, 십이간지가 적혀 있고, 액년이 언제인지도 명시돼 있다. 뿐만 아니라 안타이수이 의식을 치러야 하는 인원 수와 공양할 등불의 종류까지 안내되어 있다. 그대로 따라하기만 하면 걱정 근심 없이 무탈하게 한해를 보낼 수 있다.

가족들은 멀리 떠나도 절은 항상 제자리에 있다. 나는 매주 장을 보고 절에 들어가 가끔은 향을 피우고 1층부터 3층까지 순서대로 기도를 하는데, 대부분은 양손을 모아 마음 속으로만 빈다. 항상 빠짐없이 입구에서 물을 마시고, 화장실도 빌린다. 절은 내 생활 속에 이미 깊숙이 자리잡아 친근감이 느껴진다. 용련사 뒤편의 마오더궁(懋德宮)에서는 '국성야(國姓爺)' 정성공(鄭成功)[2]을 모시는데 그 공간이 넓다. 여기에는 동판에 조각된 벽화가 있는데 정성공이 네덜란드인들의 항복을 받아내는 모습이 담겼다. 벽화 앞에는 처마밑으로 벤치가 여러 개 가지런히 놓여 있는데, 나는 다른 많은 사람과 마찬가지로 여기에 잠시 앉아 모락모락 피어오르는 향 연기를 맡으며 내리쬐는 햇볕과 내리는 비를 느끼는 것을 좋아한다

　루저우에는 18세기말 이미 푸젠성 취안저우(泉州)의 통안(同安)에서 온 이민자들이 살았다. 일찍부터 개발되면서 절도 많다. 주민들은 리(李)씨와 천(陳)씨 성이 대부분이다. 이 지역 사찰들의 벽에 적힌 기부자 명단을 보면 리씨가 압도적으로 많다. 용련사 이외에 지역의 중요 사찰로는 청궁루(成功路)에 있는 바오허궁(保和宮)도 있다. 이곳은 본래 리씨 일가의 가묘였다. '바오(保)'라는 글자는 바오성대제(保生大帝)를 뜻하고, 허(和)는 옛 지명의 허상저우에서 왔다. 바오성대제는 통안 사람에게 중요한 전통 신앙의 대상이다. 이 사찰은 청나라 때부터 오늘날까지 이어져 온 목조 건물로서, 예술적으로도 가치가 있어 신베이시의 유적지로 지정돼 있다. 현재는 보수공사가 진행중이기 때문에 출입은 금지되었지만 희망하면 벽

2　명청교체기 장수로, 당시 네덜란드에게 넘어갔던 대만섬을 수복하고 거점으로 삼아 청나라에 항거하여 반청복명 운동을 벌였다. 대만 역사에서 처음으로 영향력을 발휘한 정치 지도자로 기록되며 오늘날까지 많은 이들에게 추앙받고 있다.

돌이나 기왓장을 기부할 수 있다. 수백, 수천 대만달러의 소액도 기부할 수 있다. 그렇게 전해진 작은 마음이 하나둘 모여 유적의 일부가 된다.

그 두 번째, 제과점

용련사 부근의 '롱펑탕빙푸(龍鳳堂餅鋪)'는 본래 지역의 명소였다. 믿음직한 재료를 쓰는 데다가 고객 응대도 진심 어리면서도 부드러워 오랫동안 사람들의 사랑을 받았다. 내 고향 우구에는 투디공(土地公)[3]을 모시는 사찰이 있는데, 매년 제사에 사용하는 빙구이(餅龜)[4]는 모두 롱펑탕에서 공수해 온다. 하나에 3kg 가량의 빙구이는 약 50개의 카레맛 파이로 구성되어 있다. 콩으로 만든 속재료는 진하고 고기도 향긋해서 온 가족이 좋아한다. 언젠가 제사 담당자가 몰래 다른 가게에서 빙구이를 가져왔는데 비용은 다소 절감했지만 동네 사람들이 한입에 금세 알아차려 항의가 쇄도한 적이 있다. 이후로는 아무도 다른 가게에 주문하지 않았다.

롱펑탕에 과자를 사러 가면 우연히 사모님과 만날 때가 있다. 그녀는 피부가 새하얗고 은빛 머리카락은 마치 구름처럼 빛이 났는데 성격이 온화하고 상냥하며, 슬기롭고 고풍스러운 사모님 기질이 있었다. 올해 음력 1월 9일 친척과 함께 과자를 사러 갔는데, 이벤트

---

3   지역을 지켜주는 토속신.

4   건강과 장수를 기원하는 거북이 모양의 과자.

용 특제 스폰지 케이크가 붉은 종이컵에 듬뿍 담겨 있는 것을 봤다. 그 사모님은 케이크에 정신이 팔린 내게 하나 건네며 "오늘 아침 갓 구웠어요. 한번 먹어보고 맛있으면 다음에 사보세요."라고 했다. 또 어떤 날에는 두 손 가득 과자를 집어들고 계산을 기다리고 있었는데, 사모님이 와서는 몇 개를 그냥 덤으로 줬다. 다른 곳에서는 때때로 점원에게 차갑고 거친 응대를 받거나 기계 같은 사무적인 멘트를 듣는 경우가 있어 원활한 소통이 안 되기도 한다. 그러나 이곳은 사모님이 자연스럽고 따뜻하게 대해주기 때문에 손님을 대하는 느낌보다도 순수하게 사람과 사람으로 만나는 느낌을 준다. 이 같은 옛스러운 배려나 자상함은 원래 우리 대만 사람들의 강점이다.

하나 더 덧붙이자면 덩리쥔(鄧麗君)[5]이 어렸을 때 살았던 쥐안춘(眷村)[6]은 롱펑탕의 바로 근처였는데 현재는 그 자리에 새로운 빌딩이 들어섰다. 흥미로운 것은 롱펑탕에 전화를 걸어 과자를 주문할 때마다 수화기 너머로 덩리쥔의 노래 〈첨밀밀〉이 들려왔었는데 입도 마음도 모두 달달해졌다.

그 세 번째, 체가미

루저우에 왔다면 꼭 체가미(切仔麵)를 먹어야 한다. 바로 이곳이 발상지이기 때문이다. 예전에 다른 지역 친구들은 체가미에 대해

---

5   노래 첨밀밀(甜蜜蜜)을 부른 것으로 유명한 대만의 국민가수.
6   제2차세계대전 이후 중국 대륙에서 대만으로 건너온 군인들의 가족 숙소.

밋밋하다며 별로라고 했다. 그것은 아마 제대로 된 면을 먹어보거나 맛있는 국물을 마셔보지 못했기 때문일 것이다. 어쩌면 탱탱한 수육을 먹어본 적도 없었을 것이다. 일단 한번 루저우에 와서 체가미를 먹어보면 아마 적지 않은 사람들이 생각을 바꾸게 될 것이다. 루저우는 대만에서 체가미 가게가 가장 많고 경쟁이 치열하기 때문에 덩달아 그 수준도 높다. 체가미에 대해서는 2부 1장 〈국수를 먹는 예감〉에 따로 기술했으니 여기에서는 영업 시간에 대해 이야기해보고자 한다.

　동네의 체가미 가게 중에는 아침에 열어 오후 3~4시까지만 영업하고 저녁 장사는 하지 않는 곳들이 있다. 이것이 체가미집 본래의 영업방식이다. 예컨대 '다먀오커우(大廟口)'와 '다샹(大象)', 그리고 다소 떨어져 있는 곳에 있는 '허샹저우(和尚洲)', '정지주무(鄭記豬母)', '아산(阿三)' 등이 그렇다. 다리를 건너 우구에 접어들면 있는 링윈루(凌雲路)의 '아성(阿勝)'도 마찬가지다. 이러한 가게들은 통상 가게 앞에 냉장고를 두지 않는다. 그날 새벽에 공수한 따끈따끈한 흑돼지 고기와 내장을 삶아낸 뒤 선반 위에 올려놓고 손님이 주문하면 얇게 썰어 국물에 몇 번 담궈 데치면 완성이다. 이것이 바로 대만 북부 스타일의 헤이바이체(黑白切: 돼지고기 모듬)이다. 선반 위의 고기를 다 팔고 나면 슬슬 가게 문을 닫을 시간이다. 삶은 고기는 한 번도 냉장고에 넣지 않았기 때문에 식감이 달면서 탱탱하다. 냉장고에 넣으면 아무래도 퍽퍽해진다. 아침 일찍부터 고기를 슬라이스로 잘라 냉장고 안에 넣어 밤까지 두면 예민한 사람들은 한 입에 바로 냉장고에서 꺼낸 음식이라는 것을 알아챈다.

사실 체가미의 진수는 국물이다. 루저우에는 심지어 '꺼우텅타우(固湯頭)[7]'라는 이름의 가게까지 있다. 돼지의 대퇴골을 우려낸 국물은 맛이 깊고, 돼지고기의 감칠맛이 느껴지는데 라드와 유충의 향기가 난다. 백발의 점주가 들려주는 이야기에 따르면 기나긴 수행을 마치고 홀로서기를 한 뒤에도 본래의 맛을 유지하기 위해 매일같이 국물을 한 그릇씩 스승님에게 보내 확인받았다고 한다. 이 동네는 국수를 먹는 사람들이 많아 매일 우려내는 고기의 양도 많다. 그래서 국물의 감칠맛이 몇 배나 더 진하다. 루저우의 국수가 다른 곳보다 맛있는 이유다. 이 상당 부분은 지역 주민들의 사랑과 투자 덕분이다.

교훈적인 이야기도 있다. 예전에 어떤 유명한 가게가 경영자가 교체되면서 메뉴를 대폭 늘렸다. 이것도 팔고 저것도 팔고 해서 규모를 키웠다. 그 결과 주력이었던 고기의 주문량이 급감해 국물이 확연히 싱거워졌다. 밋밋한 국물에 면을 더한 체가미로는 동네 터줏대감들을 속일 수 없었다. 머지않아 손님들의 발걸음은 점차 줄어들었고 가게는 결국 문을 닫았다.

---

7   맛있는 국물이라는 뜻의 대만어.

4. 루저우 옛거리의 음료

최근 20~30년 사이 대만 길거리에는 서우야오차(手搖茶)[1] 형태의 음료를 파는 가게들이 자리를 잡았다. 비록 현재는 진짜 손으로 흔들어 만들지는 않고, 차 이외의 음료도 팔지만 이름은 그대로 일반 명사화됐다. MZ세대들은 이런 음료를 '흔들다'라는 뜻에서 '야오야오(搖搖)'라고 부르는데, 친구에게 권할 때 "야오야오 마실래?"라고 묻는다. 야오야오의 인기는 해외로 뻗어 나갔다. 최근 전주나이차(珍珠奶茶: 버블티)가 인기를 끌고 있는 일본뿐만 아니라 홍콩이나 태국 방콕, 싱가포르나 말레이시아에서도 많은 사람들이 이 음료에 열광하고 있다.

 10년 전에는 유럽에서 이 야오야오를 찾아보기 힘들었다. 우연히 하나라도 발견했을 때는 마치 고향에 돌아온 것 같은 느낌이 들었다. 한 번은 독일 베를린의 카데베 백화점 근처에서 젊은 아시안 남성을 본 적이 있다. 그는 얇은 티셔츠에 반바지를 입고 샌들을 신고 있었다. 한 손으로 엄지와 검지를 이용해 투명한 플라스틱컵을 집어

---

1   손으로 셰이커를 흔들어 만드는 차.

들고는 컵 입구를 감싼 얇은 포장에 굵은 빨대를 수직으로 꽂았다. 컵을 잡은 손동작, 편안해 보이는 표정, 그리고 음료가 담긴 컵 안에 뭔가 씹을 거리가 있어 보이는 것으로 봐서 물어볼 필요도 없이 대만인이라는 것을 알아챘다. 그때는 내가 대만을 떠난 지 2년이 됐을 시점이었는데 순간 주변이 루저우나 신좡(新莊), 용허(永和) 또는 장화(彰化), 위안린(員林), 윈린(雲林), 도우리우(斗六) 어딘가에 있는 고향의 시끌벅적한 길거리로 바뀐 듯해서 나도 모르게 어벙벙해졌다.

*

이런 종류의 음료수라면 대만 어디서든 볼 수 있을 정도로 흔하다. 하지만 즐겨먹는 사람이 있는가 하면 반대로 쳐다도 보지 않는 사람도 적지 않다. 나는 어렸을 때부터 밖에서 파는 달달한 음료를 별로 마시지 않았다. 자발적이라기보다 어머니가 허락하지 않았기 때문이었다. 어머니는 집에서 손수 음료를 만들어 줬다.

초등학생 시절 여름이 되면 오래된 필립스 냉장고의 문쪽에는 언제나 히비스커스차, 동과차, 꿀물, 찬 두유 등이 구비되어 있었다. 때로는 재활용 가능한 광취안(光泉) 우유병에 여러 종류의 음료가 담겨 어린이의 손이 닿을 수 있는 높이에 나란히 진열되어 있었다.

대학에 들어가고 나서는 길거리 음료수 가게들의 유행이 다소 지났지만 나는 가끔씩 마시곤 했다. 그러나 영국으로 유학을 갔을 때는 이런 가게들이 거의 없었다. 어렵게 찾았다 하더라도 굉장히 비쌌다. 원래부터 이런 음료를 자주 마셨던 것은 아니어서 자연스레 점차 멀어졌다. 지금은 평소 외출했을 때 물 이외에 뭔가 마실 때는 가급적 오래된 선택지 중에서 고른다. 사탕수수주스, 청초차(靑草茶)[2], 양타오(楊桃)[3]주스, 쏸메이탕(酸梅湯)[4], 또는 갓 짜낸 과일주스 등이다. 이처럼 단순히 허브나 식물 등 자연에서 나온 원료를 압착하거나 절이거나 달여 만든 음료들은 아시아의 아열대 국가에 태어나 누릴 수 있는 행운이다.

루저우의 용련사 주변에 형성된 시장은 역사가 오래됐다. 낮에는 신선식품 시장이 열리고 해 질 무렵부터는 야시장이 들어서 온종일 사람들의 발길이 끊이지 않는다. 근래 들어 더위가 길어지면서 쉽게 지친다. 나는 오전 중에 여기서 장을 보고는 목이 마르면 용련사의 핑안수이를 마신다. 때로는 몇몇 유서 깊은 노포에서도 음료수를 사 마시는데 모두 이 동네에서만 역사가 40~50년에 이른다. 나보다도 훨씬 나이가 많다.

무엇을 마실까? 몸이 무엇을 원하는지를 들어봐야 한다.

사탕수수주스를 마신다면 시장에서 오랫동안 쇼핑할 때다. 뙤약볕에서 혈당치가 내려가 졸음이 쏟아질 때 말이다. 사탕수수주스 한 잔이면 금방 힘이 나면서 머리도 눈도 맑아진다. 다중이예먀오(大衆爺廟) 부근의 길모퉁이에는 노점상이 하나 있는데 가게 이름도 없

---

2   대만의 전통 허브티.
3   스타프루트라고도 불리는 열대과일.
4   오매·계화·얼음설탕 등으로 만들어 주로 여름철에 마시는 대만의 전통 음료.

고 주소도 없다. 파는 것도 사탕수수주스 하나뿐이다. 그런데도 한 곳에서 수십 년째 장사를 이어가고 있다.

사탕수수주스를 만드는 법은 단순하다. 그저 원료인 사탕수수를 압착하면 된다. 사탕수수는 설탕의 원료다. 본래 맛 자체가 달달하기 때문에 당분을 더할 필요가 없다. 수분도 많아서 물을 더 넣을 필요도 없다. 논리적으로는 모든 가게가 맛이 비슷해야 한다. 그러나 왠지 모르겠지만 그렇지는 않더라. 이 가게는 붉은 사탕수수를 사용한다. 흰 사탕수수는 사용하지 않는다. 붉은색 사탕수수는 그대로 먹을 수 있다. 어렸을 때 외할머니는 껍질을 벗긴 사탕수수를 봉지 채로 사오고는 했다. 할머니와 아이가 세대를 뛰어넘어 나란히 앉아 사탕수수를 씹었다. 치아 사이로 스며드는 즙을 음미하며 유쾌하게 그릇 가득 찌꺼기를 뱉어냈다. 입안의 적적함을 달래줄 수 있으면서 섭취하는 칼로리도 그다지 높지 않다. 거칠면서도 소박한 소일거리랄까? 허우샤오셴 감독의 영화 《펑꾸이에서 온 소년》에서는 스토리와 직접 관련은 없지만 주인공들이 시장에 카세트 테이프를 팔러 갔을 때 길가의 노점에서 산 사탕수수를 씹으면서 걷는 장면이 나온다. 이 장면을 보면 세상이 참 많이 바뀌었다는 것을 잘 알 수 있다. 지금 만약 갑자기 사탕수수를 씹고 싶다고 일부러 찾아나섰다 한들 찾기는 쉽지 않다. 세월은 아무도 모르게 흘러간다. 누구나 쉽게 사탕수수를 씹던 사회는 어느새 사탕수수 자체를 찾아보기 힘든 사회로 변해버렸다.

붉은 사탕수수의 껍질은 적자색으로 거무스름하다. 껍질을 벗겨

야만 주스로 만들 수 있다. 그렇지 않으면 주스가 검고 탁해져 미관상 좋지 않기 때문이다. 하얀 사탕수수는 껍질이 초록색이다. 껍질째 짜내더라도 색이 변하지 않는다. 당도도 더 높은데, 섬유질이 거칠고 단단한 탓에 직접 씹기는 어렵다. 이 가게는 주인장 가족이 사탕수수를 씻는 것부터 껍질을 벗기는 것까지 모든 과정을 수작업으로 진행한다. 중간 단계에서 반가공식품을 가져오거나 하지 않는다. 사탕수수를 일일이 육안으로 확인하고 완전히 건조시킨 뒤 즙을 짜낸다. 사탕수수는 영양가가 높지만 상하기 쉽고 껍질에 이물질이 남기 쉽다. 껍질째 압착하면 알맹이의 신선도나 껍질의 이물질을 신경 쓰기 어렵다. 그러니까 어떤 이들은 그런 것까지 고려해서 붉은 사탕수수만 골라 주스로 마시기도 한다.

가게의 메뉴는 그저 사탕수수주스 하나뿐이다. 겨울에는 간혹 따뜻하게 데워서도 판다. 여름에 시원한 음료로 팔 때는 냉동해 놓은 사탕수수를 사용한다. 더운 날씨에는 사탕수수가 상하기 쉽기 때문에 가게에서도 유통 과정에서의 온도 관리까지 신경 쓴다. 손님에게는 구입 즉시 마시든가, 아니면 바로 냉장고에 넣어 보관하도록 권고한다. 노점 가판대에는 낡았지만 신기한 냉각 시스템이 가동되고 있다. 압착기에는 두 개의 수도꼭지가 연결되어 있다. 냉동 사탕수수를 착즙해 만든 주스는 그 중 하나를 통해 직접 플라스틱 용기로 흘러간다. 용기 안에 냉각 장치가 있어 주스가 시원한 상태로 오래 보관되는 구조다. 상온의 주스를 원하는 손님을 위해 가게에서는 사탕수수의 일부를 상온 상태로도 보관한다. 즙을 짜낸 뒤 다른 한 쪽의 수도꼭지를 통해 담아낸다. 두 가지는 서로 섞이지 않는다.

　몸에 열이 나거나 기름진 요리를 너무 많이 먹었을 때는 량차를 마신다. 중양루(中央路) 일대나 중산시장 근처에는 청초차를 파는 가게가 예전에는 여러 곳 있었지만 지금은 두 곳뿐이다. 괴상한 할 아버지라는 뜻의 '과이라오즈(怪老子)'와 홍지선약행(宏記蔘藥行) 입구에 있는 가게다. 과이라오즈의 이름의 유래는 이렇다. 근처에 '니야(二牙)'라는 국술관(國術館)[5]이 있었다. 과이라오즈와 니야는 모두 진광부다이시(金光布袋戲)라는 인형극의 등장 인물이다. 이 둘은 항상 같이 등장한다.

　과이라오즈의 창업자는 이미 은퇴하고 딸이 가업을 이었다. 우리 가 이곳을 자주 찾는 것은 맛뿐만 아니라 독특한 스타일이 있기 때 문이다. 매장에서 마시는 손님에게는 지금도 유리잔에 음료를 담아 준다. 단골 손님들은 선 채로 마시는데 다 마시면 그대로 선반 위에 컵을 두고 떠난다. 퍽 단출하다. 량차처럼 몇 모금만에 다 마시는 음 료는 종이컵이나 플라스틱 뚜껑이 필요 없지만, 대만에서 량차 가 게가 재사용이 가능한 컵을 사용하는 곳은 이제 찾아보기 어렵다. 반면 홍콩이나 마카오, 방콕에서는 어렵지 않게 찾아볼 수 있다. 방 콕의 '컨지솽후루량차(懇記雙葫蘆涼茶)'는 백년 역사의 노포다. 이 곳은 가게 이름이 쓰여진 두꺼운 유리컵을 사용하고 있다. 마카오 의 '다성공량차(大聲公涼茶)'는 유리컵 위에 스테인레스 뚜껑을 씌

5　　도수치료 등을 다루는 대만의 대체의학 기관.

워 먼지막이로 사용하고 있다. 루저우의 과이라오즈에서는 유리컵을 깨끗이 씻고는 소형 가정용 식기건조기에서 잘 말린다. 다 쓰면 금방 설거지해 다시 쓰는 과정이 반복되면서 때로는 여전히 온기가 남아 있는 컵이 나오는 경우도 있는데 주인장이 눈앞에서 컵을 빙그르르 돌려가며 안에 수분이 없는 것을 확인시켜 준다.

과이라오즈는 과거에 자신들이 사용하는 약초를 루저우에서 직접 채취했다. 지금 그 자리에는 비싼 아파트들이 들어섰는데 불과 얼마 전까지 루저우가 녹지로 뒤덮여 있었다는 것은 짐작조차 되지 않는다. 저멀리 산이 있고, 연못이 있으며 약초가 무성했던 풍경 말이다.

루저우 중산시장의 건물은 곧 철거된다. 라오과이즈도 이사를 가야 한다. 터전을 옮긴 뒤에도 라오과이즈와 니야가 계속 함께 할 수 있을지는 모른다. 이런 옛스런 음료를 마실 때 마음으로는 알 수 있다. 시대의 흐름에 따라 옛날처럼 약초를 직접 채취해서 차를 끓이거나 사탕수수 껍질을 직접 벗기는 것 같은 힘든 일을 할 사람은 앞으로 아마 없을 것이다. 그러니까 매번 이 가게들을 찾을 때마다 지금 눈앞에 있는 것들이 소중하다.

5. 자가격리형 식탁

2020년 벽두부터 코로나19 바이러스가 전 세계를 휩쓸었다. 전염병은 사회에 충격을 가져왔고 질서는 무너졌다. 이전으로 돌아가더라도 흔적은 남을 것이다. 대만은 코로나19 팬데믹을 제어하는 데 성공했다. 사람들은 잠시 불편함을 감수해야 했지만 생존의 위협에서는 벗어날 수 있었다. 예외는 있었지만 대체로 서민들의 피해는 제한적이었다. 그저 소란스런 사이버 공간을 벗어나 잘 씻고 잘 자는 것이 필요했다. 즉 루쉰(魯迅)이 가족들에게 했던 말처럼 "자기를 돌보는 것" 말이다. '대난불사(大難不死), 필유후복(必有後福)'이란 고사성어처럼 조용히 이 위기를 극복한다면 필히 좋은 일이 기다리고 있을 것이다.

코로나19로 인해 집에서 보내는 시간들이 길어졌다. 해외에서 귀국한 사람들은 자가격리를 해야 했고 몇몇 회사는 사원들에게 재택근무를 지시했다. 온종일 집에서 보내려면 아무래도 삼시세끼를 안에서 해결할 수 있는 방법을 찾아야 한다.

내가 사무실을 떠나 집에서 일한 지도 벌써 여러 해 지났다. 비상근으로 학교에서 강의하는 것 말고는 대체로 프리랜서로 집에서 일하고 있다. 집은 교외에 있는데 주변에 전통시장도 슈퍼마켓도 없다. 원래부터 자가격리에 가까운 일상이었다. 집에 식량을 비축해 두고 나와 가족들의 식사를 만드는 것에 대해서는 나름의 노하우가 있다. 팬데믹 시국에 독자 여러 분들에게 참고가 될 수 있으면 좋겠다.

나는 원래 일주일에 적어도 한 번은 전통시장에 간다. 코로나19 상황에서도 마찬가지였다. 다만 예전에는 사고 싶은 물건을 보면 바로 그 자리에서 구입했지만 지금은 자제할 수 있는 분별력이 생겼다.

잎채소는 오래 보관하기 어렵기 때문에 소량만 구입한다. 그 대신 오래 둘 수 있는 채소를 고른다. 만약 격리를 해야 하더라도 2주 이내에 상하지 않을 셀러리나 토마토를 산다. 상온 보관이 가능한 과일도 좋다. 호박이나 동과는 사오면 벽 근처에 둔다. 버섯류도 조금 있으면 좋다. 배추와 양배추는 각각 하나씩 항시 준비해 둔다. 만약 부족하면 꼭 보충해야 한다. 배추와 양배추는 모두 밀도가 높은 식재료들이다. 점령하는 공간에 비해 만들 수 있는 요리의 양이 많아 경제적이다. 무, 당근, 양파 등의 뿌리채소는 샐러드나 조림, 국물 요리에도 넣을 수 있어 상비해 둔다.

근처 농협에 가서 방목해 키우는 닭의 계란을 산다. 20~30개 들이 팩으로 가져와 냉장고에 보관해 둔다. 계란은 요긴하게 쓰인다. 다양한 요리에 활용 가능하다. 코로나19 팬데믹 속에서 미국인들은 갑자기 앞다퉈 병아리를 키웠다고 한다. 잘 길러서 계란까지 생산하도록 할 작정이었겠지만 너무 먼 이야기다. 일단 계란만 있다면 무엇이든 된다.

고기는 그다지 많이 먹지 않는 편이어서 다소 비싸더라도 전통시장에서 흑돼지를 산다. 채 썬 고기, 다진고기, 갈비 등으로 나눠 밀봉해 눕혀서 냉동해 둔다. 대만의 스무위(虱目魚)[1]나 고등어는 맛이 좋아 즐겨 먹는 식재료이기 때문에 마찬가지로 쟁여 둔다.

곡물류는 쌀 이외에도 콩을 비축하면 좋다. 이와 관련해서는 역사를 참고할 수 있다. 명나라 황제로부터 명을 받고 아프리카 앞바다까지 대항해를 떠난 정화(鄭和)는 배 위에서 콩나물을 길렀다. 또 맷돌로 콩을 갈아 더우장(豆漿: 콩물)을 만들고, 거기에 소금이나 간수를 더해 두부도 만들었다고 한다.

건면은 동서양 종류별로 각각 하나씩 비축해둔다. 동양의 면은 타이난의 관먀오몐(關廟麵)[2]이다. 디화지에의 '성핑식품행(勝豊食品行)'에서 구입한다. 이 가게는 디화지에가 형성된 초창기 상권에 있다. 건물 천장이 놀라울 정도로 낮다. 간판에는 녹두당면이 손글씨로 쓰여 있다. 페인트는 이미 빛바랬지만 글씨체는 미적인 관점에서 볼 만하다. 이 가게에서 관먀오몐을 사는 것은 종류가 다양하기 때문이다. 가는 면부터 리본 너비의 넓은 면까지 사이즈가 여럿이다. 나는 얇은 면을 선호한다. 관먀오몐은 염분을 머금고 있어서

---

1   한국에서는 갯농어라 부른다.
2   도삭면 형태의 건면. 타이난 관먀오구에서 유래되었다.

더 쫄깃하고 빨리 익는다. 혼자 비빔면을 해먹으려면 물을 끓이면서 동시에 그릇에 기름과 간장, 또는 소금과 식초를 조금씩 덜어둔다. 면이 다 익으면 그릇에 넣어 소스와 잘 섞고 같은 냄비로 야채를 데친다. 모든 작업이 10분도 채 걸리지 않는다. 배달 음식을 시켜 먹는 것보다 빠를 뿐 아니라 시중에서 팔리는 과대포장된 비빔면보다 경제적이다.

서양식 면은 이탈리아 파스타다. 우리집에는 맷돌로 갈아 만든 이탈리아산 파스타면이 항상 있다. 표면이 거칠어서 소스가 잘 어울린다. 파스타에 곁들일 볼로네제 소스를 만들 때처럼 요리에 시간이 걸리기도 하지만 때로는 간단하게 마늘 슬라이스와 고추를 기름에 가볍게 볶아낸 뒤 삶은 파스타면과 적당히 잘 섞기만 해도 맛있다. 또 쌀가루와 중력분을 한 봉지씩 준비해둔다. 쌀가루와 중력분은 물을 더하면 각각 떡과 전을 만들 수 있다. 모두 준비됐다면 일상생활은 걱정 없다. 불운하게 자가격리를 해야 하는 경우에도 마찬가지다. 가공식품을 과도하게 섭취하는 일 없이 제대로 된 음식을 먹을 수 있다.

*

집에서 일하는 워킹맘은 한가할 새가 없다. 그래서 나는 한 번에 두 끼분의 음식을 한다. 스스로를 위한 도시락을 준비하는 개념인데 음식 담는 통이 따로 필요 없을 뿐이다. 일하는 도중에 밥이 먹고 싶어지면 순식간에 그 자리에서 밥상이 차려진다. 독신일 때부터 둘이 사는 지금까지 벌써 수년째 이어지고 있다. 생활에서 얻을 수 있는 지혜다.

먼저 고기로 육수를 끓여 냉동 보관해둔다.

시장에서 닭고기를 살 때는 가게 점원에게 발골을 부탁한다. 닭 몸통 두 개와 닭발 몇 개도 추가로 담는다. 고기는 메인 요리에 사용하고 뼈는 불순물을 제거한 뒤 끓여 국물을 낸다. 때로는 돼지 갈비뼈, 등뼈, 오돌뼈, 잡뼈 등도 섞어 우려내면 맛이 깊어지고 고기도 더 먹을 수 있다. 진득하니 국물을 끓이면 실내는 온통 따뜻하고 구수한 수증기로 가득찬다. 일종의 사람 사는 냄새랄까.

육수는 냉장고에 넣으면 며칠간 보관할 수 있는 데 얼려서 보관할 수도 있다. 육수에 얇게 썬 죽순과 조개를 함께 넣으면 죽순탕이 된다. 마늘을 듬뿍 넣고 통백후추와 향신료를 더하면 차오저우(潮州)[3]식의 바이탕러우구차(白湯肉骨茶)가 완성된다. 토마토, 양파, 양배추, 이탈리안 허브를 잔뜩 넣고 천천히 조리면 이탈리아식 야채 수프인 미네스트로네가 된다. 여기에 빵 두 쪽만 곁들여도 금새 배가 불러온다.

고기 국물에 어울리는 재료는 무수히 많다. 예컨대 동과, 무, 푼계란 등이 대표적이다. 육수는 여러 재료와 함께 끓인 면 요리나 훠궈 국물로도 활용된다. 완탕, 고기 완자, 만두를 넣어 끓이기도 좋

---

3   대만과 인접해 있는 중국 대륙의 푸젠성의 지명.

다. 그야말로 구세주다.

이밖에 밑반찬도 조금 만들어두자. 덥수룩한 야채를 씻어낸 뒤 숨을 죽여 한 그릇 사이즈로 만들면 냉장고 공간을 효과적으로 활용할 수 있다. 청경채나 소송채를 소금에 절여 물기를 짜낸 뒤 밀봉해 며칠간 냉장고에 두면 쉐차이(雪菜)[4]가 완성된다. 채 썬 고기를 물에 불리고 묽은 간장, 소흥주(紹興酒), 녹말을 적절히 버무려 쉐차이와 함께 볶아낸 재료들을 국수나 비빔면의 고명으로 얹으면 소박하지만 수준급의 맛이 난다.

봄에 남편의 사촌 동서한테 상추 절이는 법을 배웠다. 두툼한 겉부분을 벗겨내고 30분간 소금에 절여둔다. 떫은 맛을 머금은 물기를 제거하면 제법 괜찮은 샐러드가 완성된다. 아삭한 식감에 옥처럼 윤기가 나고 상추의 맑은 향이 난다. 매운 맛을 선호한다면 작은 팬에 참기름을 두 큰 술 두르고 가열한 뒤 후추, 마늘 슬라이스, 고추를 약하게 볶아 향이 나면 불을 끈다. 이 소스를 준비해 놓은 상추에 부으면 완성이다.

야채는 한 번 요리하면 대체로 두 번에 걸쳐 먹을 수 있다. 오크라, 옥수수순, 콜리플라워, 아스파라거스, 강낭콩, 가지 등은 소금을 치고 뜨거운 물에 가볍게 데쳐낸다. 절반은 소스를 곁들여 바로 먹고 나머지 절반은 냉장고에 넣어 보관한다. 이튿날 뜨거운 기름에 마늘 슬라이스를 볶은 뒤 남은 야채를 냄비에 넣고 데우면 된다.

---

4   갓을 절여 만든 채소 요리.

봄여름에는 자오바이순(筊白筍)[5]이 제철이다. 언젠가 아버지가 일 때문에 난터우현의 푸리(埔里)에 갔는데 그날 캐낸 신선한 자오바이순을 한가득 가져왔다. 그곳 농민들에 따르면 껍질째 10분만 삶아도 먹을 수 있다고 했다. 흙을 떠난 지 얼마 되지 않은 채소는 아직 살아 있기 때문에 갓 수확한 죽순을 바로 요리하지 않으면 안 되는 것처럼 서둘러야 한다. 밤이 늦었어도 바로 삶아 떫은 맛의 물기를 제거하고 식힌 후 바로 얼렸다. 두 번만에 전부 먹어치웠다.

냉채로 먹는 자오바이순은 얇게 썰고 생강 간장에 찍어 먹으면 굉장히 달고 맛있다. 2~3분이면 만들 수 있으니 인스턴트 음식이나 다름없다. 나머지는 이틀 정도 얼려뒀다가 립아이 스테이크를 구울 때 반으로 잘라 후라이팬에 남은 기름으로 살짝 탄 자국이 남을 정도로 구워내면 더 맛있다.

국물이 다 끓고 밑반찬까지 만들어지면 다음은 밥이다.

집에 전기밥솥이 있지만 나는 직화로 밥을 짓는 걸 선호한다. 두꺼운 용기에 뚜껑 달린 냄비면 가능하다. 어머니에게 물려받은 뚝배기 같은 것 말이다. 압력솥도 좋다. 두꺼운 합금 바닥이 열 저장에 효과적이다. 압력 뚜껑 대신 유리로 된 뚜껑을 사용하면 내부를 볼 수 있어 편리하다. 주철이나 유리로 만든 냄비도 괜찮다. 무엇을 사용할지는 쌀의 양과 그때의 기분에 따라 정하면 된다. 잡지에 실린 냄비 광고에 휘둘릴 필요가 없다. 밥이 맛있는 것은 대개 쌀이 좋기

---

5   줄풀의 뿌리.

때문이다. 좋은 쌀에 허튼짓만 하지 않으면 맛있는 밥을 지을 수 있다. 좋은 냄비는 거기에 가산점이 될 수 있지만 나쁜 쌀로 맛있는 밥을 짓는 기적을 일으키지는 못한다.

쌀뜨물이 투명해질 때까지 쌀을 여러 번 씻고 20~30분간 물에 담가둔다. 물기를 완전히 제거하고 솥에 넣는다. 우리집은 꼬들꼬들한 식감의 밥을 좋아하기 때문에 쌀 한 컵에는 물도 한 컵만 넣는다. 차진 밥을 원하면 물을 더 붓는다. 밥을 짓는 순서는 먼저 뚜껑을 닫고 불을 강하게 튼다. 물이 끓고 김이 나오기 시작하면 가장 약한 불로 줄인다. 그렇게 10~14분 정도 뜸을 들인다. 뚝배기나 주철 냄비를 사용하면 김 나오는 게 약해지면서 소리가 조용해지고 밥 냄새가 나기 시작할 때 불을 끈다. 시적인 과정들이다. 유리 냄비라면 더 간단하다. 눈으로 보고 물이 증발해 쌀에서 윤기가 나기 시작하면 가열을 멈춘다. 그 다음부터는 설령 강도가 들어와 목에 칼을 들이대도 뚜껑을 열어서는 안 된다. 무슨 일이 있더라도 20분간은 뜸을 들여야 한다.

불로 밥을 한다는 것은 야생에서의 생존기를 연상케 한다. 전기와 기계를 사용하지 않으면 밥을 더 맛있게 지을 수 있다. 소요 시간도 줄어들고, 밥알의 윤기도 더해진다. 어르신들은 사실 모두 방법을 알고 있다(옛날에는 장작을 때서 밥을 지었는데 이는 또 다른 차원의 경지다). 우리는 쌀이 주식인 문화에서 자랐기 때문에 직화를 이용해 생쌀로 밥을 짓는 기술은 평생 사용 가능하다. 가장 좋은 것은 아이들에게도 하루빨리 그 방법을 가르쳐주는 것이다.

밥을 지을 때는 한번에 적어도 쌀 두 홉은 필요하다. 그러면 네 그 릇 분량이 나온다. 우리집은 먹는 양이 적기 때문에 다섯 그릇 정도 나올 수도 있다. 쌀이 적으면 밥이 너무 될 수 있으니 너무 많이 하 느니만 못하다. 먹다 남은 것은 소분해서 냉동해둔다.

다음은 대만의 국민 밥솥이라 할 수 있는 다퉁(大同)사의 전기솥 이다. 대만에서 오븐이 없는 집, 전자레인지가 없는 집, 에어프라이 어가 없는 집은 있어도 다퉁 전기솥이 없는 집은 없다. 만약 전날 집 에서 카레, 훙사오러우(紅燒肉), 혹은 동과를 넣은 완자 등의 요리를 했다면 다음 날에는 풍미가 깊어진다. 점심에는 전기솥으로 반찬과 냉동밥을 데운다. 따로 작은 냄비에 국물을 끓이고 그 사이 냉채도 꺼내 그릇에 담는다. 15분도 되지 않아 요리 두 개에 국물까지 더해 진 한 상이 차려진다.

점심에 밥을 데울 때면 나는 늘 옛 직장에서의 추억이 떠오른다. 동료들과 점심을 먹으러 갈 때면 이따금 모두가 한번에 모이기 쉽 지 않을 때가 있다. 아직 오지 않은 이들을 기다리는 동안의 배고픔 은 견디기 어렵다. 직장인에게 점심 시간은 하루 중 가장 소중한 시 간이다. 월급과 무관한 시간이기 때문이다. 자본주의 사회에서 얼 마 없는 틈새랄까? 모르는 사이 빼앗겨버리는 시간이기도 하다. 집 에서 일을 하게 되고 나서 혼자 점심을 먹을 때면 친한 직장 동료들 과 왁자지껄 보냈던 시간들이 그리워지기 마련이다. 그러나 그때의 음식들은 그립지 않다.

큰 전염병은 태평성대를 누리던 사람들에게 삶의 기본적인 것들과 마주하게 했다. 화와 복은 서로 얽혀 있다고 했던가. 실용적인 것들을 예습할 수 있는 기회이기도 하다. 인간은 보잘 것 없는 존재이기 때문에 스스로 강해져야 한다. 요리는 나 자신을 챙기는 첫 단계이다. 내 배고픔을 해결할 뿐만 아니라 다른 이들까지도 보살펴줄 수 있다. 그렇게 인생의 다양한 상황에 대응한다. 앞으로 어떤 일이 닥치더라도 말이다.

6. 인생의 시장

어머니가 아프고 나서 우리 가족 식사 준비는 내 담당이 됐다. 식재료들을 사러 전통시장을 자주 찾게 됐다. 어머니가 돌아가시고 나는 집을 떠나 독립하게 됐고 끼닛거리를 준비하기 위해 역시나 매주 시장에 갔다. 슈퍼마켓은 별로 가지 않는다. 쇼핑이란 물건을 사는 것이지만 그 과정에서 오가는 사람들과의 정도 있기 때문이다.

슈퍼마켓은 대만 어디를 가더라도 비슷하다. 반면 전통시장은 저마다의 색깔이 있다. 진열된 물건들은 지역 주민들이 어디서 왔는지 반영한다. 나도 때로는 타이베이의 난먼(南門) 시장에서 자티(紮蹄)[1]나 '허싱가오투안점(合興糕糰店)'의 아주 섬세한 대추 소가 들어간 서우타오(壽桃)[2]를 산다. 다른 단골 가게들도 들러서 고기를 채운 피망이나 쉐차이, 백엽두부도 포장한다. 미얀마 거리라고 불리는 중허의 화신지에 근처를 지나면 그린 카레에 넣는 둥근 가지와 레몬그라스, 가랑갈뿐만 아니라 각종 정글커리에 사용하는 향신료

---

1   발골한 족발에 다진 고기를 채워넣은 광둥 요리.
2   장수를 기원하는 복숭아 모양의 만두.

들을 구입한다. 장보기가 끝나면 길거리에 있는 가게에서 밀크티를 마시고 으깬 콩을 펴바른 카오빙(烤餅)을 먹는다. 다만 사람과 시장은 아무래도 혈연에서 비롯된 친밀함도 관련 있지 않을까? 나는 민난계[3] 가정에서 태어나 대만 북부에서 자랐다. 어렸을 때부터 루러우나 바이잔지(白斬雞)[4], 대만식 약식인 유판(油飯)을 먹으며 컸다. 난면 시장에서 파는 저장성 음식인 고급 진화(金華)식 햄이나 소금에 절인 죽순은 확실히 맛있지만 일년에 두어 번 사서 먹는 정도다. 또 1~2월에 한 번은 화신지에서 파는 미얀마식 카오빙이 생각나지만 그쪽 식재료들은 아직까지 익숙치 않은 향신료나 허브가 너무 많다. 이런 이유로 아주 가끔만 가는 시장이 있는가 하면 매일 같이 가는 시장도 있다.

역시 가장 좋은 것은 익숙하고 잘 아는 시장에 가는 것이다. 시장에는 콩깻묵이나 소금에 절인 동과를 파는 잡화점과 한약방이 있어야 한다. 약초차나 사탕수수주스 등 옛 음료를 파는 가게도 빼놓을 수 없다. 민난어를 말하며 손가락으로 가리키기만 해도 야채를 살 수 있고 어머니와 외할머니의 단골 가게도 있어야 한다.

만약 오전에 장을 보러 간다면 루저우 용련사 근처의 중산시장이나 타이베이의 용러시장에 가는 일이 많다. 저녁이라면 루저우 중화지에의 저녁 시장에 간다. 루저우 용련사는 백년의 오랜 역사가

---

3   장저우(漳州) ,취안저우(泉州), 샤먼(廈門) 등을 아우르는 푸젠성 남부. 대만에는 이곳에서 이민온 인구가 많다. 대만어가 민난어와 거의 비슷한 것도 이런 배경에서다.

4   광둥식 백숙.

있는 절이다. 그 동안 신자들의 발길이 끊이지 않았다. 입구에는 많은 상점들이 모여 있다. 같은 공간이지만 아침에는 아침장, 해가 지고는 야시장이 열린다. 만약 하늘 위에서 내려다보면 용련사를 중심으로 사방으로 수백 미터에 걸쳐 형성된 상권이 보일 것이다. 아침부터 밤까지 사람들로 북적인다.

내가 아주 어렸을 때부터 외할머니는 나를 데리고 시장에 갔다. 그녀는 장을 보면서 희고 통통한 손녀에게 간식을 사주는 것도 잊지 않았다. 우리는 항상 절 입구 부근에서 체가미나 미타이무를 먹었고 제과점 '롱펑탕'에서 '마미라오(麻米糕)[5]'를 샀다. 이 노포들은 지금도 변함없이 장사가 잘 되기 때문에 꼬마가 어른이 돼 할머니가 했던 것처럼 장을 보고 간식을 먹어도 세월이 가혹하게 느껴지지 않는다.

차례를 지내거나 명절 때마다 외할머니는 항상 한 과일 노점을 찾았다. 아오모리산 사과나 일본 곶감, 딸기 등 고급 과일을 취급하는 가게다. 나중에 어머니는 나를 데리고 지나가며 넌지시 일러줬다. "이런 가게는 물건들은 좋지만 가격도 비싸. 우리는 네 외할머니처럼 대갓집 사모님이 아니니 물건을 살 때는 반드시 가격을 물어보고 사야 해. 그렇지 않으면 나중에 깜짝 놀랄 만한 숫자를 받게 될 수 있으니까." 그래서 나는 그곳을 가끔 들리면 줄기 달린 리치 3~5개, 방울토마토 한 움큼 정도만 산다. 우리 집안은 삼대에 걸쳐

---

5   찹쌀가루를 주재료로 바삭하게 튀기고 설탕, 깨 등으로 코팅한 과자.

같은 가게를 이용하는 셈이다.

*

용러시장은 할머니의 친정집에서 멀지 않은 곳에 있다. 이곳은 입
문자에게 제격이다. 면적은 작아도 역사는 오래됐다. 건물 1층에서
는 주로 식품을 판다. 과일가게는 두세 곳, 생선 가게나 정육점도 각
각 두세 곳 있다. 야채 가게는 세 곳, 룬빙피를 파는 가게는 두 곳,
유명한 유판 가게와 만두 가게가 한 곳씩 있다. 천천히 둘러볼 게
아니라면 5분만에 한 바퀴 둘러볼 수 있다. 식재료들의 품질도 가
격도 타이베이에서는 중상급이지만 고급스럽게 물건을 진열하거나
시금치 한 단 가격이 160대만달러라거나 하는 곳은 없다. 시장 자
체가 복잡하지 않고 오밀조밀한 덕분에 나처럼 서툰 도시 사람에게
도 어렵지 않다. 아기만큼이나 무거운 호박이나 양배추, 생닭을 손
에 들고 수많은 가게를 둘러본 끝에 손가락이 저려와 집에 돌아가
무 껍질을 벗기는 것조차 힘들어 결국 요리 자체를 포기하는 일은
벌어지지 않는다.

이 시장은 백년의 역사가 있다. 룬빙피를 파는 '린량하오'는 개업
한 지 80년이 넘었다. 창업자는 시장 건물 밖 노점에서부터 장사를
시작했다고 한다. 지금은 건물 안에 자리를 잡았다. 뒤를 이은 리위
(麗玉) 아주머니는 지금도 직접 룬빙피를 굽는다. 3대째는 아들인데
완성된 룬빙을 늘어놓고 팔고 있다. 이집 룬빙은 북부 스타일이다.

촉촉한 편인 내용물은 커리 가루 때문에 노랗게 물들어 있다. 감태와 함께 들어 있는 땅콩가루는 지나치게 달지는 않다. 꼭 우리 할머니의 레시피와 비슷하다.

'젠샹(剪翔)'이라는 채소 도매 가게도 역사가 오래됐다. 벌써 4대째다. 진열된 물건들 종류도 다양한데 마대, 나무 상자, 대바구니 등에 담겨 있는 모습이 꼭 영국 런던의 버로우 마켓을 닮았다. 'Uncle Ray Vegetable'이라는 영어 이름도 있다. 설날 전 며칠은 대목이다. 3대에 걸친 온 가족이 나와 일하는데 5~6명이나 동원되는 걸 보면 얼마나 북적이는지 알 만하다. 양배추와 콜리플라워 이외에도 겨울 죽순, 올방개, 상추, 밤 등 무엇이든 다 있다. 조개, 계란, 건두부 같은 것들도 소량이지만 준비되어 있다. 이곳에서 필요한 모든 물건들을 다 사더라도 품질이 고르기 때문에 실패할 일은 거의 없어 안심할 수 있다.

닭고기는 '첸진지야어러우(千金雞鴨鵝肉)'에서 산다. 가게 이름은 '장첸진(張千金)'이라는 주인장의 이름에서 유래했다. 이곳은 반찬도 맛있어서 나는 때때로 훈제 오징어 반 마리나 족발을 사기도 한다. 제사용으로 필요한 '산성(三牲)⁶'은 미리 주문하면 부세 한 마리도 통째로 튀겨주기 때문에 여기에서만 이미 두 가지가 준비될 수 있다.

닭고기를 사러 가서 생선까지 살 수 있는 가게로는 용러쫭(永樂

---

6   고기, 생선 등 세 종류의 각기 다른 공물.

莊)이라는 방앗간도 있다. 기름, 소금, 간장, 식초 등이 천장에 닿을 정도로 쌓여 있는데 병에 붙은 스티커가 가로세로로 연속해 모양을 만들어내는 모습은 마치 앤디 워홀의 캠벨 수프 캔을 연상케 한다. 주인 할머니는 물건의 무게를 재거나 가게 안 먼지를 청소하며 늘 뭔가를 하고 있다. 작은 TV를 멍하니 보고 있거나 휴대폰을 만지작거리는 모습은 보기 어렵다. 용러좡의 마늘은 햇볕에 잘 건조되어 있고 생강은 표면에 먼지 한 톨 없다. 타오화푸(桃花麩)[7]를 사러 갔을 때 눈치챘지만 가게 구석에 금지(金紙)[8]와 향이 배치되어 있는 걸 보며 주인장의 센스에 감탄했다. 나는 어머니가 돌아가시고 나서야 제사를 지내게 됐다. 칠칠맞지 못한 성격인데다 명절 전날 너무 정신 없이 바쁘다보면, 대부분 새벽에서야 금지를 챙기지 않았다는 사실을 깨닫고 괴로웠는데 이런 세심한 준비를 하는 가게들에 각별한 감사함을 느낀다.

*

전통시장은 나 같은 1980년대생 여성에게 물질적으로만 도움을 준 게 아니다. 추상적인 것들 역시 많다.

　어머니가 돌아가신 뒤에는 제사에 집중하는 게 슬픔을 달래는 데

7　밀기울로 만든 빵.

8　제사 때 공물로 태우는 종이.

도움이 됐다. 장례식을 도와주는 상조회사라면 어디든 유족을 대신해 생화나 과일, 고기나 생선 같은 것부터 12가지 찬까지 준비해준다. 그러나 어머니가 생전에 좋아하던 꽃을 고르고 우리가 직접 생닭을 통째로 삶고, 생선을 굽고 삼겹살 덩어리를 튀겨내는 연습까지 해서 어머니가 좋아하는 요리를 장만하고, 고인이 마치 살아있는 것처럼 대접하며 예절까지 지키기 위해 신경을 쓰다보면 음식 준비는 꽤나 번거로워진다.

장례를 치를 때 피해야 하는 식재료들은 종종 민난어 발음을 바탕으로 한 신소리들에서 비롯된다. 예컨대 더우간(豆干)을 먹으면 큰 벼슬(大官)⁹을 할 수 있고, 러우완(肉丸)을 먹으면 과거시험에서 장원(狀元)으로 급제한다는 식이다. 여기엔 인생의 성공에 대한 옛 사회의 고루한 인습이 내포되어 있다. 그러나 이 제사는 덕담 듣는 걸 좋아하는 어머니를 위한 것이다. 그런 것들은 크게 상관하지 않기로 했다. 그랬더니 발목을 잡는 금기 사항들이 정말 쇠털같이 많았다. 예를 들어 줄기에 연달아 달려 있는 형태의 과일은 제사상에 올릴 수 없다. 불상사로 이어지면 안되기 때문이다. 그래서 어머니가 좋아하던 리치, 용안, 포도는 모두 불합격이다. 또 콩은 백설콩, 강낭콩, 아마낫토도 좋지만 줄콩은 안된다. 장수를 상징하기 때문이다. 돌아가신 분의 장수를 기원하는 것은 모순이다.

제사 음식 장만에 필요한 식재료들을 구하기 위해 루저우 중화지

---

9   더우간(건두부)와 발음이 비슷하다.

에의 저녁 시장을 찾아 고기를 샀다. 제사상에 올릴 음식이라고 설명했더니 '차이가네 정육점(蔡家肉鋪)'은 내가 집어든 얇은 대패 목살을 회수하고는 껍질과 고기가 골고루 섞인 삼겹살 덩어리를 잘라 내어줬다. 덕분에 불경을 면할 수 있었다.

옥수수를 먹여 키운 닭을 파는 아주머니는 닭고기만 팔지 않았다. 제사상 차리는 법도 알려줬다. 생선과 닭은 대가리가 서로 마주하면 안된다는 것 따위 말이다. 닭고기를 사고 나와 주변을 둘러보니 관음산의 푸른 죽순도 팔고 있었다. 어머니가 살아 생전에 죽순을 좋아했던 것이 떠올라 조금 샀다. 그랬더니 닭고기집 아주머니가 가게에서 뛰쳐나와 외쳤다. "죽순은 제사상에 올리면 안돼." 죽순을 담아주던 아주머니도 그말을 듣고 놀라서는 "제사에는 쓰면 안돼. 사지 마."라며 말렸다(죽순의 순(筍)은 덜 손(損)자와 발음이 같다). 이어 두 사람은 양쪽에서 나를 붙잡고 5분 동안 제사에 대해 강의를 했다. 이야기가 끝나자 닭집 아주머니는 엄지와 검지로 고리를 만들어 내 손목을 잡아보고는 말했다. "젊은이가 손목이 가늘어서 닭고기 자르는 것도 어렵지? 내일 제사 끝나면 가져와. 내가 토막 내줄게."

사실 닭고기를 토막 내는 것 정도는 나도 할 수 있었다. 그런데 뭐랄까 어쩐지 모르게 눈물이 앞을 가렸다.

제2부

죽, 국수, 그리고 밥

1. 국수를 먹는 예감

한 남자와 한동안 교제했었다. 우리는 대개 타이베이 중심부의 카페 혹은 영화관에서 만났다. 호감은 있었지만 연애 감정으로까지 발전할지에 대해서는 애매했던 터라 서로 선을 지키던 사이였다. 그러던 어느 날 그가 말했다. "당신의 집 근처에 가서 항상 얘기해줬던 절이랑 시장에 가보고 싶어요."

"오세요. 같이 절에서 기도하고 국수 먹으러 가요."

아직 서로 손도 잡아본 적 없는 사이였지만 집 근처에서 만나 절에 가고 국수를 먹는다는 것은 뭔가 예사롭지 않았다.

절은 용련사. 국수는 체가미다.

우리집은 관음산 기슭에 있었다. 루저우에서 수십 미터 남짓의 짧은 다리를 건너면 닿을 수 있는 곳이었다. 그래서 일상적인 용무나 장보기는 대체로 루저우에서 해결했다. 이곳에서 체가미의 역사는 벌써 백년이 넘었다. 그동안 하나의 상권이 형성됐다. 백년 고찰 용련사 주변 반경 1km 이내로 헤아리면 체가미 가게는 열 곳이 넘는다. 더 멀리 창룽루(長榮路) 일대까지 포함하면 20~30곳에 달한다. 나보다 두어 살 더 먹은 친구에 따르면 옛날 타이베이에는 곳곳에

체가미 가게가 있었던 모양이지만 지금은 줄어들었다. 만약 그 친구가 루저우의 체가미 가게들을 본다면 아쉬워하지 않아도 될 것이다. 이곳의 모든 체가미 가게는 손님들로 붐빈다. 식사 시간대에는 너무 혼잡한 탓에 한산한 모습을 찾아볼 수 없다.

내가 체가미와 함께한 지도 30여 년이 흘렀다. 그에 대한 애정은 깊고도 복잡하다. 가족들과는 함께 먹으며 추억도 많이 쌓았지만 친구와 같이 먹은 경험은 몇 번 없다. 너무 친숙하기 때문이랄까, 너무 일상적인 것이니 말이다. 식사를 초대하거나 일 때문에 만나는 자리라면 역시 조금 격식을 갖춘 가게가 낫다. 체가미는 굉장히 흔한 음식이기 때문에 너무 거창하게 생각하지 않는 것이 좋다. 루저우 주변의 수많은 가게 가운데 인테리어를 손본 곳은 몇 군데 없다. 대부분은 낡고 허름한 분위기다. 바닥은 항상 기름으로 젖어 있고 테이블과 의자는 짝이 안 맞는다. 멜라민수지 소재의 접시 가장자리에 그려진 문양은 지워져 형태를 알아보기 어렵다. 가게 일이 바쁘면 공과 사를 구분하기 어려워진다. 주인장의 아이들은 가게 구석에 책상을 놓고 숙제를 하거나 장난감을 갖고 논다. 부모는 고구마잎을 다듬으면서 대만 로컬 드라마의 대사에나 나올 법한 독설을 뱉거나 때로는 귀싸대기를 올리는 장면도 볼 수 있다.

이곳 사람들은 수십 년 동안 체가미를 먹어 왔다. 자주 가는 가게가 쉬는 날이면 인근의 다른 가게에 가면 된다. 가게들 중 가장 나이가 많은 곳은 1백 살 가까이 됐다. 그나마 역사가 짧은 곳이라 해도 30년은 족히 된다. 어딜 가더라도 품질이 나쁘지 않고 각각의 강

점이 있다. 면발이 굵거나 얇거나, 국물이 맑거나 진하거나, 고기가
달거나 내장이 부드럽거나 하는 것들이 각자의 특색이 된다. 식재
료는 집밥의 연장선이라 생각될 정도로 별다를 게 없다. 음식의 간
도 단순하고 거의 원초적이다. 다만 세심하게 균형은 맞춰져 있다.
가격은 대체로 매우 저렴하다. 그래서 누군가와 함께 체가미를 먹
으러 간다는 것은 집에서 편안히 앉아 간단히 식사를 하는 것과 비
슷하다. 지금은 SNS를 통해 손쉽게 수백수천 명의 친구를 사귀고
쉽게 믿는다. 사실 조금만 더 생각해보면 비합리적이라는 것을 금
방 깨닫는다. 부담 없이 국수 한 그릇을 같이 먹을 수 있는 친구는
수백수천 명 중에서 몇 없으니 말이다.

오랫동안 국수를 먹다 보니 일행도 달라진다. 어렸을 때는 가족
모두가 함께 갔지만 어른이 되고 나서는 혼자 가는 경우가 많아
졌다. 지금은 눈 앞에 있는 이 남자가 합석해 둘이 됐다. 둘이 먹는
것은 아무래도 혼자 먹는 것보다 좋다. 기분의 문제가 아니라 사실
이 그렇다. 세상에는 혼자 먹는 게 좋은 국수도 많지만 체가미만큼
은 사람이 많으면 많을수록 맛있다.

*

옛날 우리집은 국수에 진심이었다. 국수를 먹으러 삼대가 여러 대의
차에 나눠 타고 이동했을 정도였다. 외할아버지는 자수성가한 사업
가였다. 체격은 여리여리했지만 머리가 좋았고, 먹는 것에 대한 취

향은 굉장히 까다로웠다. 이를테면 매년 여름 리치와 뱀으로 한해 분량의 술을 직접 담가 혼자 조금씩 나눠 마셨다. 죽을 쑬 때면 쌀은 한 톨도 입에 대지 않았다. 오로지 민난어로 '암(泔)'이라 불리는 위에 뜬 미음만 먹었다. 때문에 집에서 죽을 쑬 때면 쌀을 많이 넣어야 했다. 그래야 외할아버지가 암을 두 그릇 먹을 수 있었다. 외할아버지는 시쳇말로 참 까탈스러웠다. 만년에는 넘어져 다리를 다친 탓에 멀리 나가지 못했다. 그래서 만약 국수가 먹고 싶다고 하면 온 가족이 차를 몰고 외할아버지와 함께 먹으러 갔다.

외할아버지는 '다먀오커우체가미(大廟口切仔麵)'라는 가게를 좋아했다.

이곳은 더성지에(得勝街)의 끄트머리에 있다. 길폭이 좁아지는 오래된 거리를 따라 걷다 널찍한 내부에 '톈딩체가미(添丁切仔麵)'라 쓰인 간판이 눈에 뜨일 때 조금 더 안쪽으로 들어가면 그곳에 자리하고 있다. 이 집은 루저우에 남아 있는 가장 오래된 가게 중 하나다. 천장이 낮고 안쪽이 깊은 구조다. 인테리어도 수수하다. 창업 당시에는 점포가 없었다. 멜대를 지고 용련사 입구에서 장사를 했기에 다먀오커우[1]라고 불렸다. 그로부터 벌써 80년이 흘렀다. 가게 안을 들여다 보니 손님 중에는 중년 남성이 압도적으로 많았다. 가게 안에는 여전히 주문을 위한 전표도 없다. 단골 손님들은 고개도 들지 않고 주문을 하고, 앉으면 바로 먹기 시작했다.

---

1   다먀오커우는 큰 사당의 입구라는 뜻이다.

다먀오커우는 새벽녘에 문을 열고 오후께 마감한다. 옛부터 이어진 윤리 관행에 따라 한 번 만든 음식은 다음 날까지 쓰는 법이 없다. 그날 남은 육수는 가게 문을 닫기 전에 모두 버린다. 이튿날은 또 처음부터 다시 만들기 시작한다. 모든 준비는 오로지 그날을 위한 것이다.

새벽 동이 트기 전부터 끓이기 시작한 국물에는 규모의 경제가 적용된다. 바닥이 깊은 냄비에 부은 물이 끓어오르면 다른 가게들은 대체로 큼지막한 돼지뼈를 넣어 육수를 우린다. 다먀오커우는 거기에 돼지고기도 한가득 넣어 곤다. 삼겹살을 주로 넣지만 볼살과 안창살도 보탠다. 고깃덩이들이 익으면 국물이 진해진다. 가게 입구는 기름지고 향긋한 냄새로 가득찬다. 영업 종료 시간이 가까워지면 국물은 젖빛을 띈다.

고깃덩어리는 솥에서 꺼내 식혀 준비해둔다. 가게 주인 저우(周) 아저씨는 일할 때 나막신을 신는다. 영업 시간 동안 주방 안팎을 오가며 분주하다. 고기를 썰고 면을 삶을 때마다 나막신이 또각거리는 소리를 내는 게 마치 음악처럼 들린다. 모처럼 여유가 생겨 잠시 엉덩이를 붙일 때도 손에 돼지껍질을 든 채 남은 털을 뽑는다. 다먀오커우의 고기와 내장은 모두 주문을 받은 다음 바로 썰어 몇 초간 육수로 데쳐내 감칠맛과 탄력을 유지한다. 근처 가게 중에는 효율을 중시한 나머지 미리 고기를 썰어놓는 곳도 있지만 그만큼 풍미가 떨어진다. 과장하여 말하자면 고기가 본래 갖고 있던 영혼을 잃어버린 것 같다. 신선한 고기를 어떤 타이밍에 요리해 최고의 상태를 유지하는지는 경험이 만들어내는 마술이며 시간이 빚어낸 기술이다. 단순하지만 심오하다.

우리 가족은 가게에 도착하면 가장 안쪽의 둥근 테이블 두 개를 차지한다. 하나는 할머니 할아버지를 비롯한 어른들이, 나머지 하나는 손주들이 각각 앉는다. 20명이 동시에 주문을 하는데 왁자지껄 모두가 먼저 국수부터 하나씩 시킨다. 이곳에서는 순전히 국수만 먹는 사람은 없다. 모두 부속고기 같은 사이드 메뉴도 꼭 시킨다. 주인장이 "무엇을 드릴까요?"하고 물으면 순간 정적이 흐르고 우리는 외할아버지의 주문을 기다린다. "다 주세요." 외할아버지가 말했다. 즉 가게에 있는 모든 종류의 부속고기를 한 그릇씩 내달라는 의미다. 그것은 성대한 연회다. 삶은 고기들의 향연 말이다. 고기라면 삼겹살, 살코기, 볼살, 껍데기, 난골 등이다. 내장에는 심장, 간, 허파, 혀, 안창살, 대창, 소장 등이 있다. 그야말로 돼지 한 마리 풀코스다. 데친 고구마잎에도 유충이 더해진다. 돼지고기는 모두 삶아낸 것이기 때문에 재료가 상하면 숨길 수 없다. 그대로 드러난다. 가게 측에서 엄선한 고기만이 손님상에 오를 수 있다. 이 일대의 체가미 업계에서는 1살 넘은 흑돼지를 갓 잡아 숙성한 고기를 사용한다. 백돼지나 냉동고기 같은 것들은 일절 사용하지 않는 것이 기본 상식이다.

런던에는 세인트 존이라는 유명하고 근사한 레스토랑이 있다. 이곳의 셰프 퍼거스 헨더슨이 쓴 책 『코부터 꼬리까지 먹기(Nose to Tail Eating)』라는 레시피 책은 많은 이들에게 바이블로 통한다. 제2차 세계대전 이후 물자가 풍족해지자 영국인들은 가축의 일부만을 먹게 됐다. 나머지 부분은 먹을 수 있음에도 불구하고 버려졌다. 헨더슨은 '살생을 했다면 다 먹어치우는 게 존중의 표시'라는 생각에서 요리에 내장이나 골수, 야생동물이나 잡어 등도 많이 사용했다. 이 같은 사고방식은 당시 서양인에게 참신했겠지만 동양인에게는 그다지 새로울 게 없다. 이미 날마다 실천하고 있는 것들이니 말이다. 특히 내장 요리들은 대만의 체가미 가게에서 잘 보이는 곳에 진열되어 식객들을 매료하고 있다.

사람이 많으면 사이드 메뉴로 나오는 고기 종류도 많아진다. 살코기, 비계, 부드러운 고기, 쫄깃한 껍질 등 모두 상에 오른다. 곁들이는 소스는 다먀오커우의 특제 두반장이다. 된장과 고추가 베이스인데 일제 시대의 유풍의 영향인지 걸쭉해 보이는 겉모양과 달리 맛은 담백하면서 달다. 방금 막 썰어낸 간은 분홍빛을 띠고 쫀득하다. 얇은 인대로 감싸인 안창살은 천천히 씹으면 맛이 스며나온다. 다먀오커우의 삼겹살 고기는 루저우에서 가장 맛있다고 소문나서 손님들이 너 나 할 것 없이 주문하는 메뉴다. 그저 단순하게 적당하게만 삶은 돼지고기인데 달큼하다. 살코기도 먹어볼 만하다. 퍼석퍼석하지 않고 적당히 씹는 맛이 좋다.

지금도 기억에 선명한 것은 가족인데도 모두 제각각이었던 우리의 체가미 취향이었다. 예를 들어 외할아버지는 국물만 마시고 면은 먹지 않았다. 기름진 면을 좋아하지 않았던 어머니는 미펀이나 넓적한 쌀국수를 시켰다. 이모는 내장을 먹지 않았지만 어머니는 가리지 않았다.

어머니의 돼지 내장 사랑은 맛 때문만은 아니었다. 나름의 개인적인 이유가 있었다. 예컨대 어머니에 따르면 돼지의 허파는 오염된 탓에 처리하기가 어려웠다. 옛날에 할머니가 '파인애플 허파 볶음' 요리를 만들 때 소녀였던 어미나와 이모는 집 밖에 쭈그려 앉아 돼지 허파에 수도꼭지를 직접 집어넣고 4시간 동안 흐르는 물로 그것을 헹궈냈다고 한다. 이따금 직접 눌러 시키먼 물을 빼내기도 했다. 처음에는 거무스름했던 돼지의 허파가 하얗게 될 때가지 작업은 이어졌다. 중년이 된 어머니는 이제 더 이상 돼지 허파를 씻을 필요가 없을 뿐더러 눈썹 하나 움직이지 않고도 돼지 허파를 한 접시 주문해 먹을 수 있다는 것 자체가 고달팠던 시절에 대한 보상 같이 느껴진다고 했다.

사실 돼지 허파는 스펀지 같은 느낌이 있다. 구멍이 많고 연골도 있다. 씹는 맛은 좋지만 맛 자체가 밋밋하기 때문에 나는 어려서부터 별로 좋아하지 않았다. 이밖에 돼지 간도 먹지 않는다. 비린내가 나기 때문이다. 어머니는 여자 아이가 돼지 간을 많이 먹으면 철분 보충에 도움이 된다며 내게 많이 먹기를 권했다. 나는 어머니 말을 듣지 않았다. 다만 잘 정리해서 기억의 서랍에 넣어뒀다. 어머니가 3년 전에 돌아가시고 나는 슬픔은 치유하기 어려웠다. 언제 한번은 체가미 가게에서 무의식적으로 돼지 간과 허파를 먹었다. 피와 기운을 보충하기 위해서였다. 간을 먹어서 간을, 허파를 먹어서 폐를 보양하는 방식이었다. 자신을 돌볼 사람은 자기밖에 없다.

*

외할아버지와 외할머니가 돌아가신 지 여러 해가 지났다. 이제 우리는 자유롭게 각자 취향에 맞게 가고 싶은 가게를 방문한다. 나와 이모는 여전히 '다먀오커우'를 좋아하지만 때로는 '다샹'이나 '허상저우'에도 간다. 작은 외삼촌은 '아룽(阿榮)'과 '야바(鴨霸)'를 찾는다. 내 남동생의 선택은 '저우우주(周烏豬)'다. 저우우주는 외할머니도 좋아했는데 체가미의 발상지라고 일컬어진다. 지금은 가게 내부를 근사하게 리모델링했다. 어렸을 때 외할머니와 함께 시장에 가면 종종 멀리 돌아가더라도 꼭 들러서 먹었다. 이 집은 면이 특히 맛있는데 장사가 너무 잘 돼 바닥이 항상 기름으로 번질거렸다. 미끌어지지 않고 앉아 완성된 국수를 잘 먹는 것만으로도 대단한 일이었다. 혼자 국수를 먹는 날들이 많아지면 새로운 질서가 만들어진다. 예를 들어 펀몐(粉麵)이나 헤이바이체를 먹게 되는 것 말이다.

　루저우의 옛지명(鷺洲)은 지금과 한자가 달랐다. 청나라 시대 지도에 따르면 이곳은 타이베이 호수 바닥에 환영처럼 나타났다가 사라지는 습지였다. 백로가 무리를 지어 날아오를 때면 모래 안개가 자욱했다고 한다. 타이베이 북부에서는 일찍부터 개척된 마을이다. 일제 시대 통계에 따르면 당시 주민의 90%가 단수이강 인근에 상륙해 자리잡은 푸젠성 퉁안향(同安鄉) 출신이었다. 이런 배경 때문에 체가미 면은 연한 노란색을 띤 푸젠 스타일의 유몐(油麵)이었다. 면을 반죽하는 단계에서 알칼리수를 넣고 삶은 뒤 출하되는데 눌어붙어 굳어지지 않도록 식용유를 섞었다. 삶은 면은 뜨거운 물에 살짝 데치기만 해도 먹을 수 있다. '절(切)'이라는 한자는 움직임이자 소리이면서 도구다. 민난어로는 '칙(tshik)'이라 발음하는데 면을 삶는 데 사용하는 길쭉한 손잡이가 달린 소쿠리를 '미치가(麵摠仔)'라고 한다. 예전에는 대나무로 만들었지만 오늘날에는 대부분 금속 제품으로 대체됐다. 대나무는 곰팡이가 피기 쉽지만 면을 꺼냈을 때의 모습이 아름답다. 끓는 물에 소쿠리를 넣고 흔들 때 '칙' 하는 소리가 들리는데 꺼내기 전에 강하게 물기를 털어내고 '캉'하는 소리와 함께 소쿠리를 뒤집어 면을 도자기 그릇에 옮겨놓는다. 연한 노란 빛의 면이 타원형의 산을 만들어낸다. 그 위에 뜨거운 국물을 부으면 수증기가 모락모락 피어오르는 모습이 마치 한 그릇에 담긴 산수화 같다.

이런 종류의 면은 동남아시아에서도 볼 수 있다. 푸젠몐(福建麵)이라 불리는 이 면은 다양하게 활용된다. 볶아 먹기도 하고 국물에 말아 먹기도 한다. 그 중 하나가 새우로 우려낸 국물에 붉은 기름이 둥둥 떠있는 국수다. 한때 싱가포르에 종종 갈 기회가 있어 그곳에서 푸젠몐을 먹었다. 어떤 할아버지가 '펀몐'을 주문했는데 그릇에는 유몐과 미펀이 반반씩 담겼다. 이 둘을 함께 먹으면 부드러운 면에 딱딱한 미펀이 뒤섞이며 재미난 식감이 연출되는데 한 번 먹어보고는 나도 무심코 빠져들었다. 대만에 돌아와 체가미를 먹으러 갔을 때 어떤 가게도 그런 메뉴는 없었지만 대부분의 경우 설명을 하고 부탁하면 금방 이해했다. 동네 체가미 가게는 면의 종류가 복잡하지 않아서 단골손님들은 "체가미 한 그릇 주세요."라고 주문하지는 않는다. 보통 "면 하나에 국물 넣어서"라거나 "넓쩍한 미편에 국물 없이"라는 식이다. 나는 "편몐 하나, 국물 있는 걸로."라고 주문했는데 말이 통했을 뿐만 아니라 뭘 좀 아는 사람으로 보는 것 같은 시선을 느꼈다.

헤이바이체는 한 접시에 두 가지의 고기를 썰어 올린다. 고기를 하나만 주문했을 때와 양도 가격도 같다. 혼자 온 손님을 위한 가게 차원의 서비스다. 나는 어렸을 때부터 먹는 데 욕심이 많았다. 혼자 체가미를 먹으러 가면 딜레마에 빠졌다. 하나를 고르면 다른 것을 포기해야 했기 때문이다. 아무래도 한 종류의 고기만으로는 납득되지 않았기 때문에 헤이바이체를 주문하게 된다. 혼자서도 삼겹살 고기와 돼지 간을 함께 올린 고기 한 접시에 편몐 일인분, 칭차이(青菜)² 한 그릇을 시킨다. 영양도 만점인데 마음까지 뿌듯하다. 100대만달러 정도로 부릴 수 있는 서민의 사치다.

이곳 출신의 어떤 연상 남자의 이야기다. 그는 먹는 것도 마시는 것도 루저우의 상식에 익숙하다. 한 번은 그가 시내 번화가로 체가미를 먹으러 갔다. 젊고 식욕이 왕성한 터라 평소와 같이 밥과 국수를 하나씩 시키고 같이 곁들여 먹을 사이드 메뉴로 고기 종류 몇 접시와 두부, 칭차이를 한 접시씩 주문했는데 계산할 때 400대만달러가 나와 당황했다. 자세히 보니 고기 한 접시에 80대만달러라고 써

---

2   공심채. 고구마잎 등 푸른 야채를 데치거나 기름에 볶아낸 요리.

있는 것이 아니겠는가. 속으로는 꽤나 놀랐지만 입밖으로 꺼내기가 어려웠다. 그는 눈물을 머금고 그대로 계산을 했다. 이야기를 듣고 나는 그가 불쌍하면서 동정심이 들었다.

*

서른이 넘은 싱글 여성이 딱히 근심 걱정도 없이 지내면 주위에서 오히려 당사자보다 더 걱정하기 시작한다. 준비된 선 자리는 선이라 하지 않고 '친구 만들기'라고 부른단다. 나는 꽤나 까다로운 외할아버지의 첫 손녀다. 스스로의 성격도 잘 알고 있기 때문에 정말로 친구를 만들 수 있을 거라는 망상은 하지 않았다. 다만 함께 국수를 먹을 수 있는 사람이 생긴다면 좋겠다는 바람은 있었다.

이런 연유로 몇 명과 만났다.

한 남자는 나를 거위고기집에 데려갔는데 국수를 한 그릇만 시키더니 작은 접시에 덜어 둘이서 나눠 먹었다. 거기에 거위 살코기와 내장, 대가리, 꼬리까지 모두 건너뛰더니 마지막으로 생선회를 한 그릇 시켰는데 해동되지도 않은 상태로 상에 올랐다.

또 다른 이는 메뉴로 파스타를 골랐다. 까르보나라가 나왔는데 싸구려 느낌이 나는 생크림으로 뒤범벅되어 있었다. 상대방이 맛있게 먹는 것처럼 보였기에 나 역시 집에서 배운대로 미소를 띠며 먹는 시늉을 했다. 마음 속으로는 애프터는 절대 없다고 다짐하면서.

국수를 먹는 장치를 만들어 서로의 차이를 알아보는 것은 내 나름의 직감에 따른 위험 회피 방법이라 할 수 있다. 종종 찾는 동네 사찰의 가호일지도 모르겠다. 무엇이든 간에 감정의 엇갈림은 일상생활 속 아주 사소한 것에서 시작되어 큰 재난에 이른 경우를 여태까지 적지 않게 봐왔다. 처음부터 재난의 징후가 느껴진다면 서로를 속일 필요가 없다.

처음 이야기로 돌아오자. 앞서 언급했던 나와 함께 국수를 먹고 싶다던 남자와는 어떻게 됐을까? 결말은 이렇다. 우리는 지금도 둘이서 사흘이 멀다 하고 체가미를 먹고 있다. 국수를 먹지 않는 날에는 집에서 밥을 먹는다. 그때 절에서 기도를 하고 국수를 먹자고 약속한 것은 지금 돌이켜 보면 길조였다. 함께 국수를 먹고 살아가는 짝을 얻을 수 있어 하늘에도 땅에도 감사할 따름이다. 그것은 절대 쉬운 일이 아니니까 말이다.

2. 두 개의 미타이무

루저우 용련사 입구 부근의 가판대가 낯익었다. 짐작할 수밖에 없었지만 아마 어렸을 때 미타이무 빙수를 먹었던 그 가판대인 것 같았다. 순간 시간이 뒤바뀐듯 어지러웠다. 벌써 30년이라는 세월이 흘렀다.

  초등학교에 들어가기 전 나는 외할머니와 함께 많은 시간을 보냈다. 나는 외할머니가 아침 일찍 운동 삼아 양명산에 오를 때 따라갔다. 그녀가 타이베이 시내의 위안둥(遠東) 백화점을 돌아보고 파운데이션이나 립스틱을 살 때도 함께였다. 외할머니는 정기적으로 큰 시장에 갈 때도 당연히 나를 데려갔다. 한 손 가득 식재료를 들고는 다른 한 손으로 하얗고 통통한 손녀의 손을 잡았다. 당시의 통통한 그 소녀에게 시장에 간다는 것은 인파 속에서 어른들에게 짓눌리거나 부딪히거나 하는 것이었기 때문에 그다지 달갑지는 않았다. 고기나 생선 매장은 특히 악몽 같은 곳이었다. 바닥은 지저분했고 냄새가 지독했을 뿐만 아니라 젖어 있는 상태여서 언제든 미끄러질 수 있었다. 나는 스스로 숨을 멈추는 법을 익혀(나중에 수영 수업에서 잘 써먹었다) 외할머니의 손을 꽉 잡고는 발바닥의 균형을 유지하며 조심스레 지나갔다. 나는 어렸을 때부터 인내심 많은 성격이었다. 울거나 떼를 쓰지 않았다. 이곳을 통과하면 어떤 선물이 기다리고 있는지 알고 있었다.

그 선물은 쇼핑을 마치고 할머니와 단 둘이서 갖는 식도락 시간이다. 루저우에서는 물론 지역 명물인 체가미나 미타이무를 먹는다. 이 둘의 공통점은 헤이바이체가 곁들이로 따라온다는 것이다. 면만 먹을 일이 없다. 체가미에 대해서는 따로 썼으니 여기서는 미타이무에 대해 이야기해보자. 할머니는 미타이무도 좋아했다. 때문에 나는 체가미뿐만 아니라 미타이무도 꽤나 많이 먹은 편이다. 미타이무는 푸젠에서 대만으로 전해진 음식인데 최근 대만 북부에서는 먹고 싶다고 언제 어디서든 먹을 수 있는 음식이 아니다. 가급적 역사가 오래된 동네, 예컨대 다다오청이나 몽가(艋舺)[1], 루저우의 용련사 부근의 백년 넘은 시장 같은 곳에서 찾는 편이 좋다.

용련사는 더성지에 있다. 참배를 마치고 문 밖을 나가 왼쪽으로 100m 가량 걸어가면 김이 모락모락 피어오르는 한 가게 앞에 사람들이 줄 지어있다. 그곳이 이 동네에서 유명한 미타이무 가게다. 이 가게는 이름이 없다. 작은 간판이 하나 있는데 직접 페인트로 쓴 '미타이무'라는 큼직한 글자는 이미 색이 바랬다. 가게 안에는 테이블이 몇 개 없다. 손님이 많을 때는 낯선 이와의 합석을 피할 수 없다. 매장 내 식사를 원한다면 가게 입구에서 기다리는 게 규칙이다.

---

1   타이베이의 완화구의 옛 대만어 지명.

무표정한 아가씨가 안내해 줄 테니 혹여나 스스로 가게 안에 들어가지 않기를. 모든 메뉴는 종이에 적혀 벽에 붙어 있다. 벽에는 그저 미타이무라고만 쓰여있다. 자리에 앉으면 종업원을 부르거나 손을 들 필요가 없다. 아가씨가 다른 테이블 정리를 끝내고 오기를 기다리면 된다. 그녀는 나름대로 계획적으로 움직이기 때문에 그 리듬을 깨면 안 된다. 메인요리는 미타이무 하나뿐이기 때문에 손님들은 모두 그것을 한 그릇씩 주문한다. 특별히 아무 언급이 없다면 국물 있는 미타이무가 나올 것이다. 국물 없는 것을 원한다면 특별히 말을 해야 한다.

여러 국수들 중에서도 미타이무는 특히 기품이 있다. 희고 섬세하며 반짝반짝 빛난다. 더성지에의 미타이무는 미니멀리즘을 추구하기 때문에 추가로 고기를 얹지 않는다. 투명하고 맑은 국물에 하얀 미타이무가 떠있는데 에메랄드색의 부추와 푸른 에메랄드 빛의 다진 셀러리, 싱싱한 유충 한 움큼과 어우러져 마치 방금 이발소를 나온 사람의 머리처럼 한 올 흐트러짐 없는 깔끔함이 있다. 국물 없는 미타이무에도 걸쭉한 소스가 아니라 말린 새우 다진 것에 유충을 조금 넣어 섞고 라드를 살짝 추가한다. 그것만으로도 고소하고 깔끔한 맛이 난다. 로컬 손님은 보통 국물 없는 미타이무를 주문한다. 대식가들은 2인분을 주문하고 그릇을 비우면 카운터에 가져가 빈 그릇에 국물을 부어달라고 부탁한다. 한번에 두 가지를 맛볼 수 있는 일거양득이다.

모든 테이블에는 헤이바이체가 올라가있다. 이 집은 고기 곁들임도 솜씨가 좋기 때문이다. 심지어는 인근의 대형 체가미 가게들보다도 신선하다. 조리한 고기는 냉장고에 넣지 않고 거의 대부분 오전 중에 팔린다. 그때쯤 돼지 나팔관을 주문하면 없다는 답이 온다. 안창살은 있냐고 물어도 없단다. 홀 담당 아가씨한테 물어 남아있는 것을 달라고 하는 수밖에 없다.

국물은 고기로 우려낸 육수에 말린 새우를 넣었다. 감칠맛이 선명하면서 시원하다. 깔끔한 맛이 고전적이라고 할 수 있을 정도다. 오늘날 타이베이에서는 세계 각지에서 온 음식을 먹을 수 있다지만 당일 만들어져 그날 모두 팔리는 국수는 먹고 싶어도 찾기가 쉽지 않다.

*

미타이무는 쌀로 만드는데 중성적이며 깔끔하고 기름기가 없다. 시원한 디저트를 만들 때도 자주 사용된다. 이야기를 다시 용련사 앞의 노점으로 돌려보자. 주인장은 고령의 여성이다. 지금은 그녀의 얼굴이 잘 기억나지 않지만 머리에 쓴 낡은 삿갓의 꼭대기를 비닐로 덧댔었다. 그나마 어렴풋이 노점의 위치가 절의 입구 근처였고 가판대 위로 이곳저곳 움푹 들어간 사각형의 스테인레스 얼음통이 놓여 있었던 기억이 난다. 당시에는 어려서 높이가 낮은 곳밖에 시야에 들어오지 않았지만 외할머니가 얼음빙수를 사줬기 때문에 몇몇 장면은 단편적으로 아직도 생생하다.

보통은 외할머니가 "얼음빙수 먹을래?" 하고 묻고 나는 "좋아요"라고 대답했다. 그녀는 주인장에게 소곤소곤 구체적으로 주문을 넣는다. 이윽고 가판대 위에는 스티로폼 용기에 담긴 미타이무 빙수가 올라왔다.

　외할머니 손을 놓지 않기 위해 바짝 붙어 걸어가며 빙수를 후다닥 해치웠다. 얼음이 시럽과 함께 금방 녹아 물처럼 변하기 때문에 가끔은 마시면서 걷지 않으면 흘리기 십상이었다. 빙수를 권하면 외할머니도 몇 입은 먹었던 기억이 난다. 그녀는 당뇨병을 앓았다. 집에서 달달한 것을 손에 집기라도 하면 가족 모두가 걱정하며 말렸다. 어머니는 아이들이 단것을 많이 먹지 못하도록 제한했기 때문에 이런 기회를 통해 할머니와 손녀 둘이서 오붓하게 달달한 간식을 먹는 것은 소중한 즐거움이었다. 서로를 감싸주는 것은 사랑의 표현이기도 했다.

　어릴 적 미타이무를 먹을 때는 항상 외할머니와 함께였다. 다 크고 나서는 나름 취향이 바뀌어 한동안 먹지 않았다. 두꺼운 면 종류는 모두 멀리했다. 미펀이나 미셴(米線) 같은 것들만 먹었다. 하얗고 통통한 미타이무는 다른 굵은 면들과 비슷하게 느껴져 맛이 없었다. 지금 미타이무를 찾는 것도 맛이 그리워서라기보다는 어린 시절의 추억을 회상하기 위함이다.

　시간은 얼음이다. 어떤 기적도 없이 녹아버린다. 나도 어느새 어른이 됐다. 외할머니는 돌아가셨고 눈앞의 빙수 파는 아주머니도 어림잡아 일흔이 넘은 듯하다. 이곳에서 얼마나 오랫동안 장사를 했는지 물었더니 47년이란다. 분명 내 추억 속의 인물과 같은 사람이다.

　오늘같이 무더운 날 아주머니는 바쁘다. 앞쪽에 줄을 서 있던 부부는 삼대가 먹는다며 빙수를 7인분이나 주문했다. 가판대에는 전기 배선이 없다. 아주머니는 얼음통에 들어 있는 부서진 얼음을 이용했는데, 퍼낼 때마다 착착 소리가 났다. 근처의 제빙공장에서 온 오토바이가 옆에 서더니 얼음통에 얼음을 보충하고는 뒤돌아 떠나간다. 여러 차례 공장과 가판대를 왕복하는데 기사와 아주머니는 모두 별다른 대화를 나누지 않는다.

　도마 위에는 직접 만든 미타이무가 산처럼 쌓여있다. 토핑은 팥과 녹두, 타피오카 펄 세 종류뿐인데 각기 다른 스테인레스 냄비에 담겨 있다. 냄비의 크기는 가정용보다 다소 크지만 맛은 마찬가지로 친근하다.

　그녀는 미타이무 한 움큼을 집어 그릇에 담고 달달한 녹두 한 스푼을 위에 얹었다. 그 위에 얼음을 듬뿍 쌓아올렸다. 마지막으로 호박색의 시럽을 한 바퀴 두르니 큰 키의 빙수가 '화'하는 소리와 함께 쪼그라들었다.

　아주머니는 오랫동안 기다리던 나를 의식했는지 마지막 남은 미타이무 1인분을 챙겨뒀다. 단골 손님이 와도 다 팔렸다며 손사래를 쳤다. 시각은 아직 오전 11시밖에 되지 않았다. 그녀 뒤에 펼쳐져 있는 큼직한 파라솔 아래로 앉아서 먹을 수 있는 플라스틱 의자가 몇 개 놓여 있었다. 미타이무의 원재료는 안남미(安南米)다. 뜨겁게 먹기보다 차게 먹을 때 더 쫄깃한 식감이 느껴진다. 대만어로는 'Q

하다(탱탱하다).' 쌀 향이 나긴 하지만 다소 옅다. 시럽이 너무 달거나 토핑이 너무 많으면 희미한 쌀의 풍미가 묻혀버릴 것이다. 이곳의 미타이무는 콩도 한 종류만 넣고 시럽도 한 스푼뿐이다. 그 위에 올라가는 얼음은 맛 자체가 없다. 녹두는 잘 조려져 있어서 적당히 달다. 얼음은 입자가 거친 것들도 있는데 치아 사이로 깨먹을 수 있다. 계속 먹다 보면 쌀과 녹두 슬러시의 맛이 느껴지는데 어느새 무더위가 사라진다. 매우 단순하다. 아니, 단순하지 않으면 안 된다. 인터넷으로 연결된 시대의 삶은 온통 매연으로 가득한데 이렇게 단순 명쾌한 빙수를 먹을 수 있다는 것은 결코 쉽지 않다. 마치 어떤 것 하나에 집중하기 어렵듯이 말이다.

3. 죽 이야기

동반자가 쉰 살이 됐다. 중년인 셈이다. 키가 185cm인 그는 호리호리하며 걸을 때 소리도 내지 않는다. 멀리서 보면 마치 얇은 벽 같기도 하다. 전에도 마른 사람은 여럿 만나봤지만 대부분은 먹는 양이 적은 게 아니라 소화에 문제가 있었다. 과연 그랬다. 처음 만났을 때 그는 위장이 약하기 때문에 죽을 좋아한다고 했다. 그는 보통 요리를 하지 않지만 외식을 너무 자주 하면 주말에는 집에서 흰죽을 쒀 먹었다. 위장을 쉽게 해주고 미각을 되살리기 위해서란다.

싱글 남성을 위한 죽은 간단하다. 일본산 전기밥솥으로 죽 코스를 선택하고 쌀과 물을 적당히 넣은 뒤 버튼만 누르면 된다. 완성된 죽은 미음이 얇은 층을 형성하면서 밥알과 분리돼 두 개의 층을 이룬다. 직화로 쑨 죽보다는 향이 덜하다. 냉장고에는 절인 김과 오이지, 멘마를 고추기름에 절인 통조림이 항상 준비되어 있다. 죽과 곁들여 먹을 음식들은 이 세 종류다. 다소 간단하지만 그럼에도 혼자 사는 사람이 직접 죽을 쒀 먹는 것 자체가 대단한 일이다.

같은 자취 생활이라 하더라도 나는 매일 요리를 한다. 생선을 굽고 야채를 볶고 밥과 국수를 먹는다. 때로는 시간을 들여 케이크도 만든다. 그러나 흰죽에 관해서는 예전에 가족과 함께 먹었던 기억이 강하게 남아 있기 때문에 혼자서는 먹는 법을 모른다.

*

요즘 나는 어머니와의 이별을 시간의 축으로 삼는다. 거기에서 모든 것을 앞뒤로 셈해가며 기억한다. 죽 이야기는 어머니가 아직 곁에 있을 때다.

어머니가 있을 때 죽을 먹을 수 있는 기회가 적었다. 그래서인지 회상할 때마다 모두 선명하게 떠오른다. 어머니가 죽을 별로 쑤지 않았던 것은 스스로가 좋아하지 않았기 때문이다. 옛날에 너무 많이 먹어서 질렸던 모양이다. 죽과 함께 먹는 밑반찬들 정도로는 영양 보충이 부족하다고도 여겼던 것 같다. 외할머니는 종종 "하카(客家)[1]의 여자는 죽을 먹지 않는다."라며 어머니의 입맛이 이방인스럽다고 했다. 사실 우리 집안은 푸젠 쪽이지 하카의 혈통은 없다. 외할머니의 그 말을 귀에 못이 박히도록 들으면서 나는 어렸을 때 정말 그렇게 믿었다. 머리가 커지고 나서는 그게 사실이 아니라는 것을 알게 됐지만 말이다.

외할머니는 매일 아침 죽을 쒔다. 우리집 죽은 푸젠 스타일로 걸

---

1   객가라고도 불린다. 중국 중원에서 전란을 피해 남하한 한족의 후손으로 알려져 있다. 독특한 문화가있으며 언어도 오늘날까지 계승되고 있다.

쭉하다. '무이(糜)'라 불렸는데 밥알이 보이지 않을 때까지 끓이는 광둥 스타일과 다르다. 밥알 하나하나가 본래의 형태를 유지하는 차오저우(潮州)식에 가깝다. 만약 가스를 이용해 끓인다면 센 불로 물을 끓이고, 물에 불려놓은 쌀을 넣는다. 뜨거운 물 속에서 밥알들이 춤을 추는데 균열이 생길 때까지 조려낸다. 이어 약불로 전환하면 보글보글 끓어오르는 정도로 유지하고 바닥이 눌러붙지 않도록 가끔 저어준다. 머지않아 표면이 걸쭉해지면 불을 끄고 뚜껑을 덮어 30분간 뜸을 들인다.

뚜껑을 열면 밥알이 부드럽게 완전히 부풀어올라 있는데도 형태를 유지하고 있다. 무이의 윗 부분은 유백색의 숭늉이다. '암'이라 불린다. 암은 향긋하고 영양가도 높다. 추운 날에는 암의 표면에 얇은 막이 형성되는데 후루룩 마실 때 입술에 붙는 것이 또 다른 묘미이다.

무이는 그릇에 입을 대고 젓가락으로 휘저어가며 먹는다. 손을 활처럼 구부려 엄지손가락을 그릇의 가장자리에 걸고 검지손가락으로 바닥을 지탱한다. 얼굴에 가까이 대 우선 한입 암을 훌쩍이고 나서 밥알 부분을 먹는다. 어른이 아이에게 무이를 먹일 때는 숟가락 끝을 이용해 작은 입에 넣어주기 전에 얼굴을 가까이 대고 머리를 가볍게 좌우로 흔든 뒤 바람을 불어 식혀준다. 사람은 무이를 먹을 때 눈썹 끝이 내려가고 눈이 감기면서 세상 가장 온화한 얼굴을 하게 마련이다.

외할아버지는 무이에 대한 취향이 까다로웠다. 밥알은 입에 대지도 않고 암만 마신다. 한 사람이 암을 두 그릇이나 먹으니 냄비 안에는 밥알만 남는다. 냄비 바닥에 남은 것은 외할머니 몫이었다. 이 걸쭉한 부분을 민난어로는 '쿠타우무이(淖頭糜)'라고 부른다. 내 귀에는 '쿠타우무이(苦頭糜)[2]'처럼 들렸다. 외할머니는 조금도 개의치 않았다. 모두가 가난했던 전쟁통을 빠져나와 생활이 조금 나아지고도 허기를 채워주지 못하는 암보다는 내실 있는 쿠타우무이를 먹으면 된다면서 말이다. 죽은 가난의 징표 같은 것이다. 가난은 죽 그릇 안에서 떠오르고 또 가라앉는다.

죽과 곁들여 먹는 밑반찬은 대체로 소금기가 강한 것들이다. 차오저우 사람은 '자셴(雜鹹)'이라고 하는데 민난어로도 마찬가지여서 외할머니와 외할아버지도 그렇게 불렀다. 집에서 자주 먹었던 과즈러우(瓜仔肉)[3], 참기름으로 볶은 작은 오징어와 생강, 간장으로 절인 바지락, 두부 두치소스 조림, 이밖에 통조림 몐진(글루텐 미트 조림), 인과(蔭瓜: 오이 절임), 푸루(腐乳: 삭힌 두부) 등 대부분이 부드럽고 진한 절임 음식들이었다.

어머니는 어르신들이 죽을 드시고 있는 것을 보면 영양이 부족할까 봐 걱정했다. 그래서 자신은 신세대 부모로서 가급적 아이에게 죽을 먹이지 않겠다고 결심했다. 어쩔 수 없이 먹어야 할 때는 정성껏 밑반찬을 만들었다. 아침에 일어나 죽을 먹었던 이들은 서서히 나이를 먹었다. 죽은 서구식 식단으로 대체됐다. 햄이나 토스트, 잼,

---

2   앞선 대만어와 발음은 같지만 성조가 다르다. '苦頭'는 고난, 역경이라는 뜻이다.

3   절인 오이를 섞어 넣은 완자.

우유, 오렌지주스, 계란프라이와 같이 광고 사진에 나올 법한 음식들로 말이다. 오랜 시간이 지나자 사람들은 결국 깨닫기 시작했다. 햄에는 고기가 별로 들어가 있지 않고, 빵에는 정체를 알 수 없는 가루가 섞여 있고 또 비용을 낮추기 위해 수상쩍은 것들이 뒤섞여 있다는 사실 말이다. 대충 만들어진 빵은 흰죽 한 그릇보다도 영양가가 부족하다는 것도 알게 됐다.

*

우리집에서는 기력이 쇠할 때 죽을 먹는 경우가 많다. 나는 태어난 지 6개월만에 스스로 젖을 뗐다. 그러나 모유가 아닌 분유는 입에 넣는 족족 토했다. 통통했던 아기가 갑자기 살이 빠지기 시작하자 놀란 어머니는 내게 죽을 먹이려 했다. 소고기로 우려낸 국물에서 표면에 뜬 기름을 걷어내고 현미와 계란을 넣어 부드러운 죽을 쒔다. 당근과 시금치를 충분히 익힌 뒤 잘게 부수고 면포로 찌꺼기를 걸러낸 다음 죽에 넣었다. 어머니의 자식 사랑은 빨갛고 파란 죽 안에 담겼다. 그렇게 노력한 보람이 있었던 모양인지 나는 영양죽을 먹고 원기를 되찾았고 그 뒤로 두 번 다시 살이 빠진 적이 없다.

　강한 태풍이 왔을 때도 죽을 먹었다. 정전으로 일순간 온 집안에서 불빛이 사라졌을 때였다. 선풍기가 윙윙 소리를 내며 돌다 천천히 멈췄다. 바깥의 배수구가 역류해 넘쳐흘렀고 폭우가 창문을 뚫고 방안으로 쏟아졌다. 바닥은 순식간에 물로 가득찼다. 집안의 온 가족이 쓰레받기를 들고 들어오는 물을 퍼냈지만 들어오는 양을 이겨내지 못했다. 모두가 밤새 한숨도 잘 수 없었다.

날이 점차 밝자 태풍의 눈이 지나가는 얼마 동안은 강풍도 잠시 멈췄다. 하늘과 땅 모두 잿빛으로 물들어 기분 나쁜 정적에 휩싸였다. 녹초가 된 가족들은 모두 소파에 뻗었다. 그때 어머니는 부엌으로 가 냉장고에서 먹을 수 있을 만한 것들을 꺼내 죽을 쑤기 시작했다.

정전되더라도 구식 가스레인지가 있다면 불은 사용할 수 있었다. 어머니는 큰 냄비에 가득 죽을 쒔다. 태풍이 계속될 때면 연달아 두 끼를 먹기도 했다. 냉동고에서 꺼낸 멸치는 참기름을 약간 두르고 볶아 백후추를 뿌린다. 고구마잎은 줄기가 부드러워질 때까지 데쳐 물기를 제거한다. 큼지막한 그릇에 라드와 다진 마늘, 소금을 넣고 잔열을 이용해 잘 섞는다. 절인 야채는 여러 번 헹궈내 소금기를 제거한 뒤 잘게 썰고 계란을 풀어준다. 냄비 바닥에 기름을 충분히 두르고 가열한 다음 계란물을 넣으면 소리를 내며 부풀어오른다. 차이푸단(菜脯蛋)[4]은 조금 눌어붙은 게 가장 향긋하고 맛도 좋다.

냉장고 안에는 대개 피단(皮蛋)[5]이 쟁여져 있다. 만약 두부나 러우쑹(肉鬆)[6]도 있다면 같이 접시에 올린다. 간장을 뿌리고 다진 파

---

4   무말랭이 계란전.

5   오리알을 석회 등이 함유된 진흙 등에 넣어 만든 요리. 노른자는 까맣고 흰자는 갈색의 젤리 형태가 되는 게 특징이다.

6   고기를 간장·향료 따위를 넣고 말려 만든 분말.

를 올려주면 피단더우푸(皮蛋豆腐)[7]가 완성된다. 이 밖에 야채절임도 몇 가지 준비한다. 항상 있는 것으로는 오이지, 푸루, 멘마, 짭짤한 땅콩, 감자 멘진 등이 있다. 4인 가족이 죽을 먹는 데 딸려오는 밑반찬은 8~10종류에 달한다.

공기는 여전히 눅눅했다. 우리는 물이 들어오는 것을 막기 위해 낡은 수건이나 해진 티셔츠 따위로 문틈을 막았다. 전기는 아직 들어오지 않아 집 안은 어두컴컴하고 조용해 진공 상태 같았다. 진공의 시간이 길어지면서 온가족이 묵묵히 오랜만에 흰죽을 먹었다. 따뜻하고 깔끔한 맛이 몸 안으로 조금씩 스며들어왔다.

재난이 닥쳤을 때 어머니는 도리어 침착했다. 음식으로써 두려움을 달랬다. 이런 굳은 심지와 위기가 닥쳤을 때 냉정함을 잃지 않는 능력은 아마 외할머니로부터 물려받은 것일 테다.

고향집 일대는 움푹 들어간 저지대 지형이었다. 1980년대 이전에는 강물의 수위가 높아지는 계절에 종종 수해를 입기도 했다. 심할 때는 집이 물에 잠겼다. 전해 들은 이야기로는 외할머니는 먼저 아이들을 들어 올려 이웃집의 초가지붕에 피신시켜 놓고 나무기둥을 꽉 붙들고 있으라고 당부했다. 혹여나 흙벽돌로 지은 집이 홍수 때문에 무너지더라도 초가지붕은 잠시나마 물 위에 떠 있을 것이라면서 말이다.

익사한 돼지는 고기를 여러 개의 큰 덩어리로 자르고 신선도를 유

---

7   두부 위에 피단을 올려 만든 샐러드.

지하기 위해 큰 냄비에 간장을 넣고 조렸다. 천재지변 덕에 가족들은 며칠 동안 연달아 평소보다 풍성하게 고기를 먹었다.

　그 후 마을이 이전하고 치수 공사가 진행돼 양수장도 만들어지면서 더 이상 집이 물에 잠기는 일은 없었다. 그러나 외가 식구들은 아직도 태풍으로 물에 잠겼을 때의 이야기를 즐겨 한다. 나도 어렸을 때부터 수백 번도 더 들었기 때문에 마치 내가 직접 눈으로 본 것처럼 생생하다. 그중에서도 특히 반복해 언급되는 것이 초가지붕 이야기와 미군에게 받은 원조물자, 그리고 할머니가 냄비 가득 만든 향긋한 돼지고기 요리에 대한 추억이었다.

✳

그 다음 맞닥뜨린 극적인 변화는 자연재해가 아닌 인재였다. 어머니가 아팠다. 어머니는 외할머니와 판박이다. 얼굴도 몸도 둥글둥글하다. 웃을 때 눈꼬리가 내려가 눈이 거의 보이지 않는다. 마을 사람들 표현을 빌리자면 같은 틀로 찍어낸 과자처럼 보인다. 그래서 나는 줄곧 안심했다. 어머니가 나이를 들면 외할머니처럼 될 것이라고 생각했다. 외할머니는 여전히 정정하다. 미용실에서 다듬은 흑발의 둥그스런 파마 머리에 입술에는 빨간 립스틱을 발랐다. 곁에 있으면 시세이도의 허니 비누와 맥스팩터의 파우더 향이 났다. 그녀는 어린 나를 데리고 타이베이에 쇼핑을 나가곤 했다. 매년 원소절에는 등불을, 단오절에는 향낭을 사줬다. 부엌에서는 세상에서 가장 맛있는 미펀을 만들어줬다.

그러나 어머니는 예순이 넘은 자신의 모습을 보지 못했다. 이후의 일들을 그녀는 알 수 없었다. 그녀는 오랫동안 감기 한 번 걸리지 않았는데 병마가 찾아오자 급속도로 건강이 악화됐다.

죽은 인생에서 처음이자 마지막 음식이다. 항암제는 미각에 영향을 줬다. 어머니는 고기를 먹으면 쇠 맛이 나고, 야채를 먹으면 쓴맛이 느껴진다고 했다. 그나마 먹을 수 있던 것은 비교적 짭짤한 음식이었다. 병세가 더 안 좋아졌을 때는 죽만 먹을 수 있었다. "하카 여자는 죽을 먹지 않는다."라는 이야기를 들었던 어머니였지만 마지막 나날들에는 죽을 먹었다. 어렸을 때부터 즐겨 먹던 절인 음식들을 곁들여서.

어머니를 위해 죽을 쑨다면 그녀의 방식에 따라 밑반찬을 신경 써서 만들어야 한다.

어머니는 죽에 고구마가 있는 것을 좋아했다. 가늘게 썬 것이 아니라 큼직한 덩어리째 넣는 것을 선호했다. 죽 안에는 빨간색과 노란색 두 종류의 고구마가 들어가 보기 좋게 조화로웠다. 거기에 다다오청의 '웨이펑(唯豐)'에서 구입한 김, 러우쑹, 땅콩가루를 넣는다. 시장에서 구한 황돔은 비늘의 물기를 충분히 제거하고 밀가루를 얇게 발라 기름불에 구으면 비늘이 벗겨지지 않는다. 지우청타(九層塔)[8]에 넣는 바질은 줄기가 붉은 것들로 골라 흑임자 기름으로

---

8   대만식 계란전.

굽는다. 모두 어머니가 내게 전수한 요리법이다.

오랜만에 문득 그리워지는 요리도 있다. 아마 어머니도 마찬가지일 테다. 바로 절인 동과를 넣은 떡갈비다. 동과러우(冬瓜肉)라고도 불린다. 나는 외할머니가 만들어준 것만 먹어본 적이 있다. 어머니는 별로 만들어주지 않았다. 마음에 드는 절인 동과를 구할 수가 없다는 이유에서였다. 염분이 너무 적고, 설탕에 절인 것도 있어서 맛이 간 동과는 먹지 않으니만 못하단다.

큰외숙모에게 동과러우에 대한 이야기를 했다. 그랬더니 친정집의 전통 방식으로 담근 동과 한 병을 바로 내줬다. 순수한 맛이 났다. 그녀에게 배운 대로 동과러우를 만들어봤다. 제대로 된 절인 동과만 구할 수 있다면 결코 어려운 요리는 아니다. 우리집에서 이 요리는 혼백을 다시 불러들인다. 먹을 때마다 시간과 공간을 넘어 그리운 이들을 만날 수 있다.

절인 동과를 잘게 잘라 다진 돼지고기와 섞는다. 간장을 넣어도 되는데 정말 조금만이다. 돼지고기 누린내가 신경 쓰인다면 생강이나 마늘을 다져 칼끝 분량 정도는 넣어도 좋다. 다만 지나치면 본말이 전도된다. 잘 섞은 돼지고기를 바닥이 깊은 그릇에 넣고 지그시 눌러 떡 모양을 만든다. 그리고 고기가 잠기지 않을 정도로 물을 붓는다. 찜기에서 수증기가 피어오르면 그 안에 그릇을 넣고 30분간 찐다. 고기가 익어갈 때 국물은 호박색이 될 것이다. 표면에는 금화 같이 빛나는 기름이 뜨고 짭짤하면서 감칠맛이 도드라진다. 그냥 고기를 먹는 것보다 더 향긋하다.

상이 다 차려지고 어머니 방에 가서 식사 준비가 됐다는 기별을 했다.

그녀는 자리에 앉더니 상다리가 휘어지는 상차림에 눈이 휘둥그레졌다. 그러고는 동과러우 즙을 입 안에 머금고 눈을 가늘게 뜨고는 조금 뒤 입을 열었다.

"이 요리들을 너가 어떻게 만들었니?"

그러자 내가 답했다. "엄마 흉내 좀 내봤지."

4. 겨울철 단죽

마카오는 벌써 세 번째다. 카지노는 일정에서 완전히 배제하고 옛거리를 거닐었다. 로컬 전통 음식들을 찾아다니기 위해서였다. 호텔 조식도 먹지 않고 길거리에서 요깃거리로 허기를 채웠다. 그중 특히 인상적이었던 곳이 하완(下環)의 '냐우키야우헤이(牛記油器)'이다.

하완의 까이시(街市) 주변은 로컬 서민들의 영역이다. 관광지에서 다소 떨어져있다. 광둥어로 까이시는 전통 시장을 뜻한다. 하완의 까이시는 실내에 있는 시장이다. 주변을 둘러싼 골목길들은 언덕져 있다. 식당, 차슈 가게, 빵집, 철물점 등이 늘어서 있다. 이동식 노점상도 많은데 생화, 과자, 신문, 슬리퍼 등 일상용품을 팔고 있다.

냐우키야우헤이는 하완의 길가에 있지만 간판이 눈에 띄지 않아 그냥 지나치기 쉽다. 길을 물었더니 한 여성이 나를 데리고 입구까지 안내해 주었다. 광둥 사람들이 말하는 야우헤이(油器)는 튀김을 뜻한다. 이를테면 야우짜꽈이(油炸鬼)[1], 진더이(煎堆: 참깨볼), 짜통

---

1   광둥어 발음으로 표기했으며, 북경어의 유탸오(油條)와 같다.

완(炸糖環)², 냐우레이소(牛腩酥)³, 더우싸콕(豆沙角)⁴ 등 우리에게
친숙한 디저트들이 그것이다.

야우헤이 가게는 밀가루나 쌀가루로 만든 각양각색의 과자와 음
식들로 가득하다. 찐빵, 몐구이, 차빙 같은 것들이다. 대만에서 몐
구이라고 부르는 새빨간 만두를 여기에서는 꼭대기 부분에 하얀 꽃
을 올려 헤이바우(喜包)라고 부른다. 그밖에 기억에 남는 것은 가이
싯텅궈(雞屎藤粿)⁵였다. 식감은 차오아구이(草仔粿)⁶ 같이 쫀득하고
색깔은 검은색에 가까운 짙은 녹색이다. 이름에서는 향긋한 구석을
찾아볼 수 없지만 중의학에서는 열을 식혀주고 가래를 없애주는 효
능이 있는 약초로 알려져 있다.

냐우키야우헤이는 죽과 창펀(腸粉)⁷도 판다. 단골손님이 많은데
이들은 꼭 튀김이 아니더라도 따끈따끈한 죽이나 창펀을 주문하는
경우도 많다. 우리 둘만 관광객이었는데 모든 것이 새롭게 느껴졌
다. 우리는 찜기가 놓여있는 곳들을 한 번 훑어본 뒤 결국 생선죽과
작은 새우가 들어간 창펀, 뤄보가오(蘿蔔糕)⁸를 주문했다. 음식들이
상에 오르자 그제서야 모두 쌀로 만들어진 것들뿐임을 깨달았다. 순

---

2   바퀴 모양의 달콤한 튀김 과자로, 슈거링이라고도 한다.

3   소 혓바닥 모양의 파이.

4   콩으로 만든 소를 넣은 튀김.

5   육각형 꽃 모양의 떡.

6   대만식 찹쌀떡.

7   쌀로 만든 얇은 피에 고기나 야채를 넣어 말아 찐 요리.

8   무를 갈아 반죽해 만든 케이크.

수하게 쌀로 이뤄진 아침 풀코스였다.

이 가게의 창펀은 부라창펀(布拉腸粉)[9]이다. 주문이 들어오면 만들기 시작한다. 찜통은 얇은 철제로 사각형 모양이다. 바닥에 면포를 깔고 그 위에 생지를 붓고 말린 새우나 차슈를 가늘게 썰어 올린뒤 쪄낸다. 완성되면 찜통의 면포 그대로 작업대에 뒤집어놓고 칼끝으로 창펀을 면포로부터 벗겨내면서 돌돌 말아 모양을 만든다. 부라창펀은 철판에 직접 이용하는 '서우라창펀(手拉腸粉)'보다도 얇아 부서지기 쉬운데 그만큼 입 안에서 녹는다. 창펀의 재료는 평범하지만 그걸 만들어내는 데는 정교한 기술이 필요하다.

뤄보가오 역시 쪄서 먹는 음식이다. 완성되면 벽돌 크기로 네모나게 썬 다음 참깨소스를 뿌리고 접시의 끄트머리에는 검은 해선장과 빨간 고추장이 함께 올라간다. 이런 소박한 뤄보가오와 창펀은 대만에서 쉽게 찾아보기 어렵다. 대만풍 뤄보가오는 유충, 표고버섯, 말린 새우 등의 토핑이 듬뿍 올라가 다양한 향을 내고, 질감 자체도 단단한 편이다. 이곳 뤄보가오에는 라창(臘腸)[10]도 표고버섯도 없다. 향이 강한 재료는 일절 들어가지 않는다. 하얀 뤄보가오 덩어리 전체가 흔들흔들거려 탱탱하고 질감이 부드러워 젓가락으로 집으면 부서지기 쉽기 때문에 숟가락도 같이 제공된다. 입 안에 넣으면 온기와 함께 부드러움이 느껴진다. 안남미와 무의 깔끔한 단맛

---

9   천을 깐 틀에 생지를 붓고 쪄내는 방식.
10   홍콩식 소세지.

이 입안 가득 퍼진다.

순수 쌀은 가장 옅은 향을 낸다. 공기 다음으로 희미하다. 화려하지 않고 튀지도 않으며 마치 희미하게 접힌 면이 보이는 한 장의 백지 같다. 냐우키야우헤이에서 여러 종류의 쌀 요리를 맛본 뒤 잠시 멍하니 있었다. 마치 기억의 동굴에 떨어진 것처럼, 쌀과 관련된 여러 추억들이 한꺼번에 떠올랐기 때문이다.

최고는 흰죽

타이베이는 지형이 분지 형태다. 겨울에는 습도가 높아 춥게 느껴진다. 사람들은 자연스레 따뜻한 국물을 찾는다. 그러나 마라탕이나 니우러우몐 같이 기름진 것이 떠오르는 것은 아니다. 일본 라멘과 같은 이국적인 맛을 원하는 것도 아니다. 그저 걸쭉하면서 부드럽고 산뜻한 맛이 생각난다. 어렸을 때부터 먹어 익숙한 음식들 말이다. 이를테면 흰죽 같은 것이다.

가정에서 흔히 먹는 흰죽은 자포니카쌀을 물에 불려 만든다(광둥 스타일의 죽은 안남미를 사용하는 경우가 많다). 내 방식은 냄비를 데우고 쌀이 갈라질 때까지 강불로 가열하고 다시 약불로 줄인다. 바닥에 눌어붙지 않도록 잘 젓고 다 졸이면 불을 끄고 뚜껑을 덮는다. 30분가량 뜸을 들이면 완성이다. 광둥식 죽처럼 밥알이 녹아 없어질 때까지 쑬 필요는 없다. 가스레인지 옆에서 서 있는 시간은 20분도 채 걸리지 않는다. 보글보글 끓어오르는 것을 곁눈질로 보면서 계란프라이를 만들고 밑반찬을 준비해 맛있는 냄새를 즐기는 사이에 방 안 가득 온기가 돈다.

우리집에서는 죽을 먹을 때 어린아이들만의 먹는 방식이 하나 있었다. 첫 그릇은 백설탕을 넣어 달달하게 먹는다. 두 그릇째부터는 밑반찬을 곁들인 보통의 식사가 시작된다. 단죽은 원래 외할머니가 아이들을 식탁에 앉히기 위한 유인책이었다. 나는 머리가 크고 나서 이 같은 방식으로는 먹지 않게 됐지만 남동생은 여전히 전처럼 먹는다.

다 큰 성인 여성이 겨울에 달달한 죽을 먹는다면 흰죽에 백설탕을 넣은 것보다는 비꺼무이(米糕糜)가 더 어울린다.

톈미가오와 비꺼무이

개인적으로 비꺼무이는 달달한 톈미가오(甜米糕: 약밥)의 재해석이라 생각한다. 즉, 약밥의 구성 요소를 재구성해 새로운 형태로 만들어낸 것이다.

먼저 약밥에 대해 얘기해 보자. 어렸을 때 할머니와 함께 도시에 있는 행천궁(行天宮)의 은주공(恩主公)에게 기도하러 갈 때 공물에는 반드시 톈미가오가 있었다. 찐 찹쌀에 진한 당밀을 섞고 손바닥 정도 크기의 반원형으로 만든다. 윗부분에는 껍질이 있는 용안을 하나 얹어 빨간 붉은색 셀로판지로 덮는다. 먹을 때는 용안을 으깨서 과육에 붙은 껍질 파편들을 골라낸다. 앞니로 과육을 발라내고 찹쌀과 함께 씹으면, 찹쌀은 달달하면서 찰지고 용안의 과육은 탄력이 있어서 식감이 좋다. 입 안에서 여러 개의 질감이 공존해서 더욱 즐겁다. 가히 천재적인 조합이다. 다만 찹쌀은 냉장고에 넣으면 딱딱해진다. 옛부터 전해져 온 상온 보관 방법은 다량의 설탕을 사용하는 것이다. 그래서 이런 종류의 약밥은 매우 달다. 생각만 해도 잇몸이 저릴 정도로 말이다.

2~3일 지난 약밥을 할머니가 냄비에 기름을 두르고 부치면 밑 부분이 눌어붙으면서 더 맛있어진다. 어느 정도 크고 나서는 제법 오랫동안 약밥을 먹지 않아 거의 잊어버리고 있었다. 외할머니가 돌아가시고 몇 해가 지난 어느날 남동생이 뜻밖에 부엌에 들어가는 모습을 봤다. 혼자 가스레인지 앞에 서서 뭔가를 굽고 있었다. 가까이가 보니 약밥이었다. 동생은 어렸을 때부터 지금까지도 약밥을 좋아했는데 어른이 돼서도 가끔 밖에서 사먹기도 했단다. 어렸을 때는 죽에 설탕을 넣어 먹고, 어른이 돼서도 약밥을 잊지 않는 이 남자, 참 정이 많다.

은주공의 톈미가오는 흰색이다. 다른 종류의 톈미가오를 먹은 것은 사촌동생 부부가 선물을 사왔을 때가 처음이었다. 그 약밥은 갈색이었는데 얇은 사각형 모양이었다. 기본 재료는 같지만 뜻밖에 귤향이 났다. 비꺼무이를 딱딱하게 굳힌 느낌이었다.

비꺼무이는 찹쌀과 용안의 천재적인 조합의 연장선에 있다. 밥알이 둥근 찹쌀로 죽을 쑤는데 껍질을 벗긴 말린 용안과 흑설탕, 미주를 넣는다. 만약 직접 만들지 않는다면 타이베이의 화시지에(華西街) 야시장의 아차이마(阿猜嬤), 난지창(南機場) 야시장의 바둥위안자이탕(八棟圓仔湯)에서 판다. 타이난대시장의 장수이하오(江水

號)에도 있다.

　찹쌀, 용안, 흑설탕, 미주는 모두 중의학에서 기운이나 혈을 보양
해주는 식재료다. 전통적으로 산후 조리에 좋은 음식들이다. 간단
히 말해 여성에게 좋은 고대 처방전인 셈이다. 이 같은 전통 방법
은 건강에만 좋은 것이 아니라 향도 좋고 달달하며 마음에도 효과
가 있다. 여성들의 마음에 찬 바람이 불어 갈라진 틈 사이를 파고들
때 걸쭉한 호박색의 달달한 죽을 먹으면 한기가 사라지고 혈액순환
이 좋아져 생기가 돈다. 마치 할머니와 어머니가 이모저모 보살펴
줬을 때처럼 말이다.

5. 쫑즈를 먹는 고충

세상에서 벌어지는 토론의 대부분은 헛수고다. 모두가 각자 확고한 견해와 입장이 있으니 말이다. 정치든 종교든 마찬가지다. 쫑즈도 예외는 아니다.

요즘에는 해마다 단오절이 다가오면 쫑즈에 대한 대토론이 벌어진다. 대만의 쫑즈는 크게 남북으로 나뉜다. 간단히 말하면 남부 스타일은 익힌 내용물을 생쌀로 감싸고 물로 삶아낸다. 이에 반해 다 지어진 밥에 양념을 더해 잠시 동안 쪄내는 방식이 북부 스타일이다.

물론 남북으로만 나눠버리면 중부나 동부, 그 밖의 도서지역 사람들의 목소리는 반영되지 않는다. 그럼에도 불구하고 굳이 남북으로 나눈 것은 남부 사람이 "북쪽 쫑즈는 참 맛있어. 탱탱하니 식감도 좋아."라고 말하는 것을 본 적이 없고, 북쪽 사람이 "쫑즈하면 역시 남쪽이지. 밥알이 부드러운 게, 대나무잎 향도 향긋해."라고 하는 것도 들어본 적이 없기 때문이다. 하카인이 중국 저장성 후저우(湖州) 스타일의 쫑즈를 즐겨 먹는다거나 베트남에서 온 사람들이 대만 원주민들의 밤을 넣은 전통 방식의 쫑즈를 칭찬하는 이야기 역시 거의 들은 바 없는데 아마 실제로도 많지 않을 것이다.

사람들이 제각각 자신들의 쫑즈가 최고라고 생각하게 된 것은 아마 최근 일일 것이리라. 수십 년 전에는 쫑즈 같은 축제 때 먹는 음식은 대개 집에서 만들었다. 밖에서 사먹는 경우는 거의 없었다. 아이들은 집에서 어른들이 만들어 준 쫑즈를 먹었다. 다른 곳에서 사오는 일은 익숙하지 않았다. 어느새 중년이 된 이들이 평생동안 먹어본 쫑즈의 종류는 아마 매우 제한적일 것이다. 즉 사람들이 제각각 옹호하고 있는 쫑즈란 자신들의 집에서 먹었던 것이거나 그와 유사한 것일 가능성이 아주 높다. 사정이 이렇다면 쫑즈에 대한 논쟁은 남북 간의 갈등이라기보다 집안 사이의 싸움이라 하는 것이 정확할 것이다.

내가 익숙한 북쪽 스타일의 쫑즈는 확실히 찹쌀을 찐 다음 간을 하고 여러 재료와 함께 대나무잎으로 감싼 것이다. 이미 익힌 재료를 사용하기 때문에 오랫동안 조리할 필요 없이 10~20분가량 쪄내기만 하면 된다. 이를 폄하하는 사람들은 대부분 유판을 딱딱하게 굳힌 것과 크게 다를 바 없다고 비난한다. 물론 북부 사람들이 이 이야기를 들으면 화를 낼 것이다. 쫑즈의 복잡함을 이해하지 못한 것일 뿐만 아니라 유판에 대해서도 실례라면서 말이다.

유판은 돼지고기나 버섯 등의 재료를 잘게 썰어 볶아 향을 돋구고 찹쌀밥과 섞은 것이다. 고전적인 레시피에 따르면 물에 불린 생 찹쌀을 냄비로 볶고 물을 더해가며 쪄낸다. 유판에 들어가는 재료는 잘게 썰기 때문에 한 입에 모든 재료가 담긴다.

이에 반해 북부 방식의 쭝즈는 안에 들어가는 내용물들이 큼직 큼직하다. 또 찹쌀을 오랫동안 끓이지 않기 때문에 밥알 하나하나 가 형태를 유지하고 있다. 우샹(五香)[1]과 유충의 향이 나는 밥을 속 재료와 함께 입안에 넣으면 기름 부분이 서서히 녹아내려 말린 표 고버섯, 염장한 계란 노른자, 밤 등에서 각각의 감칠맛, 단맛이 한 데 어우러진다. 다름 속에서 공통점을 찾으며 먹으면 먹을수록 흥 미롭다.

우리집은 대대로 북쪽에 살았다. 나는 젖을 떼고 이유식을 먹기 시작했을 때부터 쭝즈를 먹으며 컸다. 평생을 먹다 보니 턱이 특정 한 향이나 식감을 기억한다. 완고한 중년 여성이 된 지금 남쪽 스타 일의 쭝즈가 입맛에 맞을 리 없다는 것은 재차 말할 필요 없을 것이 다. 할머니가 돌아가신 뒤의 고충은 밖에서 사온 쭝즈가 모두 입맛 에 맞지 않다는 것이다.

그야말로 쭝즈는 수공예품이라 할 수 있다. 쭝즈의 내용물을 감싸 는 나뭇잎들은 각양각색이며 묶는 방식도 다 다르다. 직사각형, 정 사각형, 삼각형, 뜨개질 모양 등 다양하다. 각각의 구조와 질감이 있 고 속에 들어가는 내용물도 천차만별이다. 손이 많이 가는 작업이 있는만큼 자연스레 개성이 배어나온다. 우리 할머니가 만든 쭝즈도 이 세상에 있는 수백만 개의 다양한 가정집 쭝즈 중 하나일 뿐이다. 특별히 거창한 재료를 사용하는 것은 아니지만 그럼에도 노동집약

---

1   중화요리에 주로 쓰이는 다섯 가지 향료로 산초, 회향, 계피, 팔각, 정향을 뜻한다.

적이다. 세상의 모든 쫑즈는 노력의 산물이다.

우리집 쫑즈는 마죽(麻竹)이라는 대나무의 파란 잎을 깨끗이 씻어 사용한다. 쌀은 가늘고 길쭉한 찹쌀을 골라 적어도 4시간, 상황에 따라서는 하룻밤 동안 물에 불린 뒤 찐다. 삼겹살은 덩어리째로 다른 냄비에서 조린다. 염장한 계란 노른자에 맛술을 바르고 2~3분가량 구워 굳힌다. 말린 표고버섯을 물에 불리고 딱딱한 밑뿌리를 떼어내 팬에 기름을 두르고 가볍게 볶아낸 뒤 돼지고기가 담긴 냄비에 넣어 버무린다. 말린 밤의 표면에 남아 있는 얇은 껍질을 작은 족집게로 제거하는 작업에는 인내심이 필요하다. 말끔해진 밤은 물에 불리고 기름에 튀겨 육수로 잠시 조린다. 말린 새우도 기름에 살짝 볶아 비린내를 없앤다. 땅콩을 쫑즈 속에 넣기도 하지만 생략하는 경우도 많다.

가족의 식사를 관장하는 사람은 구성원들 하나하나의 상황을 고려해 도공이 점토로 도자기를 빚듯 쫑즈를 만든다. "이제 나이가 많으니 계란 노른자는 양을 줄여보자."라는 생각에 염장 계란 노른자는 절반만 넣는다. 아이들이 비린내가 난다며 말린 굴을 싫어하니 넣지 않는다. 대신 그만큼 표고버섯의 양을 늘린다. 돼지고기의 비계 부분이 인기가 많기 때문에 삼겹살의 비계가 흐물흐물해질 때까지 푹 조린다. 쫑즈 속에 들어가는 재료는 다양한 만큼 그곳에 많은 생각들이 담겨 있다. 그 중 하나라도 어긋나면 최종적인 완성도까지 영향을 받는다. 그래서 최근에는 단오절마다 집에서 쫑즈를 만들기보다 밖에서 사온다. 나는 이 현실이 불편하다. 이상과의 괴리가 너무 크기 때문이다.

사실 밖에서 사먹는 쫑즈는 대부분 문제가 없다. 다만 우리집 레시피와 비교하면 속 내용물이 너무 많거나 부실하다. 혹은 크기가 너무 크거나 밥알이 너무 부드러운 경우도 있다. 짠지가 너무 많거나 삼겹살 대신 갈빗살을 쓰기도 한다. 대체 왜 쫑즈에 말린 가리비나 연자(蓮子)를 넣어야 하는 것일까? 1년 중에 찹쌀을 먹을 일은 몇 번 되지도 않는데 왜 건강에 좋다는 이유로 흑미를 대신 넣는 것일까?

그 중에서도 쫑즈에 밤이 들어 있지 않을 때가 가장 속상하고 슬프다. 밤은 달달하면서 푸석푸석하고 쫑즈의 밥알은 부드러우면서 찰지다. 이 둘을 함께 씹으면 마음 속에서 불꽃이 피어오른다. 한번은 파트너의 어머니가 밤을 넣어 밥을 해준 적이 있었다. 밤과 밥알을 함께 입 안에 넣은 지도 꽤 오래됐던 터라 감동한 나머지 문득 두 눈이 감겼다.

요컨대 쫑즈의 속재료가 부족하거나 과하다는 이야기는 우연히 알게 된 사람이 예전 애인과 닮았다는 이유로 만났지만 뭔가 손해를 보는 느낌이 들고 결국 후회하게 되는 것과 비슷하다.

이것이 일종의 편집증이라는 것은 나도 충분히 알고 있다. 그러나 그 대상이 쫑즈인 데는 사연이 있다. 나처럼 나이도 얼마 되지 않았는데 추억에 집착이 강한 스타일은 실제로 노인들이 지나간 것을 그리워하는 것과 성질이 다르다. 그것은 아마 옛날을 추억함으로써 정보의 흐름에 저항하려는 것일 테다. 홀로 사막에 서 있는 것과 같은 극도로 불확실한 시대착오적 느낌이기도 할 것이다. 내가 어렸을 때 먹었던 쭝즈는 사실 이미 오래 전에 사라졌다. 그뿐 아니라 집에서 쭝즈를 직접 만드는 가족들이나 과거 단오절의 풍습도 이미 자취를 감춘 지 오래다.

어렸을 때를 회상해 보자. 불과 20여 년 전이지만 지난 세기까지 거슬러 올라가야 한다. 20세기의 아이들과 오늘날 아이들의 가장 큰 차이는 손 안에서 빛을 발하는 스크린의 유무다. 친가쪽 가족들은 말수가 적은 편이다. 단오절에 다 같이 모이더라도 별다른 대화가 오가지 않는다. 그저 묵묵히 큰 식탁에 둘러앉아 열심히 쭝즈를 먹으며 조미료를 서로 건넬 뿐이다. 식사 후에는 거실에서 진공관 TV로 드래곤보트 경주를 관람했다. 보트에 올라탄 선수들은 2열로 나뉘어 노를 저으며 묵묵히 앞으로 나아갔다. 밖은 보통 덥기 때문에 현관 부근에 쑥과 창포가 심어져 있어 상쾌한 약 냄새가 났다. 창문 부근에서는 에어컨이 돌아가는 소리가 울렸다.

수년이 지나고 나서야 나는 특별한 일 없이 단오절을 보내고 쭝즈를 먹는 일도 없는 이 운명을 마침내 받아들였다. 마지못해 시간을 보내기보다도 내가 직접 뭔가를 하는 편이 낫다. 큰어머니에게 전화를 걸어 할머니의 고기 쭝즈 레시피를 자세히 물어봤다. 큰어머니에 따르면 몇 년 전에 흉내라도 내볼 요량으로 두 근가량의 쌀을 사와 쭝즈 20개를 만들었단다. 아이들이 다 커서 결혼을 하고 거처를 옮기면서 열 명이 넘었던 대가족은 이제 부부 둘만 남았다. 쭝즈를 조금만 만들더라도 다 먹어치우지 못했다. 결국 직접 만드는 것을 포기하고 밖에서 사서 먹게 됐다고 한다.

수화기 너머로 큰어머니의 목소리를 듣고 있으면 불이 켜지지 않은 채 정적이 흐르는 옛 집 식당의 어두컴컴한 모습이 눈 앞에 펼쳐지는 것 같았다. 대가족이 결국 흩어져 각자의 자리에서 각기 다른 곳에서 만들어진 쭝즈를 먹게 됐다. 가끔은 앞에 나아갈 길이 없고 뒷쪽에서도 오는 이가 없다고 느껴질 때가 있다. 분명 한여름의 축제날인데 무색무취한 현실에 가슴 한편이 아려온다. 어른이 되고 나서 때때로 그랬던 것처럼 이번에도 상처에 아랑곳하지 않고 차분히 내일을 기다리는 수밖에 없다.

6. 나를 만들어 준 책, 『중국미식』

나는 어렸을 때 가장 좋아했던 책을 지금도 읽고 있다. 요리책이지만 요리책 그 이상의 책이다. 그것은 바로 『중국미식』이라는 책이다. 초판이 1983년에 나왔는데 내가 태어난 해다. 지금에서야 발견한 묘한 우연이다.

우리집에서는 아이들에게 TV를 보여주지 않았다. 밤 10시 전에 어른들은 먼저 아이들을 재웠다. 그리고 나서야 TV를 켜고 아껴뒀던 비디오 테이프를 봤다. 초등학교에 들어가고 우리집은 작은 공용주택에서 단독주택으로 이사를 갔다. 어머니는 아이들이 몰래 TV를 보지 못하도록 TV를 침실에 옮겨 열쇠로 잠궈놓고는 리모콘을 집 문서와 함께 금고에 넣어뒀다. 이런 환경 탓에 나는 어렸을 때 항상 벽 너머로 외국인이 하는 이야기 소리나 멍하니 들으며 잠에 들었다.

TV와 관련된 얼마 되지 않는 추억 중 하나는 외할머니와 함께 본 비디오 테이프였다. 거기에는 당시 일본의 최고 여가수 미소라 히바리(美空ひばり)의 무대가 담겼다. 미소라는 할머니가 가장 좋아하는 가수였다. 그녀의 목소리는 부드러우면서도 깊었고 마른 눈물과

같은 짭조름한 맛이 있었다. 또 다른 하나는 옆집에 살고 있던 작은 할아버지 댁에서 흑백 무성 코미디 영화《로럴과 하디: Laurel and Hardy》를 봤던 것이다. 당시 숙모들이 어떤 생각으로 내게 그것을 보여줬는지는 모르겠다. 지금에서 돌이켜 보면 아이들에게 무성 영화란 꽤나 흥미로웠을 것이다.

TV는 볼 수 없었지만 책은 읽을 수 있었다. 어머니에 따르면 어렸을 때 나는 그다지 칭얼거리지 않고 잘 먹고 잘 잤다고 한다. 책 몇 권만 있으면 어디서든 눌러앉아 움직이지 않는 아이였다고 한다. 독서를 좋아하는 아이였지만 수중에 책은 몇 권 되지 않았다. 지금도 이름을 댈 수 있을 정도다. 가장 좋아했던 『한성소백과(漢聲小百科)』, 광복서국에서 나온 『과학도감(科學圖鑑)』, 그리고 『도설 중국역사(畵說中國歷史)』가 각각 한 세트씩 있었다. 『세계명저의 여행(世界名著之旅)』은 플라스틱 케이스에 상제본 그림책이 한 권, 카세트 테이프가 2개 들어 있다. 이밖에 『어휘(辭彙)』가 한 권, 일간지 『국어일보(國語日報)』도 있다. 숫자는 적지만 내용은 풍부했다. 몇 권 되지 않았지만 작은 여자아이는 책에 고개를 쳐박고는 『어휘』 같은 책마저 한 글자 한 장 빼놓지 않고 모두 읽었다.

어머니가 갖고 있는 책은 더 적었다. 요리책 몇 권이 전부였다. 이밖에 결혼 당시 숙부가 보내준 양장본 세계명작전집도 있었다. 전집은 붉은 천의 표지와 둥근 뒷면으로 되어 있었다. 당시 중산층 집 안의 응접실에서 흔히 볼 수 있는 장식품이었다. 누구도 읽은 흔적은 없었다. TV장 유리문 안쪽에는 책들이 레코드판과 브랜디 병들과 함께 나란히 놓여 있었다. 그런데 지금 돌이켜 보면 결혼 선물로 문학 전집을 주는 것도 어르신들 특유의 삶의 여유와 진지함이었던 것 같다.

아는 한자의 양이 점점 늘자 나는 어머니의 책도 읽기 시작했다. 처음에는 TV장 안에 있는 명작들부터 시작했는데 번역 탓인지 서양 등장인물들이 이야기하는 내용들에는 친근감이 들지 않았다. 몇 권을 제외하고는 대부분 끝까지 읽지 못했다. 다른 책은 없나 찾던 중에 요리책을 발견했다. 그 중에서도 『중국미식』은 내가 좋아하는 책인 『한성소백과』와 마찬가지로 출판사명인 '한성' 두 글자가 인쇄되어 있었다.

『중국미식』은 양장본으로, 전면 컬러 인쇄였다. 처음 펼쳐봤을 때의 놀라움은 지금도 잊혀지지 않는다. 내가 읽고 있던 아동용 책들과는 다르게 굉장히 복잡하면서도 아름다웠다. 책에 쓰여 있는 한자는 대부분 읽을 수 있었기에 아이의 속도로 천천히 읽어내려가면 내용을 이해할 수 있었다. 마치 굉장히 친절한 어른이 인내심을 갖고 세상 만물에 대해 명확하면서 알기 쉽게 설명해 주는 것 같았다.

대부분의 레시피북은 요리 사진으로 가득 차있다. 조명에 비친 요리들이 예쁘게 담겨 있기만 하면 완성이다. 그러나 『중국미식』은 거기서 그치지 않는다. 식문화에 대해 서술하는 데도 많은 정성과 노력이 들어가 있다. 처음 몇 페이지는 연속적으로 아름다운 사진이 나온다. 빛을 받은 볏모, 논과 물소, 황금빛으로 익은 벼, 가마솥으로 지은 밥 등이다. 그 다음 페이지부터는 '이 책의 활용법'에 대한 해설이다. 다루는 내용들의 순서, 정보 레벨의 구분에 대해 미리 대략적인 설명이 이뤄진다. 어렵고 복잡한 요리에 대해서는 4~6개에 걸쳐 그려진 삽화를 통해 공정을 나눠 만드는 법을 설명한다. 당연히 굉장히 공이 들어가는 일인데 매우 효과적이다. 그림을 따라 작업을 진행하면 얼핏 보기에 어려워 보이는 파인애플 볶음밥이나 광둥식 찐 쭝즈, 튀긴 누룽지 등 모든 것들을 만들 수 있다.

많은 그림들이 작은 삽화로 채워졌다. 한 사진에 담긴 11가지 종류의 떡, 13가지 종류의 완궈(碗粿)[1]에는 각각 선이 그어졌고 번호가 붙었다. 이 방식은 일본의 클래식한 라이프 스타일 잡지에서 이따금 볼 수 있는 것이었는데 알기 쉬웠고 우아했다. 이처럼 사진과 문자를 조합하는 기술을 아트 디렉션이라 부른다는 것을 알게 된 것은 꽤나 나중 일이었다. 이 일들은 누구나 간단히 할 수 있는 것은 아니다. 예컨대 오늘날 출판물 가운데 디자인에 공을 들인 것들은 많지만 제목이 어디에 있는지도 알 수 없는 것들도 많다.

책 속 인물사진들도 인상적이다. 서정적이면서 활동적이기도 하다. 마치 걸작 다큐멘터리에서 가져온 것 같은 느낌이다. 사진들은 그 시대의 얼굴이다. 1980년대 대만의 모습이 담긴 사진들에는 여전히 곳곳에 지방색이 남아 있었다. 30여 년의 세월이 흐른 오늘날 돌이켜 보면 시대의 얼굴은 크게 달라졌다. 환경이 변했고 사람들의 옷차림이 바뀌었을 뿐 아니라 먹는 것도 전과 같지 않다.

---

1   물에 불린 쌀을 간 뒤 재료들을 넣고 쪄낸 간식.

홍구이궈(紅龜粿)[2]와 관련된 장에는 타오위안현(桃園縣) 양메이(楊梅)의 축제 사진이 실렸다. 사진 속 2~3명의 남성들은 나무로 된 수레를 밀며 앞으로 나아가고 있었다. 수레에는 홍구이궈 수백 개가 첨탑의 형태로 사람 키만큼 쌓여 있었다. 길거리에서 목제 수레를 보기 힘들어진 지는 꽤 오래됐다. 어떤 축제를 가더라도 떡이나 과자가 다 먹지 못할 정도로 많은 양이 만들어지는 일도 거의 없어졌다. 혹 있다 하더라도 투명한 플라스틱 상자에 낱개로 포장된 것 정도다.

쭝즈를 다룬 장의 첫 부분에 실린 사진에는 중년 여성이 현관 부근에 앉아 쭝즈를 만드는 모습이 담겼다. 완성된 것들은 문 손잡이에 걸어뒀다. 문도 창틀도 모두 나무로 만들었다. 햇볕이 창문 너머 실내로 쏟아졌고 그녀의 얼굴 옆부분과 대나무잎을 비췄다. 그녀는 작업에 집중한 듯 눈초리를 치켜세웠는데 화장기 없는 얼굴은 아주 평탄해 보였다. 연기를 하려는 의도는 전혀 보이지 않았지만 보는 이들로 하여금 시선이 오래 머무르게 했다.

스무위죽에 대한 해설 사진에는 이른 아침 타이난 광안궁(廣安宮) 앞에 늘어선 이동식 노점상이 담겼다. 가판대 위에 그릇 몇 개와 유탸오가 놓여 있었다. 김이 모락모락 피어오르는데 간판처럼 보이는 것은 없었다. 흰색 대만식 마사(麻紗) 셔츠를 입은 중년 남성 여럿이 대나무로 된 의자에 앉아 죽을 먹고 있었다. 외할아버지도 전에

---

2   거북이 모양을 본딴 붉은 과자.

비슷한 옷을 입었는데 최근에는 잘 입지 않는다. 그렇게 한 세대가 또다시 지나갔다.

『중국미식』의 디자인은 당시로서는 꽤나 선구적이었다. 지금 보더라도 세련된 맛이 있다. 이를테면 겉표지가 인상적이었다. 세계 각지에서 재배되는 21종류의 쌀을 이용해 수작업으로 이어붙여 '쌀 미(米)' 자를 그려냈다. 표지 전체가 마치 타투 작품을 연상케 했다. 작업에 꽤나 많은 시간이 걸렸을 것이다. 1980년대 대만에서는 아직 포토샵 같은 편집 소프트웨어가 없었다. 지금이야 나도 이런 소프트웨어를 곧잘 다룰 수 있는 편이지만 만약 한 화면에서 천여 개의 쌀알을 합성해야 한다면 역시 굉장히 섬세한 작업일 것이다.

요즘에는 책 전체적으로 어떻게 음식 사진을 배치해야 미적으로 완성도가 있는지 전문적으로 다루는 직업이 있다. 바로 푸드 스타일리스트다. 당시에는 아직 그러한 직함이 없었다. 그러나 식기는 무엇으로 할지, 배경은 어떻게 꾸밀지, 촬영할 때 조명은 어떻게 할지 등을 정하는 안목은 이미 수준 높았다.

책에는 연근 요리 사진도 있었다. 찹쌀을 채우고 달달하게 조려낸 것이었다. 페이지 전체가 연근으로 가득한데 배경은 시커멓다. 조명 빛이 연근 구멍을 뚫고 지나가는데 안에 채워진 찹쌀이 마치 자개처럼 빛났다. 달콤한 즙이 연근의 가장자리에서 떨어지지 않고 간신히 버텨내면서 빛을 머금었다. 보기만 해도 무의식중에 어금니를 악물게 된다. 입안에서는 왠지 단맛이 느껴졌다. 그러나 현실에서 나는 성인이 되기 전까지 이러한 중국 강남풍의 연근 조림을 먹어본 적이 없었다. 사진이 너무 리얼했던 탓일까. 처음 이 요리를 먹었을 때 그때까지 사진을 보며 수백 번 느꼈던 감동은 없었다.

1980년대에 태어나 어렸을 때부터 그다지 공부에 취미가 없었던 나는 고등학교 때 직업훈련이라는 길을 골랐다. 돌이켜 보면 그 길은 이전부터 그곳에 있었다. 내가 동경했던 훌륭한 사진들, 명쾌한 글, 실제 음식과 일상생활이 서로 어우러져 요리책이라는 형태의 한 권의 책에 담겼다. 실제로 이 책은 꽤나 괜찮은 디자인 샘플이기도 하면서 문자와 사진으로 이뤄진 사회학적 기록이기도 하다. 『중국미식』의 아트 디렉션과 촬영을 담당한 것은 내가 매우 존경하는 황융송(黃永松) 씨다. 성인이 되고 인터뷰를 읽고 나서야 사진 속 쭝즈를 만들고 있는 여성이 그의 어머니이고, 쭝즈에 필요한 나뭇잎을 준비한 사람은 그의 아버지라는 것을 알게 됐다. 뿐만 아니라 편집팀은 이 책을 위해 1년에 걸쳐 직접 농사까지 지었다는 사실도 알게 됐다. 책에 나오는 90%에 가까운 음식들은 편집팀이 직접 만들었단다. 한성출판사에는 긴 시간을 투자해 깊이 있는 책을 만드는 전통이 있다. 이 에피소드들은 오늘날 같은 디지털 시대에서는 아마 신화 속 이야기처럼 들릴 것이다.

어렸을 때는 내막은 모른 채 그저 단순히 재미로 책을 읽었을 뿐인데도 예사롭지 않음을 느꼈다. 나중에 내막을 알게 되고 나서는 그 예술적 교양의 깊이에 감명받았다. 사람은 모두 유년기 때 인생의 뼈대가 만들어진다. 나와 나이가 같은 이 책도 내 일부를 만들었다.

집에 있던 『중국미식』은 수년 전 집안 리모델링을 위해 상자에 보관했었는데 지금은 행방을 찾을 수 없다. 한참을 신경 쓰다가 한성출판사의 매장에서 간체자로 된 판본을 샀다. 하드커버는 소프트커버가 됐고 번체자는 간체자로 바뀌었다. 그밖에는 사진도 레이아웃도 전과 같다. 아름답게 인쇄된 달달한 연근 요리와 떡 사진을 손으로 만져보며 어딘가 허전했던 유년기의 일부분이 그제야 돌아온 것과 같은 기분이 들었다.

제3부

명랑한 연회

1. 내일의 접대를 위해

남동생의 일본 지인이 대만을 찾아 집에서 접대를 하게 됐다. 어머니에게는 생전 마지막 손님맞이였다. 손님들 중에는 노나미 아사(乃南亞沙) 씨가 있었다. 그녀는 작품을 여럿 낸 저명한 추리소설가였다. 『얼어붙은 송곳니(凍える牙)』로 나오키상(直木賞)을 수상했다. 동일본대지진 이후 그녀는 대만 각지를 방문하고는 보고 들은 것을 정리해 『미려도기행(美麗島紀行)』이라는 책을 내기도 했다. 그녀와 일대문화경제교류처의 마쓰이(松井) 씨는 동생과 친분이 있었다. 손님은 이 두 사람과 통역 담당자까지 총 3명이었다.

　손님들과의 식사자리는 하필이면 평범한 날이 아니었다. 총통 선거가 있는 날이었다. 노나미 씨는 선거에 관심이 컸다. 투표 전날 밤 동생은 두 손님을 데리고 마지막 유세 현장을 찾았다. 열정적인 현장 분위기에 감명받은 이들은 선거 당일에도 인근 개표소를 찾아 개표 상황을 지켜봤다. 이 때문에 손님 접대는 두 차례로 나뉘었다. 먼저 오후에 집에서 차를 마시고 산책을 한 뒤 개표소를 갔다. 유권자라고 해봐야 수백명 규모의 작은 마을이었던 터라 개표 작업은 2시간도 걸리지 않았다. 개표가 끝나고 걸어서 집에 돌아온 뒤 이번에는 저녁을 같이 먹었다.

　전에는 집에서 손님 접대를 해도 기록으로 남기는 경우는 없었다. 그러나 그때는 어머니에게 남은 시간이 얼마 되지 않았다. 몸은 조금씩 말라갔고 의식도 점차 희미해져갔다. 나는 남은 날들이 얼마 되지 않는다는 것을 의식하고 매일 그날의 일들을 상세히 기록했다. 그것은 거친 강물 한 가운데 서서 물 속의 풀을 몇 개 잡아채는 것과 비슷할지 모른다. 그때 구매한 물건들, 먹고 마신 것들, 이동 동선, 손님맞이와 관련된 내용들이 기록으로 남아있는 것은 그러한 연유에서였다. 그러나 여기서부터는 그날의 식사자리의 일이 아닌, 그날을 위한 준비과정을 썼다.　손님을 대접하기 위한 준비는 여행 준비와 닮았다. 목적지에 도착하기도 전에 여정이 이미 시작된 것처럼 말이다. 준비하는 과정에서의 설렘은 여행지 현장에서의 흥분에 버금간다.

*

어머니의 병세 악화로 일상생활은 꼬이고 뒤틀렸다. 즐거운 일은 더욱 없어졌다. 지금 돌이켜 보면 손님 접대가 어머니에게 즐거운 일이었던 것 같다. 보통 손님 맞이 며칠 전 어머니는 늦은 밤 식탁 구석에 종이를 펼쳐놓고 글자를 쓰고 그림을 그렸다. 내용은 요리의 순서와 장보기 리스트, 음식 배치도 같은 것들이었다. 다 쓴 종이는 냉장고에 붙여 놨다. 그리고 며칠 동안 오가며 보다 좋은 아이디어가 떠오르면 다시 수정했다.

어머니의 뒷모습이나 표정에서는 작가와 다름없는 창작 과정에서의 집중력이 느껴졌다. 어머니는 1950년대생으로 1960년대를 겪은 대만 여성이다. 그 시대에는 여성이 결혼하고 아이를 낳는 것이 당연시됐다. 만약 사회에 나온다면 '괜찮은' 직업이 있어야 했다. 어떤 직업이 괜찮은지는 상상의 영역이었기에 결과적으로 당시 여성이 가질 수 있는 직업의 범위는 매우 좁았다. 공무원이나 교사, 경리 사무 등 몇 개 되지 않았다. 그 외에는 가정 주부였는데 가사 노동은 다른 일에 비해 고되었지만, 하나의 직업으로 인정되지 않았다.

창작이란 무엇일까. 어머니가 그에 대해 이야기한 적은 없다. 그녀의 단어장에 그런 어휘는 없었다. 이런 여성들은 굉장히 빼어난 소질의 소유자들이다. 그러나 사회의 협량함과 가정의 무관심에 의해 대부분의 경우 재능과는 괴리가 큰 일을 하게 됐다. 어머니는 직장을 다녔다. 회사의 장부를 관리하는 업무 이외에도 인사, 서무, 가족의 사적인 금전 관리도 담당했다. 집에 돌아가면 어르신과 아이들이 있었다. 어머니는 이전에 암투병을 하던 시아버지를 위해 매일같이 닭을 장시간 고아 진액을 뽑았고, 당뇨병을 앓던 시어머니를 위해 밀의 어린 잎으로 주스를 만들었다. 어머니의 딸은 비만 체형이고 아들은 편식이 심했다. 남편의 사업은 순탄치 않았다. 가족들 뒤치다꺼리에 어머니는 말 그대로 소진됐다.

우리 세대는 자아 실현을 강조한다. 무엇을 실현할지는 분명치 않지만 자아에 대해서는 영원히 부족함을 느낀다. 어머니는 정반

대였다. 어머니는 꽃꽂이를 10년 동안 배웠는데 선생님에게 인정받는 모범생이었다. 그녀는 부엌에서 칼 다루는 솜씨가 수준급이었다. 과일을 내올 때는 색깔의 배치를 고려해 섬세하게 조합한 입체적인 작품을 만들 수 있었다. 그러나 옛날에는 이러한 능력이 빛을 보지 못했다. 본인의 재능과 뜻을 충분히 펼칠 수 있는 환경이 갖춰져 있지 않았다. 그래서 어머니는 일상생활 속에서 우리를 위한 화려한 아침밥상이나 점심 도시락을 만들었다. 아주 드물게 재능을 마음껏 발휘할 수 있는 기회가 있었는데 바로 손님을 접대할 때였다.

마지막 손님맞이 당시에는 이미 어머니의 체력은 방전된 상태였다. 그러나 창작의 불꽃은 여전히 강렬하게 피어오르고 있었다. 준비를 위해 어머니와 나는 한 팀이 됐다. 어머니가 요리를 말하면 내가 재빠르게 적었다. 그녀가 만든 리스트를 따라 장을 봤다. 우리는 어머니의 침대 옆에 앉아 며칠씩 의논하며 매일 조금씩 공동의 작품을 만들어갔다.

손님 접대를 위한 장보기는 육체노동이다. 한 곳에서 모든 것을 구할 수 없기 때문에 여러 곳을 돌아야 한다. 전통시장 두 곳과 대형쇼핑센터, 그리고 네이후(內湖)의 꽃 도매시장을 들린 뒤 새삼 느꼈다. 어머니는 전에 50cc 스쿠터를 몰고 혼자 장을 봤었다고 했다. 아마 재능은 물론이고 근성과 완력, 더 나아가서는 초능력까지 필요했을 것이다.

다다오청에서는 오랜 인연이 있는 노포를 찾아 마음의 안정을 되찾는다. 구이쑤이지에(歸綏街)의 '팡산항(芳山行)'에서 품질 좋은 건조 오징어, 해파리, 말린 광어를 산다. 디화지에의 '취안퉁항(泉通行)'에서는 이란산 땅콩을 담는다. 옌핑베이루(延平北路)의 룽위에탕에서는 녹두과자를 구매하고 '용타이식품(永泰食品)' 맞은편에 있는 (지금은 폐점한) 과자점에서는 계란땅콩, 수박씨, 아마낫토를 샀다.

국물을 우려내기 위해서는 손님이 오기 이틀 전에 루저우 중산시장에서 국내산 양고기를 산다. 방문할 곳은 한 자리에서 40년 동안 아주머니가 운영해 온 가게다. 어머니에 따르면 하루 전에 가게를 찾아 아주머니에게 껍질이 있는 고기 두 근, 갈비뼈 부근 고기 두 근을 남겨달라고 부탁해 두면 장 보는 당일 재고 부족을 걱정하지 않아도 된단다. 그 다음 사탕수수주스 노점에 가 사탕수수를 자르고 남은 부분을 얻는다.

어머니가 끓이는 양고기탕은 누린내가 없고 깔끔하다. 마셨을 때 목구멍을 촉촉히 적셔주는 느낌이 든다. 양고기를 좋아하지 않는 사람이라도 마시고 싶어할 정도다. 재료는 양고기 이외에 사탕수수 끄트머리와 신선한 귤껍질(말린 껍질이 아닌 갓 벗긴 생 껍질)이다. 다진 생강과 파를 냄비에 넣고 볶은 뒤 물을 부어 조린다. 뚜껑을 덮기 전에 화초(花椒)도 몇 알 넣는다.

사탕수수 끄트머리는 뿌리에 가까운 부분이다. 가장 달콤한데도 세척하는 데 손이 많이 간다는 이유로 버려지는 경우가 많다. 노점 주변에 그냥 버려지기 때문에 보통 공짜로 구할 수 있다. 그런데 내가 갔더니 사탕수수 장수가 1위안을 받았다. 어머니는 이 이야기를 들자 박장대소했다. 자기가 갔을 때는 돈을 받은 적이 없는데 사탕수수 장수도 사람을 가려받는다면서 말이다.

외국 손님들이니만큼 가급적 대만스러운 요리나 우리집 전통 음식을 내놓고 싶었다. 중식 연회상에는 오래 조리해야 하는 음식들이 많다. 나는 어렸을 때부터 부엌에서 외할머니나 어머니가 요리하는 모습을 봤기 때문에 대강의 방법은 알고 있었지만 불 조절은 좀처럼 쉽지가 않다. 사전에 가능한 밑준비를 해둬야 한다. 가급적 국물은 먼저 끓이고 고기도 부드럽게 조려둔다. 작업이 절반가량 끝나면 어머니에게 간을 보게 한다. 그녀가 고개를 끄덕이면 손님상에 나갈 수 있다. 상에 오르기 전에 다시 데우거나 걸쭉하게 만들기만 하면 완성이다. 요리는 모두 어머니가 정했다. 풍미가 한데 모여 어우러지게끔 진한 맛과 담백한 맛, 부드러운 것과 바삭한 것, 짠맛과 단맛을 조화롭게 준비했다. 그리고 시장에서 이제 막 보이기 시작한 자연산 숭어알로 만든 우위즈(烏魚子)와 겨울에 생산되는 굵은 셀러리 줄기 같은 제철 식재료를 이용했다.

당일 메뉴는 구운 우위즈에 전복과 애배추 조림, 말린 오징어와 미나리 줄기 볶음, 말린 해삼과 은행이 들어간 돼지고기 조림, 해파리와 돼지 간 사차장(沙茶) 볶음, 제철 야채 볶음, 오징어 튀김(단 식초와 다진 마늘 소스와 곁들여서), 양고기가 들어간 맑은 국물, 제철 모듬 과일, 대만 고산차 등이었다. 만찬이지만 부엌에서는 이른 아침부터 준비가 시작된다. 해파리는 전날부터 흐르는 물로 염분을 뺀 뒤 얇게 썰고 모래를 제거한다. 말린 오징어는 다시 불린다. 돼지

콩팥은 힘줄을 제거한다. 야채는 잘생긴 부분을 골라 소금으로 간을 한 뜨거운 물로 가볍게 데친다. 양고기 국물은 잘 끓인 뒤 불순물을 걸러내 잠시 얼린 다음 표면에 뜬 기름을 절반가량 덜어낸다. 루러우는 녹아내릴 때까지 삶아낸다. 돼지 간은 접시 위에 층을 지어 포갠다. 어머니가 부엌에 들어와 진행 상황을 확인하고는 괜찮다고 한 만큼 대리인인 나는 자신감이 생겼다.

1월은 한겨울이지만 올해는 이상 기온으로 예전과 다른 추위였다. 린커우까지 눈이 내릴 정도였다. 손님들한테 먼저 따뜻하면서 달달한 국물을 냈다. 달달한 국물로는 땅콩스프를 준비했다. 그릇 끄트머리에는 따뜻하게 데운 유탸오를 비스듬히 뒀다. 손님이 국물에 찍어서 먹을 수 있도록 마련한 구성이다. 땅콩은 하룻밤 물에 불려 아침부터 삶았다. 이란의 모래바닥에서 자란 땅콩은 알맹이가 작은 만큼 부드럽고 기름기가 많다. 딱딱한 부분이 남는 일도 없다. 국물이 유백색이 될 때까지 삶아 땅콩이 완전히 익으면 얼음설탕을 넣고 살짝 끓인다. 설탕이 녹으면 불을 끈 채 뜸을 들인다. 냄비가 식으면 단맛이 스며드는데 먹기 전에 한 번 더 데운다. 이렇게 조리한 땅콩은 국자로 떴을 때 형태는 유지되지만 입 안에서는 사르르 녹아내린다.

차와 함께 먹을 다과도 한 상 차린다. 그 중 다다오청에서 구한 과자류 이외에 전통과자로 유명한 진산(金山)에서 주문한 작은 거북이 모양의 과자도 몇 개 올린다. 아기 손바닥만 크기의 귀여운 모양이지만 지역 문화를 나타내는 의미도 있다.

우위즈와 전복은 둘 다 식전에 낼 수 있는 애피타이저다. 어머니는 주방에 들어와 우위즈와 전복을 각각 두 개씩 잘라 시범을 보여줬다. 내 칼질 솜씨는 또래들에 비하면 준수한 편이지만 그녀의 눈에는 초심자일 뿐일 것이다. 그러나 이날 어머니는 웃음기 없이 내게 이것저것 많이 가르쳐줬다.

우리집 우위즈는 껍질이 부풀어올라 향이 새어나갈 정도로 굽는다. 속 부분은 점성이 있는 상태다. 너무 많이 구워 말라붙는 것은 기필코 피해야 한다. 자르기 어렵기 때문이다. 어머니의 주방칼은 평소 거친 도자기 바닥 부분으로 갈아놨기 때문에 충분히 사용 가능하다. 그러나 만일을 위해 손님을 초대하기 전에 일단 시장에 가져가 전문가에게 맡겨 칼을 갈아놨다. 예리해진 주방칼로 나는 어머니를 흉내내 우위즈를 어슷하게 썰었다. 한번 썰고는 젖은 천으로 칼날을 닦고 다시 마른 천으로 닦아낸 뒤 다음 조각을 썰었다. 바삭한 겉부분이 망가지지 않고 끈적한 속 부분도 매끄럽게 잘라내면 보기에도 좋다.

*

손님들이 거의 다 도착했을 때는 집 안에서 김이 모락모락 피어오르고 오렌지빛 등이 반짝였다. 유리컵을 부드러운 천으로 닦고 어머니가 시집 올 때 가져온 옛날 식기를 한 세트씩 늘어놨다. 추운 날인데도 바삐 움직이니 구슬땀을 흘렸다.

식사가 임박했다. 주위를 둘러본 어머니는 만족스러운 모양이었다. 볼살이 쏙 빠진 얼굴이었지만 웃음기가 돌자 살짝이나마 부풀어 올랐다. 그녀는 혼자 천천히 부엌에서 나와 뒷뜰로 향했다. 겹잎으로 된 동백꽃 한 송이를 자르고는 상 위에 가져가 장식했다.

2. 루러우의 집

루러우는 우리집 대표 음식이다. 많은 대만 가정집들에서 흔히 먹을 수 있는 메뉴이기도 하다. 예전에는 거의 매일 먹었었다고 한다. 그러나 만드는 사람이 가족 중에 나만 남았다. 이제는 좀처럼 먹기 힘든 음식이 됐다.

외가는 가족 모두가 함께 일하는 가족 기업을 운영했다. 집은 사무실 바로 옆이었다. 유대감이 끈끈하고 관계는 긴밀했다. 집의 건축양식은 삼합원이라 불리는 전통 가옥은 아니었지만 생활 형태는 그야말로 삼합원 방식의 촌락 공동체였다. 매일 점심과 저녁 상을 차리는 일은 어머니와 외할머니 담당이었다. 삼대에 걸친 가족 수십 명이 함께 식탁에 둘러앉아 밥을 먹었다. 오늘날 타이베이에서는 거의 볼 수 없는 모습이다.

외할아버지 외할머니는 삼촌들 집을 돌아가며 머물렀다. 수개월에 한 번씩 이사했는데 그저 문 밖으로 몇 걸음 걸어나가기만 하면 됐다. 가족들이 식사할 때는 두 분이 지내고 있는 집에서 모였다. 정오와 해질녘께 외할머니가 요리를 시작하면 재료 볶는 향과 김, 냄비에 국자가 닿는 소리가 복도 근방에 전해졌다. 각자 일을 하던 가족들은 식사 시간이 다가왔다는 것을 눈치챘다. 외할머니는 손맛이 좋았는데 그래도 가장 잘 하는 요리 하나를 꼽는다면 역시 루러우였다.

일가족이 함께 하는 식사는 항상 10가지 이상의 요리가 차려졌다. 준비 과정은 고된 노동이었다. 홍사오(紅燒) 요리는 준비하기 쉽기 때문에 자주 상에 올랐다. 매주 큰 냄비로 조린 루러우를 우리는 며칠에 걸쳐 먹었다. 냉장고에는 언제든 밝은 갈색 빛을 띄는 고기가 유백색의 라드와 국물과 함께 굳어진 채 마치 호박과 같은 모양을 하고 있었다. 가히 대만식 콩피 요리라 할 수 있었다. 한 냄비 안에서 수십 년간 쉬지 않고 조려졌으니 우리집에는 루러우의 정령이 깃들었다 해도 과언이 아닐 것이다.

초등학생 시절 용돈은 긴급할 때 공중전화를 걸 수 있을 정도의 금액뿐이었다. 밖에서 함부로 음식을 사먹지 않도록 하기 위함이었다. 그래서 학교가 끝나고 집에 돌아오면 배가 몹시 고팠다. 성장기의 소녀가 느끼는 허기짐은 과자 따위로는 해결할 수 있는 것이 아니었다. 흰쌀밥에 고기조림 국물이 필요했다. 나는 부엌에 가 외할머니를 찾았고 루러우판을 찾았다. 루러우는 대체로 오후에 조리를 시작해 저녁까지 조려졌다. 만약 그날 막 조려낸 것이 없으면 그녀는 나를 위해 전기솥으로 데워줬다.

"오늘은 몇 그릇 먹을래?" 외할머니는 항상 미소를 띄며 다소 놀리는 듯한 말투로 내게 물었다.

"두 그릇" 나는 당당하게 큰 목소리로 답했다.

"고기 소스도 부어줄까?"

"응!" 나는 더 큰 목소리로 말했다.

외할머니는 나를 위해 조리대 밑에 작은 의자를 뒀다. 나는 거기에 올라 밥솥 뚜껑을 열고 윤기가 흐르는 갓 지은 밥을 그릇에 담았다. 밥 위로는 지방이 충분히 녹아든 고기 국물을 끼얹고 껍질이 붙어있는 두툼한 사각형 고기 두 덩이를 얹었다.

우리집 루러우는 먼저 고기를 기름에 튀긴 다음 물을 부어 조린다. 고깃덩어리는 겉보기에 형태를 유지하고 있지만 완전히 부드러워질 때까지 조렸기 때문에 젓가락으로 건드리기만 해도 녹아내려 걸쭉한 고기 국물처럼 변해 입술에 달라붙는다. 적갈색의 고기 국물이 따끈한 흰쌀밥과 어우러져 밥알 한 톨 한 톨이 기름으로 촉촉하다.

밥을 먹으면서는 외할머니와 수다를 떨었다. 두 그릇째 다 먹었을 때는 그야말로 행복한 아이였다. 아이의 세계는 정말 작다. 화제거리는 학교에서 일어나는 사소한 일들이 대부분이다. 누가 꾀를 부렸다거나 또 누가 학교에 오지 않았다거나 하는 일들 말이다. 어른이 된 후 깨달았다. 아이들의 이야기는 어른들에게 지루한데도 특별히 바쁜 우리집 어른들이 내게 대화 상대가 돼줬다는 것은 인내심뿐만 아니라 아이들에 대한 각별한 사랑 때문이었다.

*

우리집은 루러우에 대한 유난스런 결벽 같은 게 있다.

루러우를 조리는 냄비에는 고기만 넣는다. 계란, 두부, 여름철 관음산 근처에서 나는 푸른 죽순, 겨울 무 등 다른 재료도 고기와 함께 넣어 조리면 맛이 환상적이지만 반드시 다른 냄비를 가져와 육즙을 따로 담아 조리한다. 원래의 냄비에 다른 식재료를 넣으면 고기가 상하기 쉽고 오래 보관하기 어려워진다. 고기 국물에 부서진 두부 덩어리나 계란 흰자가 떠다니면 보기에도 안 좋다.

외할아버지는 옛날 사람이었다. 매일같이 와이셔츠와 양복 바지를 입었다. 머리카락은 언제나 정돈돼 있었고 잘 웃지 않았다. 매일 저녁 항상 정해진 양의 술을 마셨다. 평생 살이 찐 적 없었던 것은 아마 편식이 심하고 먹는 양 자체가 적었던 탓이리라. 집에서 밥을 먹을 때는 평소에도 10가지 이상의 음식이 상에 올랐지만 그는 대부분 건드리지 않았다. 야채와 밥은 거의 먹지 않았다. 만두나 고기 찐빵 종류는 속 내용물만 먹고는 나머지 부분을 남겨둔 채 젓가락을 놓고 자리를 떠났다. 그러나 그런 외할아버지도 우리집 루러우만큼은 먹었다. 외할아버지가 루러우를 먹는 방식도 독특했다. 껍질에 비계가 붙어 있는 부분만 골라 먹었다. 살코기는 먹지 않았다. 외할머니는 외할아버지가 영양 섭취가 부실할까 봐 매 끼니마다 고기 국물을 따로 담고 두부와 죽순 따위를 곁에 덜어 술안주로라도 곁들여 먹기를 기대했다.

외할아버지 같은 남자는 시간이 갈수록 점점 보기 힘들어질 것이다. 외할머니처럼 한편으로 원망하면서도 고기 국물에 두부를 조려

음식을 준비해주는 마음도 그럴 것이다. 당시 외할아버지 곁에는 항상 내가 있었다. 나는 어렸을 때 희고 통통했다. 살에 파묻혀 관절이 잘 안 보일 정도였다. 마치 삶은 돼지 앞발 같았다. 가족과 이웃들은 나를 귀여워했지만 여자아이로서 살이 찌면 예쁜 게 아니라는 자각은 어렴풋이 있었다. TV 광고에서 나오는 '다이어트'라는 단어도 외웠다. 유치원생이었을 때여서 이유는 잘 몰랐지만 다이어트를 해야 한다는 말이 입버릇처럼 됐다. 미디어가 퍼뜨린 가치관은 어린 소녀에게 해로웠다.

다이어트를 해야겠다고 결심한 소녀는 외할아버지에게 말했다. "할아버지, 나 살 뺄 거야. 비계는 안 먹을 거니까 나랑 할아버지는 환상의 콤비네."

거의 웃지 않던 외할아버지였지만 이때만큼은 크게 웃었다. 그러고는 젓가락으로 비계 부분을 잘라내 자기 그릇에 남기고 살코기는 내 그릇에 덜어줬다. 나는 옆에서 살코기를 먹으면서 그릇에 남은 비계만 뚫어지게 쳐다봤다. 대만에서는 속된 말로 "그릇 안에 있는 것을 먹으면서 그릇 바깥 것을 쳐다본다(吃碗內、看碗外)."라는 말이 있다. 자신의 것에 만족하지 못하고 다른 사람의 것을 부러워한다는 뜻이다. 이 말뜻과 심경을 이때 피부로 느끼며 익혔다.

*

혼자서는 루러우를 만들지 않는다.

두 어른이 모두 세상을 떠난 뒤 가족들은 식사를 각자 해결하기로 했다. 여럿이서 떠들썩하게 밥을 먹는 장면이 없어지자 루러우는 급작스레 위기를 맞았다.

어머니는 장녀였다. 결혼 후에도 오랫동안 외할머니와 외할아버지의 조수 역할을 맡았다. 루러우에 대해서도 수제자였다. 어머니는 반평생을 왁자지껄한 분위기 속에서 밥을 먹었다. 그러나 우리가 유학을 위해 외지로 떠난 수년간은 아빠도 종종 곁에 없었기 때문에 혼자 밥을 먹게 됐다. 점심에는 회사에서 도시락을 먹고 저녁에는 국수로 적당히 때우는 생활의 반복이었다. 여러 해 동안 그녀는 혼자였기에 루러우를 만드는 일이 거의 없었단다.

자취를 시작하고 나도 이해하게 됐다. 외할머니도 어머니도 혼자서는 루러우를 만들지 않았다. 루러우는 다 같이 먹는 음식이니까.

영국에서 몇 년 지내면서 처음 가장 문화 충격을 받았던 것은 아무래도 음식이었다. 영국은 국민들이 일평생 평균 1만8천개 이상의 샌드위치를 먹는다는 나라다. 나는 매끼니를 상에 따뜻하게 조리된 음식과 루러우가 올라와야 하는 대만 가정 출신이다. 찬 음식만 먹다가는 몸 안에 장기가 하나 빠진 것 같은 느낌이 들었다. 한겨울 영국의 매서운 한파가 그 구멍을 넓히는 것 같은 기분마저 들었다. 그럴 때 떠오르는 게 바로 루러우다. 생각만 해도 마음이 차분해졌다. 어머니에게 전화를 걸어 물어본 레시피를 메모해뒀다가 그대로 만들어봤다.

어머니는 좀처럼 영상통화 어플리케이션을 다루기 어려워했다.

내가 살던 곳의 인터넷 환경도 썩 좋지 않았기 때문에 전화로 소통하는 수밖에 없었다. 만약 지금이라면 분명 그녀는 몇 근씩이나 고기를 사와 처음부터 끝까지 직접 만드는 영상을 찍어 시범을 보여줬을 것이다. 만약 그랬다면 어머니가 요리하는 모습을 남길 수 있었을 것이란 아쉬움이 남는다. 물론 지금에서야 할 수 있는 결과론적인 이야기이지만 말이다.

영국의 슈퍼마켓에서 파는 돼지고기는 누린내가 강했다. 루러우 같은 진한 요리로 만들었을 때 비로소 냄새를 잡을 수 있었다. 당시 손쉽게 구할 수 있었던 간장은 중국 광둥성에서 수입된 주장차오(珠江橋)라는 브랜드의 제품이었다. 쌀은 길쭉한 인도산이거나 향이 있는 태국산이 대부분이었다. 만약 대만에 있는 자포니카 쌀 같이 찰진 식감을 원한다면 아시아 식료품점에서 영국인들이 '스시 라이스(Sushi rice)'라고 부르는 일본쌀을 사야 했다. 일본쌀이라고는 하나 미국에서 재배된 것이었다. 식감은 유사해도 향은 전혀 달랐다. 그리하여 만든 루러우와 흰쌀밥은 집에서 먹던 것과 천지 차이였다. 그래도 바다 건너 타지에서 스스로 그 정도를 한 것만으로도 대견한 일이었다. 익숙해지고 나서는 종종 만들었다. 아시아 출신의 친한 유학생들이 아침부터 저녁까지 컵라면으로 끼니를 때우는 것을 보고 도시락에 담아 선물로 주거나 나중에는 아예 루러우를 팔기까지 했다.

*

런던에서 살던 곳의 집주인은 대만인 여성이었다. 눈이 크고 화장이 진했다. 우리는 몇 살 차이도 나지 않았지만 나는 아름답고 유능한 그녀를 핑(蘋) 언니라고 불렀다. 그녀가 그 당시 만났던 남자친구는 영국 국적의 홍콩 사람이었는데 성은 기억 나지 않지만 이름은 가오원(高文)이었다. 그는 어렸을 때부터 영국에 왔기 때문에 말투도 행동도 모두 현지 느낌이 났다.

언제 한 번은 핑 언니가 런던에서 열린 대만 음식 축제에 부스를 하나 냈다. 그녀는 요리를 하지 않았기 때문에 나와 손을 잡길 원했다. 결국 나와 핑 언니, 가오원, 가오슝에서 온 왕씨 성의 룸메이트가 함께 팀을 꾸려 부스를 열기로 했다. 거기서 올린 수익은 모두가 균등하게 나누는 조건이었다.

대만 음식이라고 하면 종류는 여럿이다. 다만 재료를 손쉽게 구할 수 있고 내가 자신 있게 만들 수 있는 것은 그리 많지 않다. 그 중 해외에서 생활하는 대만 사람 모두가 알고 있는 음식이라고 한다면 역시 루러우일 것이다. 루러우판이든 남부식 러우자오판(肉燥飯)처럼 얇게 다진 고기조림이든 아니면 중부 스타일의 컹바(焢肉) 같은 고깃덩어리든 말이다. 아마 순서나 양념의 비율이 다소 달라도 간장과 설탕으로 간을 한 돼지고기 조림에 팔각이나 오향가루 향까지 더해지면 해외에 사는 대만인들은 마치 기억 한구석에 있는 스위치가 켜진 것 같은 반응이 나올 것이다.

우리 넷으로 구성된 임시 부대는 근처 슈퍼마켓에서 돼지고기 삼겹살 부위를 모두 샀다. 나는 룸메이트와 밤새도록 에샬롯과 돼지

고기, 마늘을 썰었다. 우리집 레시피로는 에샬롯을 많이 사용하는데 껍질을 벗기고 부엌칼로 얇게 써는 것은 상당히 피곤한 작업이었다. 다행히 영국에서는 바나나 에샬롯이라 불리는 큼직한 품종이 있었다. 손바닥 정도의 크기의 이 작물은 썰 때 양파와 마찬가지로 눈물이 나지만 껍질 벗기는 게 수월하다. 강렬한 향은 2층 창문을 넘어 골목까지 스며들 정도다.

가오윈은 전에 친척이 운영하던 테이크아웃 전문 중화요리 가게에서 일한 적이 있어 거대한 영업용 밥솥을 빌려왔다. 우리는 욕조에서 씻은 쌀을 밥솥에 넣어 밥을 했다. 부엌에 있었던 4구짜리 전기 인덕션은 모두 고기를 삶는 데 총동원됐다. 등불은 늦은 밤까지 꺼지지 않았다. 아침까지 한숨도 못 자는 날도 있었다.

축제 당일은 현장에 사람들로 가득찼다. 루러우는 다 팔렸다. 국물도 밥알 한 톨도 남지 않았다. 손님 중에는 한 번 먹어보고는 다시 돌아와 추가 주문해 포장해 가는 사람도 있었다. 그들은 복잡한 표정을 지으며 말했다. "이 고기 뭔가 진짜네."

진짜 맞다. 음식도 진짜지만 아마 향수병도 진짜일 것이다.

*

어머니가 암 말기에 처음부터 끝까지 손수 내게 가르쳐줬던 요리도 루러우였다. 혼자 짐작으로 만든 것과 그녀의 레시피대로 만든 것은 천지 차이였다.

이따금 누군가가 예전에 집에서 먹었던 요리를 언급하며 지금은 만들 수 있는 사람이 없어 더 이상 먹을 수 없게 됐다는 이야기를 할 때면 나도 모르게 두려운 마음이 든다. 경험상 일평생 생각나는 요리가 있다면 가능할 때 배워놓는 것이 좋다. 앞으로 윗세대도 아랫세대도 없는 삶에 대비해 일상에서 자주 먹는 메뉴를 하나라도 반복적으로 연습해 익혀두면 언제든 혼자 만들어 먹을 수 있다. 이는 스스로를 돌보는 수단이기도 하다. 먼저 간 사람을 되살릴 수도 없는데 요리마저 사라진다면 미각이 의지할 곳은 더 이상 없어질 것이다.

투병중인 어머니는 3분 동안 서 있는 것만으로도 피곤해했다. 그런데도 루러우 조리를 시작하자 처음 돼지고기를 볶는 작업을 내게 가르쳐 주기 위해 십여 분 이상 선 채로 시범을 보였다. 내게 소스의 색을 보여주기 위해서 말이다. 그녀가 차근차근 알려준 내용을 나는 필사적으로 기억했고 조금도 빠뜨리지 않고 기록하려 애썼다.

루러우를 만드는 법은 크게 두 가지 있다. 하나는 돼지고기를 삶아 거품을 걷어낸 뒤 물과 조미료를 동시에 넣고 조리는 방법이다. 다른 하나는 우리집처럼 고기를 볶고 나서 조리는 방법이다. 우리집이 장사꾼 집안이라 효율을 중시한 나머지 조림 요리는 전부 볶고 나서 조리게 됐는지는 모르겠다. 루러우뿐만 아니라 홍사오니우러우(紅燒牛肉)[1]를 만들거나 양고기탕을 끓일 때도 그렇다. 볶고 나

---

1   소고기 간장 조림.

서 조리면 이점이 있다. 고기를 볶았을 때 기름이 나오기 때문에 고기가 느끼하지 않고 형태가 잡혀서 부드럽지만 흐물흐물해지지 않는다.

냉동 돼지육은 먹지 않는 것만 못하다. 반드시 인근에서 갓 잡은 돼지고기를 써야 한다. 흑돼지도 가짜가 있기 때문에 평판 좋은 정육점들은 일부러 돼지고기 표면에 검은 털을 몇 개 남겨둔다. 일종의 신분을 나타내는 것이다. 요리 전에 털 제거를 잊으면 안된다. 어머니가 사용하는 부위는 흔히 볼 수 있는 삼겹살이 아니다. 껍데기가 붙어 있는 목등심 부위다. 민난어로 '타이힝(太興)'이라 불린다. 돼지 목 아래쪽 가슴 부분에 해당하는 이 부위는 고기 맛이 진하고 장시간 조려도 모양이 살아 있다. 다만 타이힝은 양이 적고 인기가 높기 때문에 하루 전에 시장 정육점에 다음날 분량을 부탁해 놓아야 한다. 내가 자주 가는 중산시장의 정육점은 최근 라인(LINE)으로도 예약 주문을 받기 시작했다.

내가 만든 레시피로는 목등심과 삼겹살을 같은 냄비에서 조리하지만 기름과 콜라겐이 풍부한 돼지껍데기도 함께 넣는 경우가 있다. 큰 냄비로 조려야 루러우는 맛이 좋아진다. 고기의 양이 적으면 콜라겐이 충분히 나오지 않는다. 껍데기가 있는 고기는 두꺼운 사각형으로 자른다.

냄비를 달군 뒤 바닥에 얇게 기름을 두르고 돼지고기를 넣는다. 껍데기가 터지기 시작하면 비계에서 기름이 흘러나오기 시작한다. 조금 더 인내심을 갖고 시간을 들여 고기가 노릇노릇해지고 살짝 타는 느낌이 들 때까지 굽는다. 고기를 냄비 한쪽에 몰아두거나 큰 그릇을 준비해 일단 따로 덜어 담는다. 냄비 바닥이 라드로 흥건해진 상태에서 얇게 썬 에샬롯 한 그릇분과 다진 마늘 두 쪽을 넣는다. 불은 약불로 줄이고 타지 않고 바삭해질 때까지만 튀겨낸 뒤 기름을 뺀다.

다음은 탕오(糖烏)다.

기름으로 설탕을 볶으면 캐러멜 상태로 변한다. 우리 어머니는 그것을 민난어로 '탕오'라고 했다. 자오탕(焦糖)이나 탕서(糖色)라는 북경어는 단 한 번도 쓰지 않았다. 그녀가 남긴 레시피북에는 조미료에 반드시 탕오가 있었다. 대만식 루러우는 상하이 인근 장쑤 또는 저장 스타일의 홍사오러우와 달리 색이 옅고 밝은 갈색빛이다. 색이 붉고 마치 색소가 들어간 것 같지만 사실은 탕오가 만들어낸 결과물이다. 게다가 설탕의 양은 많지 않다. 우리집은 모두 대만 북부 출신이기 때문에 어떤 요리를 하더라도 설탕은 적게 넣는 편이다.

설탕이 녹으면 탕오가 된다. 금빛의 탕오는 한눈팔면 순식간에 검게 그을려 쓴맛이 나기 때문에 주의해야 한다. 설탕 색이 변하면 즉시 냄비에 고기를 다시 넣고 가장자리에서 밥그릇 반 그릇 분량의 미주를 붓고 간장을 조금 넣는다. 어머니는 간장과 맛술은 반드시 가장자리에서 넣고 직접 고기에 부어서는 안 된다고 했다. 간장은 달궈진 냄비를 만나면 금세 끓어올라 강한 향을 낸다. 마지막으로 고기가 잠길 정도로 물을 붓고 에샬롯도 다시 냄비에 넣는다. 간을 봤을 때 마시는 국물보다 살짝 더 짜면 중불보다 약하게 불을 줄이고 뚜껑을 덮고 조린다.

우리집은 루러우를 만들 때 오향가루나 기성 조미료는 그다지 선호하지 않는다. 향신료는 두 가지뿐이다. 한약방에서 파는 최상급 백후추와 팔각 한두 개 정도다. 그저 품질 좋은 고기를 쓰고 향이 잘 나도록 간장을 볶으면 충분하다. 루러우 시판 조미료는 달콤한 유혹이지만 과유불급이다. 안 넣으니만 못하다. 가열하면서 거품을 걷어내고 고기가 부드러워질 때까지 조린다. 수고를 덜어보려 전기냄비나 압력밥솥을 사용해서는 안 된다. 고기가 부드러워지더라도 양념이 배지 않고 보기에도 좋지 않다.

어머니가 돌아가시고 지금까지 고난과 역경이 닥치고 왠지 모르게 고아가 됐다는 생각이 들면 루러우를 만들었다. 천천히 고기를 썰어 볶은 뒤 냄비 한가득 조렸다. 따끈따끈한 루러우는 마음을 치유해 준다. 조그만 아파트에 맛있는 냄새가 가득 차면 어린 시절의 그리운 가족들과 온전히 재회할 수 있다.

3. 설맞이 음식, 타우미

우리집에는 옛부터 연말연시에만 만드는 음식이 있다. 우리는 민난 어로 '타우미(兜麵)'라고 불렀는데 다른 사람들은 더우첸차이(兜錢菜)라고 하는 사람도 있고, 보다 직접적으로 고구마가루라는 의미의 판슈펀(番薯粉)이라고도 했다. 반투명한 갈색의 끈적끈적한 전분으로 만들어진 요리다.

　부모님은 모두 대대로 타이베이에 살았다. 조상들의 발자취를 따라가면 한쪽은 중국 푸젠성 취안저우(泉州)의 진장(晉江)이고, 다른 한쪽은 취안저우의 퉁안(同安)이다. 양쪽 모두 설을 쇨 때 타우미가 빠지지 않았다. 나는 어렸을 때부터 타우미가 원소절의 탕위안(湯圓)[1]이나 단오절의 쫑즈와 같이 당연히 먹는 음식이라고 생각했다. 그러나 어른이 되고 친구들에게 이야기했더니 모두 신기하다는 듯한 표정을 지으며 처음 듣는다고 했다. 그제서야 이건 기록해둬야 겠다는 생각이 들었다. 지금이야 돈만 있다면 어떤 것도 살 수 있다. 설 음식도 식당에서 먹을 수 있다. 그러나 이 음식만큼은 가게에서

1　달달한 소가 들어간 떡.

구할 수 없고 오직 집에서만 만들 수 있다.

타우미는 고급 음식은 아니지만 걸쭉한 국물 만들기부터 시작된다. 뜨거운 냄비의 국물을 계속해서 저어가며 만들어야 한다. 전분이 익으면 뭉치기 시작해 야채나 고기가 전부 반투명한 막에 감싸지면서 완성된다. 만드는 양이 많을수록 수고로움도 시간도 더 든다. 뿐만 아니라 집집마다 선호하는 속재료, 간이나 부드러운 정도도 모두 제각각이다. 그래서 가정마다 전해 내려오는 타우미는 그 자체로 맛의 역사가 된다.

타우미의 호화로움 정도도 집집마다 다르다. 할머니가 만드는 설 요리는 소박했다. 타우미의 색은 옅었고 맛도 담백했다. 이에 반해 외할머니는 재료부터 풍성했다. 말린 가리비나 오징어 등 바다에서 난 건어물이 들어갔다. 지금은 80대가 된 메이펑(美鳳) 이모에 따르면 어렸을 때는 물자가 부족했던 시기여서 당시의 타우미는 말린 새우 정도로만 맛을 냈는데 제사가 끝난 뒤 다 식은 음식을 해산장²에 찍어 먹는 것만으로도 행복했다고 한다.

타우미에 만약 오징어나 말린 표고버섯, 새우 등을 넣는다면 미리 불려놓는다. 말린 가리비는 물에 불려 찐 다음 가늘게 채 썬다. 이밖에 다진 고기와 채 썬 당근도 준비해 색감을 더한다. 완성하기 전에 향이 좋은 셀러리를 충분히 넣는다. 우리집에서는 채 썬 완두콩을 넣기도 한다. 더 구체적인 레시피로는 재료를 가능한 한 잘게 썬

---

2   된장 베이스의 새콤달콤한 소스.

다. 말린 새우 등도 가급적 잘게 다진다. 그렇게 하면 입안에서 거슬리지 않는다. 프라이팬은 기름을 약간 더 많이 넣고 잘게 썬 에샬롯을 라드로 바삭하게 볶아 건져둔다. 다진 고기, 말린 새우, 오징어, 표고버섯을 순서대로 넣고 향이 충분히 날 정도로 볶아지면 백후추를 넣는다. 육수와 건어물들을 우려낸 국물을 재료가 잠길 정도로 넣고 간장으로 살짝 색을 더해 끓인다. 간은 다소 진한 편이 좋다. 전분을 넣으면 맛이 희석되고 응고가 시작되면 맛을 조정하기 어렵기 때문이다.

고구마 전분은 물을 넣어 걸쭉하게 만들고 냄비에 넣어 육수와 섞는다. 그러면 '타우'라 불리는 작업이 시작된다. 전분이 뭉치기 시작하면 센 불로 두고 딱딱한 국자나 나무 주걱으로 계속 휘젓는다. 이 과정에서 쇠주걱이 냄비 바닥과 마찰할 때 나는 짧은 소리를 민난어로 '킷'이라 한다. 전분이 익어 떡처럼 되면 더욱 세게 저어야 한다. 그렇지 않으면 겉만 익고 가운데는 설익는다.

우리 가족은 숫자도 많은 데다 모두 타우미를 좋아하기 때문에 매년 충분한 양을 만들어야 한다. 젓는 과정에서 주걱이 휘는 일은 다반사다. 만드는 것 자체가 중노동이기 때문에 가족들 중 힘 센 사람들이 이 일을 맡는다. 원래 담당은 외할머니였다. 그러나 나이가 들자 그녀는 어머니와 이모 두 자매를 전화로 소환했다. 최근에는 가장 힘이 센 막내삼촌이 등판했다. 타우미는 저을 때 냄비가 크게 흔들리기 때문에 다른 한 사람이 잡아줘야 한다. 그렇게 해마다 타우미 만들기는 일가족 전원이 동원되는 행사가 됐다. 주걱으로 젓는 사람, 냄비를 잡아주는 사람, 재료를 넣는 사람, 구경하러 온 사람 모두가 모인다.

설 요리는 음식 그 자체의 맛보다 중요한 것이 있다. 바로 덕담의 매개체가 된다는 점이다. 예를 들어 내 모국어에서는 닭을 먹는다는 뜻의 '츠지(吃雞)'가 가정을 꾸리다라는 뜻의 '키케(起家)'로, 물고기를 먹는다는 뜻의 '츠위(吃魚)'가 여유가 있다는 뜻의 '유위(有餘)'로, 콩을 먹는다의 '츠더우(吃豆)'가 장수한다는 뜻의 '치다오라오라오(吃到老老)'와 통한다. 그 중에서도 타우미는 가장 다층적이고 많은 뜻이 담겨 있다. 설맞이 덕담은 십중팔구 부자가 된다는 뜻의 '파차이(發財)'와 관련된 것들이다. 타우미에 들어간 여러 식재료는 재물이나 금은보화를 상징한다. 전분의 끈적끈적함은 가족 간의 화목과 단결을 나타낸다. 실제로도 그렇다. 이 요리는 온 가족이 한데 뭉쳐 서로 돕지 않으면 완성할 수 없다.

완성된 타우미는 떡과 비슷한 모양이다. 부드럽게 흔들리는 모습은 응고된 수프를 연상케 한다. 일년에 한 번만 만들기 때문에 가끔 실수하면 너무 묽거나 질긴 경우가 있다. 타우미가 다 만들어지면 재료를 준비한 사람도, 국자를 젓던 사람도 연휴 내내 기세등등하다. 가족 모두가 먹으면서 감탄한다. "올해 타우미는 작년보다 더 탱글탱글하네. 작년엔 뭔가 아쉬웠어." 또는 "올해는 간이 딱 맞네", "이번에는 오징어가 정말 많이 들어 있네." 등등.

식힌 타우미는 탄력이 좋아 구워먹으면 제법 괜찮은 술안주가 된다. 구운 타우미는 갓 완성된 타우미보다도 인기가 많다. 가족들이

난로 주위에 모여 젓가락으로 타우미를 한 입 크기로 자르고 가마솥으로 바삭하게 구우며 먹는다. 끈적한 데다 뜨겁기까지 해서 입 안에 화상을 입을 수 있다. 타우미를 먹을 때는 모두가 뜨겁다며 후후 바람을 불며 먹기만 할 뿐 별다른 대화는 오가지 않는다.

넓은 세상에서 혈연으로 이어진 가족들이 여러 대에 걸쳐 같은 설음식을 만들어 먹는다는 것은 결코 간단치 않다. 여러 세대 동안 흩어지지 않고 계승하려는 의지가 있어야 비로소 가능하다. 요즘에는 많은 사람들에게 설음식은 녠서우(年獸)[3]처럼 두려운 모양이다. 그래서 전문가에게 의뢰하거나 밖에서 파는 것을 사먹는다. 혹은 아예 식당을 찾기도 하는데 이 모든 것들이 손가락질 받을 일은 아니다. 설음식을 만들기가 얼마나 피곤한 일인지 모두가 알고 있기 때문이다. 그렇다고 아예 먹지 않는 것은 아쉬우니 사먹는 것 아니겠는가. 다만 만약 설음식 중에 하나만이라도 계속 만들어 집안의 문화 유산으로 남긴다면 우리집은 고민할 필요 없이 타우미일 것이다. 문화재 보존을 위해서는 항상 모두의 이해와 협력이 필요하다. 우리 집에서는 오늘날까지 그것을 유지하고 있다.

---

3   설에 나타난다는 전설 속 괴물.

4. 성대한 튀김들

튀김은 성대하고 뜨겁다. 여럿이서 먹기에 최적화되어 있다. 따라서 튀김은 손님 접대에 가장 어울린다. 특히 설을 쇨 때 그렇다. 다만 튀김은 어디에나 있는 투박한 간식 거리의 대명사가 돼가고 있다. 이를테면 패스트푸드점에 가서 고기인지 밀가루인지 분간이 되지 않는 치킨너켓을 주문해 먹는다거나 한다. 혹은 옌수지(鹽酥雞)를 파는 노점에서는 이런저런 식재료들을 진한 갈색의 탁한 기름에 넣고 튀긴다. 다 튀겨지면 소금과 후추를 잔뜩 뿌려 기름이 묻어나지 않는 봉지에 넣고 대나무 꼬치 몇 개를 찔러 넣는다. 호방하지만 다소 가볍다. 물론 튀김이 그리 되는 것이 자연스럽고 당연하다는 것은 아니다. 튀김 음식은 손쉽게 먹을 수 있게 되면서 오히려 미움을 사게 됐다. 이 역시 사치스러운 현대를 상징하는 대목 중 하나다.

  큰 냄비를 이용해 기름으로 여러 식재료들을 요리하는 방법은 비교적 멀지 않은 1960~1970년대 샐러드유가 땅콩 기름과 라드를 대체하기 전 물자가 제한적이어서 소박했던 시대에는 줄곧 값비싸고 사치스러운 것이었다. 『펑라이바이웨이 타이완차이(蓬萊百味台

灣菜)』[1]라는 책으로 유명한 황더싱(黃德興) 셰프에 따르면 일제 시대에 유명했던 대만 식당 '봉래각'에서 사용했던 튀김용 기름은 모두 직접 만든 라드였다고 한다. 튀기고 남은 기름은 종업원들이 집에 가져갈 수 있게 했었다.

새 기름은 금빛으로 맑고 깨끗하다. 빛이 날 정도다. 뜨거운 기름은 물을 받아들이지 않기 때문에 식재료들을 넣으면 작은 거품들이 보글보글 소리를 내며 끓어오른다. 튀김은 시각적으로도 청각적으로도 멋지고 아름답다. 튀김은 더 이상 비싼 음식이 아니지만 새 기름을 냄비에 부을 때 자연스레 경외감에 가슴이 벅차오른다.

집에서 튀김 요리를 하는 것은 끓이거나 찌는 요리보다 문턱이 높다. 조금만 튀기는 것은 수지가 맞지 않고 튀기고 난 뒤의 뒷정리도 녹록치 않다. 집에서 음식을 튀기는 것 자체가 쉽지 않다는 인식이 많은 탓에 최근 들어 에어프라이어가 유행하기도 했다. 사람들은 튀김의 바삭한 식감을 잊을 수 없어도 튀김 냄비 앞에 설 엄두는 내지 못한다. 그러나 나는 연습한 경험이 있다. 몇 번이나 튀겨본 적이 있다. 설이나 파티처럼 여러 명이 모이는 축제 분위기의 자리에서는 모두에게 튀김 음식을 대접해주고 싶다. 집에서 사용하는 기름은 깨끗한 데다 평소 잘 튀기지 않는 옛스러운 식재료로 튀김을 만들면 다들 좋아한다. 기름으로 할 수 있는 윤활 작용이라 할 수 있다.

---

[1]   펑라이의 100가지 대만 요리라는 뜻으로, 펑라이는 황더싱이 일했던 다다오청에 위치한 레스토랑 봉래각(蓬萊閣)에서 딴 이름이다. 요리책이라기보다는 음식으로 풀어낸 황더싱의 자전적 에세이다.

나는 어머니에게 튀기는 법을 배웠다. 그녀가 특별한 튀김 기술을 갖고 있었던 것은 환경과 관련이 있다. '집에서 하는 튀긴 음식'이라는 대결 종목이 있다면 아마도 어머니는 국가대표급일 것이다. 우리집은 대가족뿐만 아니라 많을 때는 100명에 가까웠던 직원들의 식사까지 챙겼다. 바깥의 도시락을 주문하는 일 없이 말이다. 그녀는 십 대부터 100인분의 음식을 만들었던 셈이다. 기름으로 튀기는 것은 식재료를 익히는 데 가장 빠른 조리법이다. 사람이 많을 때 빛을 발한다. 그래서 손님 접대에 제격이다. 설 같은 날에는 더 대규모로 튀긴다. 옛날에는 집에 벽돌을 쌓아 만든 아궁이가 있었다. 그곳을 강력한 가스레인지를 사용할 수 있도록 개조한 뒤 커다란 웍으로 음식들을 튀겼다. 기름만 수 리터씩 들어갔다. 국가대표급 실력은 이런 데서 만들어졌다.

그래서 어머니는 튀김에 대한 기준이 높았다. 외식을 할 때 튀김을 한 입 베어물고는 가느다란 눈을 더 가늘게 뜨고 민난어로 이 같이 말했다. "캄유, 베햐친(含油 , 袂曉糍)." 튀김이 흐물거리는 게 튀길 줄 모른다는 뜻이다. 튀김이 기름을 너무 많이 먹는 것은 일반적으로 기름의 온도가 너무 낮기 때문이다. 반면 튀김을 올려둔 종이에 기름의 흔적이 거의 남지 않고 바삭하고 식은 다음 먹더라도 기름이 거의 번지지 않는다면 제법 튀길 줄 안다고 볼 수 있다.

어머니에 따르면 튀김 기술은 요리하는 사람의 실력 전체를 가늠할 수 있는 잣대다. 요리에 따라서는 재료나 조미료에 대한 취향과 선호가 다를 수 있어 평가가 엇갈릴 수 있는 여지가 있다. 그러나 튀김의 바삭바삭한 정도는 평가가 다를 수 없다. 만약 순수하게 튀김 기술에 대해 논하자면 세상에는 바삭하게 튀겨진 튀김과 기름기가 과한 흐물거리고 실패한 튀김 두 가지뿐이다. 그리고 만약 튀김을 잘하지 못하면 기본기 자체가 부족한 것이기 때문에 다른 요리에 대해서도 십중팔구 기대하지 않는 것이 좋다.

어릴 때부터 어머니와 외할머니로 구성된 튀김 국가대표팀의 활약을 어깨 너머로 보며 나도 튀김 기술을 조금 배웠다. 좁은 아파트 주방에서 튀기더라도 문제 없다. 나도 할 수 있는 것인 만큼 독자 여러분도 시도해 봤으면 한다. 다음은 우리집에서 설을 맞아 만드는 튀김 요리 레시피 2가지를 소개한다. 다소 옛스러운 음식이지만 맛은 보장한다.

요리를 거의 하지 않는 사람이 이런 음식을 선보이면 집안 어른들을 놀라게 할 수 있다. 이들이 튀김을 먹으며 옛 추억 회상에 잠기면 마음이 따뜻해질 것이다. 빨리 결혼해서 아이를 낳으라고 잔소리를 하거나 연수입이 얼마인지 묻는 일을 잊을지도 모른다. 옛날 이야기에 온통 정신이 팔릴 테니 말이다.

먼저 갑오징어 튀김 요리

이것은 우리 외할머니의 오래된 요리다. 아마 푸저우(福州) 요리에서 영감을 얻은 것으로 보이지만 지금은 확인할 길이 없다. 갑오징어의 일종인 화지(花枝)[2]를 튀겼을 때 금빛이 아닌 하얗고 둥그런 화환 모양의 귀한 음식이다. 다다오청의 푸저우 음식점 '수이와위안(水蛙園)'에서 먹을 수 있는 다섯 가지 맛 화지 역시 흰 튀김 요리이지만 그곳에서는 조미료로 우웨이장(五味醬)[3]을 썼기 때문에 비슷한 맛을 따지자면 타이난의 '아메이판뎬(阿美飯店)'의 양사오화지(洋燒花枝)와 유사하다. 이 요리는 만들어지면 곧바로 식탁에 올라가야 한다. 바삭하게 튀겨진 화지가 소스와 잘 어우러지는데 테니스에 비유하자면 한 방에 승리를 따낼 수 있는 서비스 에이스에 해당한다.

먼저 소스를 만들고 그 다음 화지를 튀기면 당황할 일이 없다. 대접에 뜨거운 물 조금을 붓고 설탕 두 큰술을 넣어 녹인다. 간장 100cc와 흑초 50cc에 다진 마늘, 다진 파, 다진 고수를 듬뿍 넣는다. 식초를 넣은 잘게 썬 고추에 티스푼 정도의 참기름을 넣고 잘 섞으면 진하고 단맛이 나는 소스가 완성된다. 몸통이 두꺼운 화지를 골라 껍질을 벗기고 내장을 제거한다. 평평한 곳에 두고 부엌칼로 표면에 십자 모양으로 얕은 흠집을 낸다. 이렇게 하면 튀겼을 때 모양이 보기 좋고 소스를 잘 머금는다. 화지는 튀기면 꽤나 쪼그라들기 때문에 식감을 유지하기 위해 3cm × 6cm 가량의 직사각형으로 잘라 맛술과 백후추로 간을 해둔다.

---

2   참갑오징어의 일종.
3   케첩에 설탕, 식초, 생강, 마늘을 넣은 소스.

가루는 고구마 전분과 녹말을 9대 1로 섞는다. 튀김의 색이 황금빛이 아닌 하얗게 만들기 위해 계란은 넣지 않는다. 튀김옷을 입힐 때는 가루가 제대로 들러붙도록 화지를 강하게 움켜쥐고 남은 가루는 털어낸다. 본격적으로 튀기기 전에 잠시 둔 뒤 먼저 기름을 가열한다.

튀김용 냄비는 크기와 상관 없이 두껍고 입이 넓은 것이 좋다. 온도가 급격하게 변하지 않는다. 이밖에 커다란 거름망 국자도 필요하다. 중요한 순간에 당황하지 않고 튀김을 한번에 건져올릴 수 있다. 당황하지 않아야 한다. 음식을 튀길 때 가장 중요한 것은 머리와 마음의 안정이다.

화지를 기름팬에 넣었을 때 작은 거품들이 일어나 연기가 피어오르지 않는 것이 이상적인 기름 온도다. 처음 10초 동안은 건드리지 않고 모양을 잡아준다. 건드리면 튀김가루가 흩어져 기름이 탁해진다. 20초 가량 지나면 건져내 옆에 둔다.

강불로 기름을 가열해 화지를 한꺼번에 넣으면 큰 소리가 나며 작은 거품들이 격렬하게 일어난다. 2차 튀김 과정이다. 두 번째 튀길 때는 10초 정도면 된다. 꺼냈을 때 기름이 묻어나지 않는다. 튀김을 접시에 담고 소스를 뿌리면 이제 상에 오를 차례다.

두 번째 튀김요리는 위자오(芋枣)

위자오는 친가쪽 조부모댁에서 매년 명절 때 먹던 간식이다. 할머니가 돌아가시고 나서는 나와 남동생은 이 음식을 더 이상 먹을 수 없게 될까 봐 집에서 여러 번 시도한 끝에 마침내 만드는 데 성공했다. 위자오는 전통시장의 튀김 노점이나 야시장에서 간혹 살 수 있지만 맛은 집에서 만든 것을 따라가지 못한다. 위자오는 만들기 쉽고 모두에게 호불호가 없는 간식이니 다들 만들어봤으면 좋겠다.

타로는 껍질을 벗기고 두텁게 썰어 찐다. 부드러워진 타로에 고운 설탕을 넣고 식기 전에 으깨면서 섞는다. 맛을 봤을 때 다소 달게 느껴진다면 성공이다. 추가로 기름과 가루가 들어가면 간이 딱 맞는다. 식물성 기름을 두 스푼 넣는데 올리브유나 고다유(苦茶油) 같은 개성 강한 기름은 사용하지 않는 것이 좋다. 타로 향이 묻히기 때문이다. 라드를 소량 넣으면 확연히 향이 좋아지지만 기름을 전부 라드로 대체하면 도리어 역효과가 난다.

밀가루와 녹말을 같은 비율로 섞어 한 컵 정도의 양을 타로에 넣고 반죽한다. 가루의 양이 지나치게 많을 필요 없다. 경단처럼 빚을 수 있을 정도면 된다. 너무 많으면 자칫 타로 향이 묻힐 수 있다. 크기는 5cm x 3cm 가량 되는 타원형으로 반죽한다. 나와 동생은 20~30년 가까이 위자오를 먹어왔기 때문에 위자오 그 자체를 좋아한다. 그러나 오향가루나 튀긴 에샬롯을 보태거나 염장 계란 노른자, 러우쑹, 팥 앙금, 떡 따위를 넣어 먹는 사람들도 있다. 어떤 이들은 튀김옷을 입혀 튀기기까지 한다. 취향에 따라서는 무엇이든 더해도 상관 없지만 우리집에서는 그렇게 하지 않는다.

냄비의 기름이 달궈지면, 먼저 위자오를 하나 넣어 본다. 큰 거품이 일면 합격이다. 기름 온도가 너무 낮으면 위자오가 기름 속에서 녹아버려 형태가 유지되지 못한다. 화지를 튀겼을 때와 마찬가지로 기름에 넣고 잠시 동안은 건드리지 말고 모양이 만들어지는 것을 지켜본다. 황금빛을 띠며 노릇노릇해질 때까지 중간 불로 튀기고 마지막으로 화력을 키워 빛깔이 옅은 차(茶)색으로 바뀌면 건져낸다.

　마지막으로 이왕 튀김용 냄비가 준비됐으니 튀기고 싶은 식재료가 있으면 뭐든 튀겨도 좋다. 룬빙피에 달달한 떡과 함께 땅콩슈가 파우더를 말아 튀긴다. 다진 새우, 다진 돼지고기, 부추를 섞어 춘권으로 만들어 튀겨보기도 한다. 설날에 튀김을 하면 기름에 튀겨지는 소리가 나면서 흥겨운 분위기를 더해준다.

5. 팔방미인 타로

올해 춘절에는 타로 7개로 100개 가까운 위자오를 만들었다. 이 세상에 타로를 이용한 요리야 많겠지만 그 중에서 위자오는 독보적이다. 내게는 궁극의 타로 요리다.

할머니가 돌아가시기 전에는 매년 섣달 그믐날 저녁마다 식탁에 항상 위자오가 올랐다. 위자오는 남동생이 가장 좋아하는 음식이었다. 그가 유일하게 좋아한 타로 음식이기도 했다. 평소 주방에 좀처럼 들어오지 않던 동생이 할머니가 돌아가신 후 위자오가 먹고 싶어 내게 부탁해 함께 만들었을 정도였다.

나는 할머니가 위자오를 만드는 모습을 본 적이 없었다. 그래서 맛을 통해 레시피를 유추할 수밖에 없었다. 설탕은 백설탕, 사탕수수원당, 얼음설탕, 팜 슈거 등이고, 전분은 고구마가루, 녹말, 밀가루 등을 준비했고, 기름은 유채기름, 버터, 라드, 거위기름, 땅콩기름, 코코넛오일 중에서 서로 다른 다양한 조합으로 실험해 봤다. 여러 차례 실패한 끝에 어렵사리 비슷한 맛을 모방해냈다. 할머니와 할아버지가 돌아가시고 나서 친가쪽 친척들은 섣달 그믐날에 저녁을 함께 먹지 않았다. 우리는 위자오를 외가 친척들과 함께 먹게 됐다. 외가 사람들은 설을 쇨 때 모이는 인원 수가 많아 위자오의 인기가 더욱 좋았다. 친척들은 하루만에 100개 가까이 먹어치웠다. 결국에는 올케와 막내 사촌동생까지 동원해 위자오를 만들었다.

찐 타로를 으깨고 설탕과 기름, 전분 조금을 넣고 반죽한다. 위완(芋丸)[1]이 아닌 위자오라고 불리는 만큼 금귤 정도의 크기의 타원형으로 빚어 기름으로 튀겨야 한다. 추운 날에는 냄비 옆에 서서 다 튀겨지면 꺼내 들고 입김을 불어 식혀가며 먹는다. 얇지만 바삭한 껍질이 입 안에서 부서지는데 안에 있는 타로소는 따끈따끈하다. 위자오의 타로 반죽은 따로 걸러내지 않았기 때문에 마냥 부드럽지만은 않다. 약간의 씹히는 식감이 풍미를 더해준다.

친구 중 하나는 온 가족이 타이난 출신이다. 위완은 본 적이 있지만 위자오에 대해서는 들어본 적도 없단다. 일설에 따르면 북부는 위자오, 남부는 위완이라는 말이 있다. 다시 말해 위자오는 일부 대만인들에게만 전통음식일 뿐 모두에게 그렇지는 않을 수 있다는 이야기다. 위완은 둥근 형태인데 크기가 다소 크고 소금에 절인 달걀노른자, 러우쑹, 팥소 등으로 속을 채운다. 타이베이 닝샤(寧夏) 야시장의 유명 노점인 '리우위자이(劉芋仔)'에서 파는 것이 바로 그 위완이다. 이곳에서는 위빙(芋餠)도 파는데 항상 긴 행렬이 늘어선다.

한 친구의 아버지는 지금은 은퇴했지만 예전에는 타이베이 완화(萬華)에서 유명한 출장 요리사였다. 옛날에는 연회에서 튀김 음식

---

1   타로로 만든 완자. 위빙은 타로로 만든 떡을 말한다.

이 상에 오르면 대부분 직접 만든 위자오를 내놨다고 한다. 당시의 레시피로는 설탕에 절인 동과로 속을 채웠지만 요즘에는 그런 식으로 만들지 않는다.

우리집이 있던 타이베이 교외 지역에서는 마을 사람들이 여전히 경조사 때마다 출장 요리사를 불러 야외에서 연회를 연다. 그러나 안타깝게도 근래 들어서는 수제 위자오를 더 이상 만들지 않을 뿐 아니라 튀김 음식은 대부분 공장에서 만들어진 반가공 식품을 사용한다. 본래 대만 요리에서는 쓰지 않는 식재료까지 저렴하다는 이유로 상에 올라온다. 디저트는 아예 유명 브랜드의 아이스크림을 그대로 가져와버린다. 내가 어렸을 때 잔칫상을 차릴 경우 외할아버지는 평소 신뢰하던 베테랑 요리사 가야(甲仔)에게 일임했다. 그가 만든 옛날 요리들은 지금도 잊을 수 없다. 당시 디저트로 나왔던 매실 토마토도 손수 만들었고 게살 유판도 그가 직접 볶았다. 요즘 유명한 가게들보다도 더 맛있었다.

우리집 방식의 위자오는 순수하게 단맛만 사용하지만 다른 곳에서는 짠맛까지 사용해 단짠의 조합으로 만들기도 한다. 위자오 안에는 양파나 오향가루, 혹은 후추를 넣는다. 유명 레스토랑인 '신예찬팅(欣葉餐廳)'의 리수잉(李秀英) 아주머니의 레시피에는 카레맛 위자오가 있는데 위자오 속에 카레맛 고기소가 들어 있다. 그러니 달게도 짜게도 가능하다. 혹은 그 중간 어딘가로도 맞출 수 있는 게 위자오의 특징이다. 뿌리 채소 중에 타로와 같은 종류는 익혀도 비교적 식감이 건조하고 섬유질이 많아 맛이 중립적인 게 장점이다.

고구마나 호박은 달고 수분이 많아 그대로 먹는 편이 좋다. 타로는 기름이나 설탕, 다른 전분류를 첨가해 가공하는 데 적합하다. 타로 매니아들은 아열대이며 습도가 높은 대만에서 사는 게 복이다. 지역에서 나는 품질 좋은 타로를 요리뿐만 아니라 디저트에도 활용할 수 있기 때문이다.

타로 요리의 퀄리티는 타로 자체의 품질에 달려 있다. 시장에서는 종종 타로 하나를 집어 들고 절단면을 보여주며 판다. 붉은색과 자주색이 균일하게 분포되어 있으면서 손에 들었을 때 가벼운 것이 전분질이 많고 쪘을 때 물기가 적당한 먹음직스러운 식감이 된다. 품질이 좋지 않은 타로는 질감이 단단해 쉽게 으깰 수 없다. 딱딱한 부분을 제거하더라도 대체로 향이 좋지 않고 어떤 방식으로 조리하더라도 살릴 수 없다. 경험에서 얻은 교훈으로는 타로 요리를 하려면 식재료 구입 단계부터 신중해야 한다. 제법 괜찮은 타로를 손에 넣을 수 있다면 실패할 일은 거의 없다. 8월 이후 가을과 겨울까지는 타이중의 다지아(大甲)에서 나는 타로의 품질이 가장 좋다. 다른 계절은 운에 따라 좌우된다. 만약 쓸 만한 타로가 없다면 포기하는 것이 좋다.

괜찮은 타로를 샀다 하더라도 과감하게 버리는 것도 중요하다. 껍질은 바깥에서 안쪽으로 1~2cm 정도의 두께로 벗겨내고 속만 남겨둔다. 나는 종종 화신지에 부근의 시장에 있는 단골집에서 튀긴 타로를 구매해 집에 돌아가 훠궈에 넣는데 이 가게 역시 타로의 속만 사용하고 남은 부분은 다른 업자에게 팔아버린다.

타로는 다양한 모습으로 나타난다. 사람에 비유하자면 항상 남을 돕는 사람 좋은 노인 같다. 무대에서 스포트라이트를 독점하는 솔로 가수가 아닌 뒤에서 스타를 돕는 코러스 같기도 하다. 어떨 때는 오리고기와 함께 튀겨 샹수위니야(香酥芋泥鴨)[2]로 만들기도 한다.

타로는 그 자체로든 으깨 반죽으로 만들든 어떤 형태로도 맛있다. 타로를 그대로 큼직하게 잘라 튀긴 것은 훠궈나 불도장(佛跳牆)[3] 중 어디에 넣더라도 제 역할을 해낸다. 나는 불도장을 먹을 때 상어 지느러미나 전복, 생선껍질, 메추리알 어느 것에도 손이 잘 가지 않는다. 파이구수(排骨酥)[4]도 튀김옷이 기름져서 그다지 좋아하지 않는다. 내가 좋아하는 것은 냄비 가장 바닥에 있는 밤과 채 썬 죽순, 타로 같은 것들이다. 맛있는 국물을 머금고 있기 때문이다. 있는 그대로의 타로를 먹을 때의 식감도 좋아한다. 입에 넣자마자 녹아내려 천천히 향이 난다. 차오저우(潮州) 요리 중에 만드는 데 시간이 걸리는 '판샤위터우(返沙芋頭)'가 바로 그렇다. 엄선된 레시피에 따르면 타로의 양끝을 잘라내고 속 부분만 사용한다. 큼직하게 썰어 기름에 튀겨내고 진한 설탕 시럽과 여러 번 볶아 설탕 결정을 만들면 희고 반짝이는 서리가 된다. 뜨거울 때 먹으면 얇은 설탕옷이 입 안에서 타로와 함께 녹아 예술의 경지에 이른다.

루강(鹿港)의 타로 완자는 채 썬 타로에 고기 완자를 감싸 찐 요리

---

2   오리고기와 타로 반죽을 함께 뭉쳐 튀겨낸 요리.
3   30가지 이상의 재료가 들어간다는 푸젠성 보양식.
4   갈빗살 부분에 튀김 옷을 입혀 튀겨낸 음식.

다. 채 썬 타로와 물에 불린 쌀을 갈아 합쳐 다소 평평한 타원형 모양으로 만들고 양쪽 끝을 잡아당긴 것마냥 솟아오른 모양으로 찐 것을 위궈차오(芋粿翹)라 부르는데 오늘날에는 위궈차오(芋粿巧)라고 쓴다. 나처럼 민난어를 쓰는 집안에서 자란 아이라면 위궈차오는 기름을 듬뿍 넣고 겉부분이 붉은빛이 돌 정도로 구워 마늘 간장에 찍어 먹는 게 가장 맛있다고 생각할 것이다.

타로는 생으로 먹을 수 없다. 미량이지만 독성이 있다. 원형 그대로 먹든 으깨 먹든 어쨌든 속까지 완전히 익혀 부드러워진 상태에서 먹어야 한다. 이 때문에 결국 타로의 요리법은 위니(芋泥)[5]다. 위니는 전통 디저트에서는 중요한 재료 중 하나다. 어렸을 때 어른들의 환갑이나 고희 같은 잔치가 있을 때 중화요리 레스토랑에 가면 가장 기대됐던 음식은 식후 작은 그릇에 담겨 나왔던 위니나 즈마후(芝麻糊, 참깨죽)였다. 요즘에는 거의 볼 수 없지만 말이다. 시간이 걸리는 것, 수고로운 것, 인내심이 필요한 것들은 앞으로 점점 줄어들 것이다. 혹은 비싼 값을 치러야 손에 넣을 수 있을 것이다.

타로를 사용한 디저트 중에 유명한 것으로 푸저우의 위니, 차오저우의 푸궈위니(福果芋泥)[6], 강남의 바바오커우위니(八寶扣芋泥) 등을 꼽을 수 있는데 모두 으깬 타로, 설탕, 라드가 주 재료다. 푸저우식의 섬세함은 설탕과 기름뿐만 아니라 사람 손과 시간이 필요하다.

---

5   으깬 타로에 대추, 해바라기씨 등을 넣은 푸젠성 요리.

6   은행이 들어가는 것이 특징이다.

타로를 여러 번 체로 걸러 딱딱한 덩어리를 분리하고 기름을 충분히 넣어야 매끄러운 페이스트가 된다.

타로 페이스트는 매우 동양적인 식재료다. 대만 사람들은 그 자체로도 좋아하지만 다양한 형태로 바꾸는 데도 열심이다. 오늘날에는 기름을 버터나 식물성 기름으로 대체하고 파이로 감싸거나 스펀지 케이크에 바른다. 타로를 밀크티나 푸딩으로도 만든다. 타로는 최고급 식재료가 아니고 겉모습도 화려해 보이지 않지만 오래도록 소박하고 그리운 존재다. 어떻게 먹어도 맛있어서 언제든 마음을 위로해준다.

6. 이국의 설음식, 양배추말이

남동생의 여자친구였던 친구는 지금 내 올케가 됐다. 그녀는 남동생과 만난 지 얼마 지나지 않아 우리에게 여러 종류의 음식을 만들어 줬다. 메뉴는 다마코야키(일본식 계란말이)와 미소시루(일본식 된 장국), 그리고 양배추말이였다. 나는 은근히 놀랐고 속으로 기뻤다. 양배추말이는 할머니가 만들어주던 설음식 중 하나다. 우리집 상에서는 등장한 지 벌써 60여 년 되었다.

　아빠의 기억으로는 할머니가 90세에 돌아가실 때까지 양배추말이는 예외 없이 해마다 섣달 그믐날 저녁 다른 음식들과 함께 상에 올랐다. 할머니가 매년 이 요리를 만들었던 것은 당신이 일제 시대에 태어나 자란 아가씨였기 때문이다. 동생 부부는 둘 다 일본 도쿄에 몇 년간 살았다. 올케는 일본 레시피를 보고 양배추말이를 만들었다. 여기서 말하는 양배추말이는 러시아 스타일이 아니다. 중부 유럽이나 이탈리아식처럼 토마토 소스로 말랑해질 때까지 졸인 것도 아니다. 일본식 혹은 대만과 일본을 섞은 퓨전 스타일이라 할 수 있다.

　할머니는 몽가(艋舺) 출신이다. 친정집은 청산궁(青山宮) 근처에 있었다. 태어난 해는 쇼와(昭和) 원년, 즉 1926년이었다. 일본이 전쟁에 패배하면서 식민 지배가 끝났을 때는 19세의 사회인이었다. 할머니는 직업이 있었다. 조산사 자격을 갖고 있었는데 조산사 일은 하지 않았고 히가시조노쵸 공학교의 보건실에서 정년까지 근무했다. 일본어로 읽고 쓸 줄 알았던 이 쇼와 아가씨는 노년이 돼서도 일본 여성잡지를 읽었고 TV로 NHK의 스모 중계를 봤다. 80살이 돼서도 돋보기를 손에 쥐어가며 신문을 읽었다.

작가 아라이 히후미(新井一二三)는 저서 『이번 1년은 뭘 먹을까?: 這一年吃些什麼好?』에서 일본의 양배추말이는 메이지유신 이후 서양에서 전해진 음식으로, 붉은색(토마토 소스), 흰색(화이트 소스), 일본식(가쓰오다시)의 세 가지 종류가 있다고 썼다. 양배추말이가 일본에서도 외국요리라고 한다면 우리가 대만에서 먹고 있는 이 퓨전 음식은 더더욱 외래 음식이라 할 수 있겠다.

아빠는 어렸을 때부터 양배추말이를 먹으며 자랐다. 나도 마찬가지로 어렸을 때부터 수십 년 동안 양배추말이를 먹어왔지만 어느 나라 음식인지 생각해본 적이 없었다. 그러나 일본에서 유학한 남동생이 집에 전화를 걸어 말했다. "아사쿠사에 가면 길가에 있는 정장 차림의 할아버지들이 모두 우리 할아버지랑 닮았어. 오뎅탕에는 모두 할머니가 만든 것과 똑같은 양배추말이가 들어 있어." 그리고 덧붙였다. "여기는 양배추말이의 고향이야. 할머니 할아버지가 등장하는 영화 무대 같은 곳이야." 이상하게도 남동생은 원래 양배추말이를 잘 먹지 않았지만 외국에서는 할머니 할아버지 생각이 났는지 발견할 때마다 사먹게 됐다고 한다.

양배추말이는 할머니의 대표 설음식이었지만 실은 인기 있는 음식은 아니었다. 이 요리는 미리 만들어 둘 수 있는 것이어서 우리가 할아버지댁에 도착해 제사를 지내기도 전에 이미 완성되어 있었다. 그래서 나는 할머니가 요리하는 모습을 직접 본 적이 없다. 섣달 그믐날 저녁에는 항상 훠궈를 먹었는데 고기완자, 생선완자, 무와 함께 양배추말이도 국물 안에 들어가 있는 재료 중 하나였다. 그러나 저녁 식탁에는 우위즈, 불도장, 모두가 좋아하는 위자오나 타우미 같이 맛있는 음식이 너무 많았고 어린이들에게는 샤스(沙士)와 같은 탄산음료도 있었기 때문에 좀처럼 훠궈에는 손이 가지 않았다. 이런 탓에 양배추말이는 밤새도록 훠궈 냄비 안에서 그 누구에게도 관심을 받지 못하고 가라앉았다가 다시 떠오르기를 반복했다. 다들 배불리 먹고 나서 식기와 전기 인덕션을 정리한 뒤 테이블 위에 남아 있는 냄비에 돔 모양의 밥상보가 덮일 무렵, 거실에서 마작을 하는 소리가 들리고 성룡 주연의 《용형호제》 영화가 특집으로 방영됐다. 양배추말이는 그때도 냄비 안에서 잠을 자고 있었다.

섣달 그믐날 자정 넘어 금지를 태우고 밖에서 폭죽 소리가 여기저기서 들려오면 이제 슬슬 집에 갈 시간이다. 할머니는 미리 준비해둔 냉동 양배추말이를 포장해서 각 집에 나눠줬다. 친척들은 다들 괜찮다며 사양했지만 우리집은 빠짐없이 챙겨갔다. 아빠가 좋아했기 때문이다.

양배추말이는 손이 많이 가는 음식이기 때문에 할머니는 한번에 대량으로 만들어 보관했다. 재고는 항상 넉넉했다. 할머니의 양배추말이는 가족들이 먹는 음식이었기 때문에 재료를 아끼지 않았다. 다진 생선은 조금만 넣고 대신 다진 고기를 듬뿍 넣었다. 다른 곳과 다른 점은 올방개를 넣은 것이다. 부드러우면서도 식감이 좋다. 고기소에 올방개를 넣었다는 것만으로도 일본식을 넘어 대만스러움이 느껴진다. 마지막으로는 소포를 싸듯 작은 매듭을 묶어두면 국물에 오래 끓여도 형태가 유지된다.

한번 조리된 뒤 냉동시켜 놓았던 양배추말이를 다시 냄비에 조리하면 대체로 맛이 떨어진다. 조롱박으로 만든 매듭도 질기고 신맛이 나기도 해서 아이들의 입맛에 맞지 않았다. 매년 1월 15일 원소절이 지나서도 남아 있는 것들은 아빠가 꿋꿋이 먹었다. 조금 크고 나서는 매년 양배추말이를 마주치더라도 마치 먼 친척 대하듯 거의 먹는 일이 없었다. 할머니가 돌아가신 뒤에는 먹을 수 있는 기회 자체가 없어졌다. 그러다 다시 먹은 것은 바로 남동생 부부가 직접 만들어준 그날이었다.

올케가 만든 작품은 깔끔하면서 먹음직스러웠다. 먼저 양배추잎을 하나하나 떼어내 뿌리에 가까운 부분을 끓는 물에 삶았다. 몇 초 뒤 건져올리면 양배추잎은 고기소를 감쌀 수 있을 정도로 충분히 부드러우면서도 신선한 양배추의 달콤함과 아삭함이 남아 있었다. 속 안에는 다진 생선은 넣지 않고 돼지고기 다진 것과 잘게 썬 양파로만 채웠다. 이들을 잘 섞고 소금과 후추로 간을 한 뒤 양배추잎으로 잘 말아줬다. 말이의 입 부분을 밑으로 향한 채 하나씩 찜기 속 접시를 채우고 강불로 쪄냈다. 완성된 양배추말이의 잎은 아직 초록빛을 띠는데 놀랍게도 접시 바닥에는 황금빛 육즙이 가득했다.

짧은 시간 쪄내는 것만으로 완성되는 양배추말이는 긴 시간 조린 것과 다르게 잎이 달큼하면서 아삭하고 고기로 만든 속은 육즙을 머금고 있다. 사계절 내내 먹을 수 있지만 마치 맑고 푸릇푸릇한 봄날 같은 음식이다. 맛을 잊을 수 없어 다음 날 다시 만들어 먹었다. 그날 이후에는 밖에서 발견할 때마다 먹게 됐다. 우리집 전통음식이 부활한 것이다.

양배추말이는 밖에서 많이 팔지 않는 음식이다. 전통시장에 있는 훠궈집이나 어묵이나 만두를 파는 노점에서 간혹 팔기도 한다. 저렴하면 하나에 20~30대만달러(약 1000원)밖에 하지 않는데 속재료는 다진 고기나 전분이 대부분으로 맛은 별로지만 버리기에는 아까운 수준이다. 밖에서 사 먹는다면 오뎅도 파는 대만식 일본음식점이 좋다. 이를테면 화시지에 야시장의 '서우스왕(壽司王)'이나 '톈차이르번랴오리(添財日本料理)'는 모두 타이베이의 구시가지에서 장사 경력만도 60~70년에 달하는 노포다. 이런 가게들은 공장에서 만들어진 반가공품은 쓰지 않는다. 양배추말이도 직접 만든다.

노점 중에서도 대강 훑어보더라도 제대로 된 음식을 내는 곳이 있다. 서우스왕이 그렇다. 이곳은 대만식 스시뿐만 아니라 오뎅도 판다. 오뎅 국물은 항상 살짝 끓는 정도의 따뜻한 상태를 유지하는데 조금이라도 냄비 밖으로 튀면 곧바로 주인장이 닦아낸다. 중년의 사장은 2대째 가업을 잇고 있다. 요리를 하지 않을 때는 항상 상 위를 닦기 때문에 포장마차에 어울리지 않는 청결함이 느껴진다. 이곳의 양배추말이는 양심적이다. 고급 양배추를 사용하고, 속도 꽉 차서 모두 제대로 된 식재료들이다.

텐차이르번랴오리는 카이펑지에(開封街)와 우창지에(武昌街)에 한 집씩 있다. 내가 좋아하는 곳은 성황묘 근방의 골목길에 있는 가게다. 금눈돔 같은 회나 밥알이 하나도 들어가지 않은 마키 스시도 좋지만 목조 건물에 가족 단위로 식사하는 사람들의 화목하고 화기애애한 분위기가 매력이다. 항상 오뎅을 시키는 것은 아니지만 가급적 카운터 자리에 앉는다. 오뎅 냄비와 스시를 쥐어주는 사람 앞이 좋다. 이 자리에서 냄비 안을 들여다보고 사람 구경도 한다. 오뎅 냄비 근처에 있는 아주머니는 틀림없이 베테랑일 것이다. 끊임없이 오뎅을 조리한다. 냄비는 직경 1m 안팎으로 커다랗다. 안에 들어가는 재료는 10가지 이상이다. 무, 타로, 두부만두, 우엉, 튀김 등 냄비 안을 빼곡하게 마치 퍼즐을 맞추듯 채웠다. 이 식재료들은 하나가 나가면 하나가 채워진다. 아주머니는 쉬지 않고 국물을 붓는다. 양배추말이는 한 번에 5~6개가 최대다. 하나가 팔리면 하나를 보충한다. 이처럼 오뎅을 전담하는 직원이 있기 때문에 과하게 조려지는 일 없이 부드럽게 맛이 스며든 상태로 손님들에게 나갈 수 있다. 아주머니는 주문이 들어오면 먹기 좋게 썰어 접시에 담아낸다.

텐차이의 양배추말이는 개업하고 지금까지 이어져 온 대표 메뉴다. 매일 아침 만들어진다. 속은 다진 고기와 다진 생선이다. 양배추말이에서 삼분의 일 가량을 차지한다. 속재료는 거들 뿐 주인공은 역시 양배추다. 양배추말이를 칼로 자르면 양배추들이 겹겹이 층을 이루고 있는 것을 볼 수 있다. 마치 이쑤시개처럼 마른 사람이 두터운 패딩 점퍼를 입고 있는 것과 같다. 양배추말이는 부드럽게 조려져있어 베어물면 맛있는 육즙이 입안에 퍼진다. 속재료의 존재는 부차적이다. 맛의 핵심은 양배추의 달큼함이다.

세상에 존재하는 다른 양배추말이는 차치하고 이 책에서 언급한 양배추말이만 하더라도 사람마다 만드는 법도 다르고 스타일도 제각각이다. 개성을 발휘할 여지가 많다고도 할 수 있다. 다양한 레시피를 보고 내 나름대로 종합해보면 다음과 같다.

올케한테 배운 대로 조리는 대신 쪄서 아삭함을 유지한다. 두 곳의 노포에서 얻은 교훈대로 주인공인 양배추는 신중하게 고른다. 다소 비싸더라도 좋은 것으로 한다. 겨울 양배추는 대체로 좋기 때문에 양배추말이 역시 맛있는 편이다.

속재료는 다진 고기와 생선을 각각 8대 2로 한다. 다진 생선은 조금만 필요하기 때문에 굳이 새로 살 필요 없이 냉동고에 있는 뱅어나 오징어, 혹은 가리비 몇 개를 해동하고 도마 위에서 잘게 썰어 다지면 된다. 밖에서 파는 다진 생선은 전분이나 화학조미료가 들어가있기 때문에 적게 먹는 게 좋다. 다진 고기와 생선은 잘 섞어 물을 넣고 가쓰오다시를 조금 넣어도 좋다. 냉동육은 찰기가 부족하기 때문에 신선육을 사용해야 한다.

아삭한 식감을 내는 방법은 할머니에게 배웠다. 적당히 잘게 다진 양파와 올방개를 넣는다. 당근도 잘게 썰어 조금 넣는다. 향을 위해 고수도 줄기 부분을 잘게 썰어 작은술로 한 술 넣는다. 다진 생강도 조금 넣어주면 고기의 누린내를 없앨 수 있다. 고수와 생강은 은은한 정도로 너무 튀지 않는 것이 좋다.

큼직한 양배추 하나에서 넙적한 잎만 골라 쓰더라도 양배추말이 10개 가량은 만들 수 있다. 요리하는 데 다소 시간은 걸리지만 설 음식은 일반 음식과 달리 의례를 위한 성격이 있다. 만드는 데 수고로움이 없다면 오히려 그 의례적 성격이 희석될 것이다. 오랜 역사의 이 음식이 내 주방에서 새로운 모습의 설 음식으로 변신했다. 이로써 나는 할머니를 추억할 수 있었다.

제4부

차와 다식

1. 홍콩의 차(茶) 일기

어머니의 장례가 끝나고 얼마 지나지 않아 홍콩에 갔다.

금요일 아침 일찍 비행기가 홍콩에 착륙하자 도시 전체를 적시는 비가 고요하게 내렸다. 도심으로 향하는 버스는 영국식 2층 버스였다. 2층에 올라서니 승객은 나 혼자였다. 맨 앞에 앉은 내 눈앞에는 마치 스크린을 연상케 하는 커다란 창문이 있었다. 차체가 흔들릴 때마다 내 시야도 흔들렸다.

앞으로는 구름 위로 솟은 고층 빌딩들이 늘어섰다. 하늘은 잿빛이었다. 버스가 고가도로를 달리자 마치 바다 위 하늘 속을 날아가는 것 같았다. 밑으로 펼쳐진 바다에는 아무도 살지 않는 작은 섬들이 흩어져 있었다. 비에 젖은 섬들은 짙은 녹색이었다. 100년 전 고층 빌딩이 없었고 사람도 많지 않았던 홍콩은 분명 야생의 열대식물들이 무성한 땅이었을 것이다.

홍콩과 마카오는 어머니가 17살 소녀였을 때 갔던 첫 해외 여행지였다. 당시 대만은 아직 계엄령하에 있었기 때문에 출국은 간단한 일이 아니었다. 그렇기 때문에 온 가족이 차려입고 공항에 배웅을 나갔다. 주인공이었던 어머니는 화환을 둘렀고 다 같이 기념사진을 찍었다. 외할아버지가 운영하던 무역회사 명의로 신청했던 어머니의 첫 해외 여행이었다. 홍콩에 도착했을 때 그녀의 눈에 비친 풍경이 어떤 느낌이었는지는 모르지만 태어나서 처음으로 고향을 떠나 비행기를 타고 간 곳이었다. 아마 그 누구도 그 기억은 잊을 수 없을 것이다. 이후 어머니는 홍콩에서의 추억을 자주 이야기했다. 우리는 그때마다 말했다. 홍콩은 가까이에 있으니 언제든 갈 수 있다고.

결국 어머니는 홍콩에 다시 가지 못했다.

버스는 속도를 올려 푸릇푸릇한 바다를 벗어나 구불구불한 도로를 따라 콘크리트 정글로 들어갔다. 머리 위로 상점들의 거대한 간판이 걸려있는 좁은 길로 사람들이 하천에 물이 흐르듯 지나다녔다. 성완(上環)에 도착했다. 호텔은 웨스턴마켓 근처의 마카오행 페리 선착장 인근의 고층 빌딩이었다. 방 내부 인테리어는 모던하면서 심플했다. 에어컨이 현대적이면서 썰렁한 냉기를 뿜어냈다. 창밖으로는 평탄한 바다가 펼쳐졌다. 그 위로 배 한 척이 마치 무성영화를 연상케하듯 움직였다. 그러나 호텔에서 한 발자국만 나가면 조금 전까지의 썰렁하면서 모던한 공간과는 정반대로 건어물 냄새가 짙게 풍기는 성완의 식료품 거리가 펼쳐졌다.

성완은 홍콩에 이주한 중국인들이 가장 먼저 모여 살았던 곳 중 하나다. 건어물 거리는 하나뿐이 아니었다. 여러 갈래의 길에 걸쳐 있었다. 더부로드 서쪽을 중심으로 근처의 본햄스트랜드와 윙록스트리트, 코싱스트리트까지 뻗어 있다. 전복, 해삼, 생선 부레, 상어 지느러미, 조개 관자, 말린 새우 등을 파는 바다의 맛이 나는 건어물

점에 더해 한방약재를 다루는 가게들도 있어 타이베이의 디화지에를 연상케했다. 여기서 말하는 바다의 맛이란 복수의 의미를 내포하고 있다. 해안가를 걸으면 진한 바다 냄새가 파도처럼 밀려와 바다의 비린내와 해산물의 달콤함이 함께 느껴졌다 .

　외가는 가족경영을 하는 무역상 집안이다. 대만인뿐만 아니라 외국인도 상대했다. 크고 작은 접대가 끊이지 않아 일찍부터 손님 접대에는 일가견이 있었다. 만드는 순서가 복잡한 대만 요리를 외할머니와 어머니는 단 둘이서 만들 수 있었던 것은 해외 친구들의 영향도 있었다. 일부 요리는 차오저우 스타일로 해산물을 많이 사용하고 그 감칠맛을 강조했다. 외가에는 품질 좋은 고급 건어물이 많았다. 정치적 올바름에는 어긋나지만 상어 지느러미, 제비집, 생선 부레, 전복, 말린 누에고치 등 다양했다. 대부분 차오저우 출신의 할아버지 친구들이 홍콩에서 신경 써 들여온 것들이었다. 소박했던 시절에 배로 가져온 수입품은 신기하고 화려했을 뿐 아니라 돌이켜보면 꿈처럼 빛났다. 나는 건어물 거리의 공기를 깊이 들이마시고 어머니의 동그랗고 통통한 하얀 얼굴을 떠올렸다. 이 거리의 주황빛 전등 밑에서 어머니가 흥분에 가득 차 불그스레한 얼굴을 한 모습을 보고 싶었다.

*

이 일대는 노면전차가 달렸다. "딩딩딩" 종 소리를 울리며 지나갔다. 속도는 옛날 그대로였다. 차 안에는 에어컨도 없었다. 도시의 오염된 공기와 비 안개의 습기가 뒤섞여 창문을 통해 들어왔다. 차 안에 있었지만 마치 바깥 거리를 걷고 있는 것 같은 느낌이 오감을 통해 느껴졌다. 노면전차로 성완에서 센트럴로 이동해 차찬텡(茶餐廳)에서 진한 밀크티 한 잔에 에그타르트를 먹었다. 이후 몇 개의 계단을 오르고 내려 성완에 돌아와 찻잎을 찾아 돌아다녔다.

어머니는 고등학교를 졸업하고부터 예순 살 가까이에 병으로 퇴직하기 전까지 줄곧 가족 회사에서 일했다. 한 번도 다른 일을 한 적이 없었다. 사무실은 집의 연장선이었다. 외할아버지가 사장이었고 친척들은 모두 직장 동료였다. 사무실 입구 부근의 티 테이블에는 항상 철관음(鐵觀音)이 담긴 통이 놓여있었다. 찻잎이 담긴 유리병은 비는 일 없이 수시로 찻잎이 채워졌다. 그 무렵은 사무실에 놓는 커피 머신이 아직 유행하기 전이었다. 사람들은 업무가 일단락되면 일어나 차를 한 잔씩 마셨다. 때문에 어머니는 인사와 회계 이외에도 차 내리는 일까지 담당했다.

차는 홍콩의 '푸킨차홍(福建茶行)'에서 가져온 철관음이었다. 때로는 근처의 '교용차홍(嶢陽茶行)'의 자스민차를 마시기도 했다. 어머니는 날것의 맛이 난다며 그냥 물은 마시지 않았다. 그 대신 차를 마셨다. 외할아버지도 물을 마시지 않았다. 점심과 저녁에는 꼭 술을 마셨고, 그 외의 시간에는 차를 마셨다. 오랜 습관이었다. 특별히 건강했다고는 할 수 없지만 어쨌든 완고한 가족이었다.

초등학생 당시 나는 학교가 끝나면 집보다 먼저 어머니가 있는 사무실로 찾아가 대만어로 외할아버지에게 말했다. "할아버지, 저 왔어요." 인사를 마치고 테이블 위 유리컵 속 차의 양을 확인했다. 적다 싶으면 더 부었다. 그리고는 테이블 옆에서 외할아버지를 향해 그날 있었던 일들에 대해 보고했다. 대만어 발음을 틀리면 어머니가 그 자리에서 고쳐줬다. 5분도 되지 않아 화제가 떨어져 도망치고 싶었지만 잠시 멍하니 있으면 외할아버지가 낮은 목소리로 맞장구쳐줬다. 어머니는 내게 자세를 바로하고 다시 한번 말해보라고 재촉했다. 돌이켜 보면 그것은 그녀가 의도적으로 설계한 교육 방식이었다. 결과적으로 나는 매일 모국어를 연습했고 연장자나 어르신들과 이야기하는 법을 배웠다.

그 무렵 회사의 운영은 외삼촌이 맡았다. 그러나 외할아버지는 퇴직 후에도 매일 사무실로 출근했다. 일종의 근면함의 상징이었다. 올곧은 옛날 사람에게 일을 하지 않는다는 것은 견디기 어려웠다. 매일 빳빳하게 다린 셔츠를 입었고 머리는 반들반들하게 빗어 얼굴에서는 빛이 났다. 자기 손으로 일궈낸 회사였던 만큼 마치 한 나라의 영토인 것처럼 여겼다. 그는 매일 회사에서 자리를 지켰다.

외할아버지는 업무를 볼 필요가 없었기 때문에 항상 신문을 봤다. 그래도 내가 말을 걸면 고개는 들지 않아도 항상 들어줬다. 시끄럽다고 느낄 때는 손을 흔들며 그만하라는 신호를 보냈다. 외할아버지를 위해 차를 내리고 술을 따르는 것은 내 임무였다. 적당한 정도를 지키는 것이 중요했다. 그는 매사에 자기만의 룰이 있었다. 찻잔은 두꺼운 유리컵이었는데 푸른빛 그물 모양의 무늬가 있어 다른 사람 컵과 헷갈릴 일이 없었다. 차를 따를 때는 컵의 70%가 적당했다. 75%이면 이상적이었다. 80%를 넘기면 안됐다. 양이 너무 많으면 꾸지람을 들었다. 차도 제대로 못 따르는 것은 가정 교육의 문제라면서 말이다. 차를 따르고 그날 있었던 일들에 대한 보고가 끝나면 드디어 나 스스로를 위한 차를 내릴 수 있었다. 어머니 옆에 자리 잡고 숙제를 하면서 차를 마셨다. 당시에는 어린아이가 차의 탄닌을 너무 많이 섭취하는 것에 대해 아무도 걱정하지 않았다. 나 역시 철관음이 맛있었기에 그저 즐겨 마셨을 뿐이었다.

푸킨차홍의 유명한 철관음은 푸젠성 안시에서 생산된 우롱차다. 물론 이 노포의 차가 하나의 브랜드가 될 수 있었던 것은 창업 당시부터 지금까지 직접 로스팅을 해 풍미를 유지해왔기 때문이다. 이곳의 철관음은 오늘날 대만에서 흔히 볼 수 있는 철관음과는 달리 진하게 로스팅한 숙차다. 찻잔에 따랐을 때 불그스름한 호박색을 띤다. 한 모금 마시면 입안에 구수한 감칠맛이 돈다. 식더라도 떫은 맛이 전혀 나지 않기 때문에 하루종일 마실 수 있다. 나는 어렸을 때부터 숙차를 주로 마시며 자라서 차에 대한 옛스러운 취향을 갖게 됐다. 크고 나서는 다른 이들을 따라 포종(包種)이나 금훤(金萱)처럼 투명하고 맑은 향의 생차(발효도가 낮은 차)를 마셔봤지만 배탈이 자주 나서 많이 마시지 못했다.

대만에도 국산차가 있었지만 우리집은 매일 홍콩에서 가져온 차를 마셨다. 물론 이유가 있었다. 외할아버지는 정말로 까다로운 노인이었다. 가족들에게 엄격했고 집안의 규칙도 까다로웠다. 그렇지만 친구들에게는 정이 많고 기이할 정도로 친절해 친구가 여기저기 많았다. 홍콩, 태국, 말레이시아 등 각지에 화교 친구들이 있어 자주 왕래했다.

그 당시의 의리는 요즘 사람들이 이해하기 어려울 수 있다. 예컨대 친구의 아이들을 집에서 숙식을 제공하며 대만 학교를 보냈고 이모, 삼촌들과 함께 키웠다. 홍콩 아저씨의 두 아들은 그렇게 우리집에서 10년을 지냈다. 아마도 처음에는 생활비를 조금이나마 보태줬을 것이다. 그러다 사업 경기가 좋지 않으면 대만으로 아들들을 만나러 와서는 홍콩에서 가져온 상어 지느러미나 찻잎, 한방 연고 같은 것들을 선물로 줬다. 푸킨차홍의 철관음은 그렇게 하나씩 집으로 왔다. 그 이후 아저씨의 아들들은 홍콩에 돌아갔고 소식이 끊겼지만 10여년에 걸쳐 형성된 차 마시는 습관은 몸에 뱄다. 어느새 차는 없으면 안되는 존재가 됐다. 사업 때문에 중국 대륙을 오갔던 아버지에게 선전(深圳)에서 홍콩을 들러 대만에 돌아오는 일정에 성완에서 찻잎을 대량으로 사와달라고 부탁까지 했다.

당시 사무실은 한 면이 유리로 돼있었다. 오후가 되면 강렬한 햇빛이 유리 너머로 내리쬐어 철관음이 들어 있던 유리잔을 비췄다. 강한 빛을 받으면 본래 진한 색의 차가 밝은 빛을 띤다. 어렸을 때 차를 마시며 보냈던 몇 번의 오후는 내 기억 속에 정지 화면으로 남아있다. 험준한 산처럼 엄했던 외할아버지는 항상 허리를 곧게 편 자세로 신문을 봤다. 하이힐을 신은 어머니가 공장 안의 철제 계단을 오르내릴 때마다 웅웅거렸다. 이 장면은 마치 어제 있었던 일처럼 눈에 선하다. 자그마했던 손녀는 어른이 돼 고향을 떠났고 누구보다도 먼 곳으로 가 좀처럼 돌아오지 않았다. 먼저 외할아버지가 하늘나라로 갔고 벽돌로 된 옛 사무실은 헐려 거대한 금속 도금 공장이 들어섰다. 입구 부근의 커다란 나무도 베어졌다. 어머니는 병에 걸려 결국 돌아가셨다. 모든 것을 곁에 잡아둘 수는 없다. 시간은 냉정하고 사람은 언제나 통찰력이 부족하다.

지금도 선명하게 기억하고 있다. 푸킨차홍의 차는 초록색인가 핑크색의 납작한 직사각형 양철 상자에 담겨 있었다. 표면에는 페가수스가 그려진 상표가 있었다. 영어와 중국어로 상품 설명이 쓰여 있는 모습은 식민지 당시의 느낌을 풍겼다. 어머니와 이모는 빈 캔을 버리지 않고 모아뒀다. 회계에 사용하는 도장을 종류별로 담아두거나 국제우편물에 붙어 있는 예쁜 외국 우표를 오려 보관했다. 컴퓨터가 보급되지 않았던 시대에는 회계 장부와 급여 지급 관련 서류 처리는 대량의 종이와 일손이 필요한 작업이었다. 어머니와 이모가 모은 빈 캔은 바쁜 회사 사무실 책상에서 항상 자리를 지켰다.

이모는 어머니가 돌아가시기 전에 퇴직하겠다고 밀어붙였다. 그녀는 어머니의 병상 곁으로 와 작은 목소리로 속삭였다. "언니, 나 회사 관두기로 했어." 대답할 기력도 없었던 어머니는 끄덕이며 미소로 동의의 뜻을 전했다. 이모는 회사를 떠나며 거의 대부분의 짐들을 회사에 남겼는데 녹슬고 뚜껑을 여닫으며 찌끄러진 푸킨차홍 캔만은 집에 가져갔다. 찻잎이 들어 있던 캔은 전우였고 기념품이었다. 친자매가 어깨를 나란히 하고 30년간 일했던 징표 그 자체였다. 세상 사람들은 때로 물건을 가볍게 여긴다. 예측할 수 없는 인생에서 옛 물건을 곁에 둠으로써 추억이 그곳에 머무를 수 있다는 것을 모르기 때문일 것이다.

*

푸킨차홍은 성완의 머서스트리트에 있다. 워낙 짧은 길이라 무심코 지나치고는 뒤돌아봤을 때 비로소 가게를 발견하기도 한다. 입구는 좁은데 가게 내부는 길쭉하고 깊은 형태의 건물이다. 겉모습은 수십 년의 세월이 느껴지는데 내부는 깔끔하고 단출하다. 거추장스러운 물건은 없다. 광고도 없다. 매대 위에는 찻잎과 캔, 다기들뿐이다. 조명은 백열등이다. 사장은 마른 체형에 키가 큰 남성이다. 갸름한 얼굴에 주름이 깊게 패이고 눈빛은 차분하며 상냥했다. 메뉴 구성은 간단했다. 대부분의 사람들은 유명한 철관음과 자스민차를 찾는다. 푸킨차홍의 철관음은 세 가지 등급이 있다. 차왕(茶王), 특급, 일반으로 나뉜다. 어렸을 때 마셨던 차의 등급을 기억해낼 수 없었기 때문에 나는 찻잎이 담겨 있던 캔의 모양을 열심히 설명하는 수밖에 없었다. "직사각형 모양에 크기는 대략 이 정도에요." 나는 손가락을 구부려 대강의 크기를 묘사하고 덧붙였다. "초록색 뚜껑에 위로 열어젖히는 형식이에요." 그러자 주인 할아버지는 미소를 지으며 확실히 내가 20년 전 푸킨차홍의 차를 마셨다는 것을 알아주는 눈치였다. 그러나 아쉽게도 직사각형 캔은 더 이상 사용하지 않고 원통 모양으로 바뀌었다. 그래도 금색으로 쓰여 있는 옛스러운 글씨체와 빨간색으로 그려진 페가수스 상표는 그대로였기 때문에 한눈에 알아볼 수 있었다. 나는 차왕 등급의 철관음 한 통을 샀고 차 내리는 법을 물어봤다.

"간단해요." 할아버지가 테이블에 다가가 손바닥 크기의 자사호(紫砂壺)를 집어들고 간결하게 설명했다. "먼저 찻주전자에 뜨거운 물을 넣고 데운 다음 찻잎을 넣습니다. 분량은 주전자 용량의 5분의 1 정도로." 그는 찻주전자의 겉면에 손으로 선을 그어 보였다. "뜨거운 물을 찻잎에 붓고 10초가 지나면 일단 물을 버립니다. 우선 찻잎을 데우기 위한 과정입니다. 다시 뜨거운 물을 부을 때는 3~4분 우려내고 마시면 됩니다. 6~7번 우려내도 향은 변하지 않아요. 간단히 말하자면 물이 끓으면 차는 맛있어집니다. 어떤 속임수도 없어요."

찻잎 가게를 나와 나는 호텔로 돌아왔다. 하늘은 벌써 어둑해졌고 비가 억수같이 내렸다. 빗물은 바다에도 떨어져 맞은편 건물의 네온사인을 희미하게 만들었다. 큰 비가 내릴 때 사람들은 조용해진다. 나는 차를 내리고 싶었지만 도구가 없었다. 방에 있는 것은 하얀 자기 머그컵 두 개와 티스푼 그리고 전기포트뿐이었다.

찻잎이 담긴 캔을 열고 진공포장된 알루미늄 팩을 열자 그윽한 숯 향이 났다. 컵을 데운 뒤 찻잎을 조금 넣었다. 공 모양으로 말려 있는 찻잎은 짙은 검은색이었다. 물을 조금만 부어 찻잎을 적신 뒤 새로 끓인 물을 부어 차를 우려냈다. 찻잎이 같이 딸려나오지 않게끔 컵의 가장자리에 티스푼을 갖다대고 차를 다른 잔에 담았다.

호텔 내부의 황색등 아래에서도 호박색 찻물이 눈에 들어왔다. 하얀 자기 잔에는 찻물과 함께 약간의 찻잎 찌끄러기가 담겼다. 옛스러운 나무 향과 수증기가 얼굴에 느껴졌다. 달콤하면서 부드러운 향이 피어올라 바깥의 빗소리가 잠잠해졌고 어렸을 때의 추억이 눈 앞에 떠올랐다. 향기가 기억 깊숙한 곳에 있는 추억을 불러왔다. 차를 한 모금 머금자 맛에 추억이 포개졌다. 긴 세월이 흐르면서 많은 물건과 사람은 변했지만 차는 옛날 그대로였다. 너무 감격스러웠다.

당시 함께 했던 사람들 중 많은 이들이 세상을 떠났지만 나와 차는 그대로 남았다. 나이를 먹고 홀로 독립한 손녀가 몇 가지 단서만 들고 하나의 섬에서 다른 하나의 섬까지 왔다. 찻잎과 함께 시간의 흔적을 찾기 위해서다. 앞으로는 아무리 그립더라도 혼자 열심히 차를 내리며 살아가야 한다.

2. 차를 내리는 시간

10년이면 차를 얼마나 마시는 걸까? 하루에 두 잔으로 계산해보면 7,300잔이 된다. 한 종류의 차를 10년이나 마시면 아가씨도 중년 여성이 된다. 우리 세대 여성들은 독립적이다. 일에 대해 전문적일 뿐만 아니라 생활에 있어서도 현명하다. 숙면을 중시하고 혈당치 관리에 철저하다. 과일은 많이 섭취하되 간식거리는 자제한다. 빵같이 사랑하는 밀가루 음식이나 흰 쌀밥 등 탄수화물 섭취도 절반 아래로 줄인다. 그래도 차는 안 마실 수 없다. 내가 마시는 차는 영국의 건설 노동자들이 즐겨 마시는 것이다. 색뿐만 아니라 맛도 진하다. 거기에 우유와 설탕도 넣는다. 가격이 저렴해 많은 사람들이 부담없이 마신다. 이 차는 내게 친구이면서 개인사의 흔적이기도 하다.

영국은 찻잎 생산을 거의 하지 않는다. 대부분 인도나 스리랑카, 남아프리카공화국에서 수입한다. 찻잎을 잘게 부수고 차를 내리면 색이 진하고 다소 떫은 맛이 난다. 거기에 우유와 설탕을 넣으면 마시기 좋은 맛이 된다. 영국인들의 대부분은 일상적으로 이런 차를 커피보다도 더 많이 마신다. 그러나 이를 밀크티라고는 부르지 않는다. 그냥 티라고 부른다.

처음 영국에 간 것은 4월이었다. 분명 봄이 시작됐는데 눈이 내렸다. 아열대 지역의 섬나라에서 온 여학생이 런던 근교의 히스로공항으로부터 먼 길을 돌아 영국 남부 해안가 마을의 호스트가족의 집에 도착한 것은 늦은 밤이었다. 온 몸이 꽁꽁 얼어붙었다. 그집 아주머니는 나를 방으로 안내하면서 딸에게 따뜻한 차를 한 잔 내리게 했다. 설탕과 우유가 들어간 것으로 달달하면서 따뜻했다. 손바닥으로 머그컵을 감싸고 입술로 훌쩍이자 달콤한 차가 몸 전체에 스며들었다. 나는 그때 영국식 차에 빠지게 됐다. 그리고 그렇게 지금까지 이어진 처음이자 가장 오랜 습관이 됐다. 몸이나 마음이 차가워질 때면 그때마다 차를 마시며 달랬다.

나는 영국에 온 지 얼마 되지 않아 케빈 아저씨에게 차 내리는 법을 배웠다.

케빈은 기차를 수리하는 엔지니어였다. 덩치는 컸지만 성격은 온화했다. 집안의 사소한 일들은 직접 처리했다. 이를테면 고양이의 토사물을 치운다거나 실내 장판을 교체한다거나 아내가 키우는 거북이를 위한 우리를 만드는 따위의 일들 말이다. 내가 자란 환경에서는 남성은 밖에서 일을 한다는 이유로 집안에서 일어나는 일들은 돕지 않는다. 마치 싱글마더가 아이들을 키우는 듯한 경우가 많았다. 그래서 그를 처음 봤을 때 꽤나 놀랐다.

내가 관찰했을 때 일을 많이 하는 케빈은 하루에 차를 4~5잔은 마셨다. 그는 새벽 5시에 집을 나와 런던에 있는 직장까지 1시간 반가량 기차를 타고 출근했다. 아침에 진한 차를 마시고 출근하지 않으면 바닷가의 새벽녘 추위를 견디지 못했다.

케빈이 즐겨 마시던 티백은 피지팁스(PG Tips)라는 브랜드의 저렴한 차였다. 찻잎은 가루에 가까울 정도로 잘게 갈려있었다. 이 티백으로 차를 내리면 색은 굉장히 진했다. 영국의 블루칼라 노동자들에게 가장 사랑받는 브랜드였다. TV 광고도 그런 인상을 강화하는 내용이었다. 영국 북부 억양의 덩치 큰 남성이 소박한 벽돌집에서 털실로 짠 원숭이 인형을 앞에 두고 차를 내리는 모습이 담겼다.

영국의 인류학자 케이트 폭스(Kate Fox)가 쓴 『영국인 발견』에는 아침식사의 룰과 차의 신앙에 대한 장이 있다. 폭스에 따르면 영국에서는 사회 계급마다 차를 마시는 법이 다르다. 거칠게 말하면 차에 넣는 설탕이 많으면 많을수록 노동자 계급에 가까워진다. 중산층이나 상류층은 "그릇을 헹군 물처럼 약하면서 연한", 설탕이 들어가지 않은 얼그레이를 선호한다. 그리고 건설 노동자들이 마시는 차를 가급적 피하려는 사람들의 태도에서 계급에 관한 불안과 초조함을 엿볼 수 있다고 한다.

케빈에게 집밖을 나서기 전과 퇴근 후 차를 마시는 것은 이미 일종의 의식이 됐다. 그의 머그컵은 그가 근무 중인 사우스웨스트트레인즈와 관련된 굿즈다. 하얀 바탕에 빨강과 파랑의 작은 기차 그림이 그려져 있다. 나는 교통수단, 특히 기차를 좋아했기 때문에 그와 그 컵에 대해 이야기를 나눈 적 있었다. 내가 대만으로 귀국하기 전 케빈은 회사에서 같은 머그컵을 구해 내게 기념 선물로 줬다.

케빈이 마시던 차는 색이 아주 진했다. 언뜻 보면 커피로 착각할 정도였다. 영국의 값싼 티백에는 대체로 실이나 손잡이가 따로 붙어 있지 않았다. 그저 부직포 안에 가루 형태의 찻잎이 몇 그램 들어 있을 뿐이었다. 차가 다 우러나면 티스푼으로 티백을 건져내 쓰레기통에 버린다. 두 번 우려내는 일은 절대 없다. 영국인이라도 옛날 사람이라면 티스푼으로 티백을 누르면서 손가락으로 남은 찻물을 쥐어짰을 것이다. 전문가들은 그런 방식으로는 차가 떫어진다고 말한다. 그러나 티백을 쥐어짜는 것 정도는 전문가 이야기를 굳이 듣지 않아도 별 탈 없다.

차가 다 우러나면 차가운 우유를 넣는다. 아무리 추운 날이더라도 꼭 찬 우유여야 한다. 차를 마실 때는 과자도 몇 개 곁들인다. 가장 인기가 많은 것은 손바닥 크기의 둥그런 다이제스티브 비스킷이다. 밀크초콜릿이 발려 있는 면을 차에 적셔 먹는다. 이런 차가 바로 건설 노동자의 차다. 즉 빌더스티(builder's tea)다. 진하고 고열량이다. 추운 겨울 몸이 녹초가 됐을 때 이만큼 위로가 되는 것은 없다.

2012년에 나온 영국 영화 《베스트 엑조틱 메리골드 호텔》은 7명의 노인이 온라인상의 과장 광고에 속아 인도에 있는 오래되고 낡은 호텔에서 노후를 보내는 이야기다. 7명 모두 각자의 인생을 생각지도 못한 환경에서 되돌아본다. 출연배우는 매기 스미스, 주디 덴치, 빌 나이 등 모두 영국의 베테랑 배우들이었다. 촬영 당시 7명의 나이를 합치면 500살 가까운 숫자가 됐을 정도로 영화는 농익은 연기력의 향연이었다.

매기 스미스가 연기한 것은 고집불통의 노부인이었다. 공항의 수

하물 안전 검사에서 기내 반입 핸드백을 열었는데 안에서 전형적인 영국스러운 보존 식품들이 차례로 나왔다. 양파로 만든 피클, 절인 계란, 초콜릿 맛의 다이제스티브 비스킷 36개들이, 거기에 대량의 피지팁스 티백이었다. 친구도 가족도 없었던 그녀는 작은 배로 원양을 항해하듯 홀로 여행을 떠나며 고향의 물건들로 무장했다.

빌 나이가 연기한 전직 교사는 사람은 좋지만 쑥스러움을 많이 타는 탓에 몸을 얌전히 가만두지 못했다. 그와 주디 덴치가 연기한 똑똑하고 능력 있는 과부 사이에 황혼의 사랑이 싹튼다. 영국 노인들의 사랑 고백도 차로 시작했다.

"몇 시에 퇴근해요?" 빌이 주디에게 물었다.

"5시요."

"오, 애프터눈 티 마실 시간이네요. 차는 어떻게 내리는 걸 좋아해요?"

당신을 위해 어떻게 내리면 되겠냐고 묻는 어조였다. 추파가 느껴지는 대목이었다.

"우유를 조금만 넣어주세요." 주디가 답했다. 상대방의 호의에 화답하는 뉘앙스가 담겼다.

*

차는 인사 그 자체다. 사교를 위한 인사말이기도 하고 계량의 단위이기도 하다. 이런저런 이유로 영국인들은 늘 사람들에게 차를 마시자고 권한다.

"차라도 한 잔 어때요?", "차 한 잔 하고 싶네요." 이 말은 대만인에게 "밥 먹었어?", "응, 먹었어."와 같은 맥락의 대화다. 만약 누군가가 자기 취향이 아니라면 "내 스타일의 차가 아니야."라고 표현한다. 모임에서 다 같이 이야기하다가 한 사람이 썰렁한 농담을 한다면 다른 누군가가 일어나 외칠 것이다. "차 더 마실 분 계신가요?"

언어는 종종 일상생활에서 만들어진다. 그래서 대만에서는 밥과 관련된 비유가 많고 영국에서는 차와 관련된 표현들이 많다. 노동자 계급이 피지팁스를 좋아하는 것과 달리 중산층이 가장 좋아하는 차 브랜드는 트와이닝(Twinings)이다. 예외적인 인물이 있는데 바로 영국의 엘리자베스 2세 여왕이다. 영국 왕실에 따르면 그녀는 매일 아침 식사와 함께 트와이닝의 얼그레이티를 마신다. 여행을 갈 때도 항상 그 찻잎을 챙긴다고 한다.

영국에 머물 당시 나는 트와이닝의 아쌈 홍차나 잉글리시 브랙퍼스트를 주로 마셨다. 대만에 돌아와서도 구입하려 했지만 뭔가 달랐다. 아마 다른 브랜드들도 진한 차를 즐기는 영국인들의 취향에 맞춰 영국에서 판매하는 티백에는 찻잎을 듬뿍 넣었으리라. 예를 들어 트와이닝이 자국에서 파는 티백에는 3g의 찻잎이 들어 있지만 수출용으로는 2g뿐이다.

런던에서 관광객들이 즐겨 찾는 잡화점 포트넘 앤 메이슨(Fort-num & Mason)은 보통 일상용품보다는 사치품들 위주로 판다. 친구가 런던의 포트넘 앤 메이슨에서 티백 세트를 샀다면서 내게 조금 나눠줬다. 홈스테이 집에 돌아가 그것으로 차를 내렸더니 홈스테이 가족들이 포장을 보고는 놀라며 말했다. "오, 고급스러운 차네 (Oh! Posh tea)." 포쉬라는 단어는 고급이라는 뜻도 있지만 상류층의 억양을 뜻하기도 한다. 서민들이 이 단어를 사용할 때는 목소리가 올라가면서 타인을 대하듯 하는 뉘앙스가 된다.

수개월 동안 매일 같이 차를 내리면 제법 능숙해진다. 내 나름대로 자신 있는 방법을 만들어 차를 우려내면 차가 맛있다는 평판도 얻게 된다. 나중에는 케빈이 내게 차를 내려달라고 부탁하기도 했다. 어르신 집에서 다 같이 모였을 때도 모두에게 차를 내려줬는데 다들 좋아했다.

차를 내리기 전에는 먼저 주전자와 컵을 데운다. 뜨거운 물을 붓고 만졌을 때 뜨겁게 느껴질 정도가 좋다. 따로 찬물을 준비하고 가열한다. 물이 끓고 주전자가 소리를 내기 시작하면 조금 더 끓게 둔 다음 컵에 물을 붓고 찻잎이나 티백을 넣는다.

혼자 차를 마실 때는 계량용 티스푼으로 찻잎을 한 스푼 덜어 우려낸다. 여러 명이 마실 차를 내릴 때는 한 컵 분량을 더 준비한다. 주전자를 위해서다. 다시 말해 만약 주전자로 3인분의 차를 끓이려면 총 4인분의 찻잎을 넣는다.

끓는 물을 붓고 뚜껑을 덮는다. 잠시 조용하게 우려낸다. 추운 계절에는 보온을 위해 주전자를 두꺼운 천으로 둘러도 좋다. 머그컵에 티백으로 차를 우려낸다면 얇은 접시를 뒤집어 뚜껑을 대신한다. 휘젓지 않고 찻잎 스스로가 물 속에서 떠올랐다가 가라앉도록 놔둔다. 찻잎이 추던 춤이 잠잠해지면서 서서히 향과 색을 낼 수 있도록 말이다.

차는 자기가 스스로를 완성한다. 그렇기 때문에 사람은 방해하지 않도록 주의해야 한다. 차를 내리는 것은 기다리는 것이다. 짙은 검은 빛의 차를 마시고 싶다면 5분 정도 우려내 살짝 떫은 맛이 느껴지는 정도까지 기다린다. 작은 차색의 유리로 된 모래시계를 구해 시간을 쟀다. 차를 우려낼 때 모래시계를 뒤집어 5분 동안 조용히 모래가 밑으로 떨어질 때까지 기다린다. 모래시계로 시간을 재는 게 전자 타이머나 스마트폰의 알람보다 좋다. 시간이 지난다는 것, 혹은 그것을 놓쳐버리는 것은 원래 정적 속에서 일어나는 일이니까 말이다.

차를 기다릴 때는 다른 일을 해도 된다. 토스트를 굽고 계란프라이를 하거나 차와 곁들일 다과를 준비한다. 차가 다 우려지면 컵에 따르고 티백을 건져낸 뒤 신선한 우유를 넣는다.

사람들은 차와 우유의 순서를 두고 논쟁을 벌인다. 먼저 차를 따르고 우유를 부을지 아니면 그 반대로 할지를 두고 말이다. 우유를 먼저 넣는 사람들은 나름의 근거가 있다. 서민들이 사용하는 값싼 도자기는 깨지기 쉽기 때문에 먼저 우유를 넣은 다음 뜨거운 차를 나중에 붓는 편이 도자기에 가해지는 충격이 적어지기 때문에 쉽게 깨지지 않는다는 것이다. 다만 오늘날에는 대부분의 찻잔이 튼튼하게 만들어졌기 때문에 그런 이유로 우유를 먼저 넣을 필요는 없다. 그저 개인의 취향에 따른 선택이 됐다.

이 문제에 대한 내 견해는 스콘에 먼저 잼을 발라야 할지, 아니면 클로티드 크림을 바르는 게 먼저인지에 대한 논쟁과 비슷하다. 결과의 차이는 거의 없고 그저 신앙의 문제일 뿐이니 말이다. 신앙은 의지로 쌓아올린 높은 벽이다. 억지로 무너뜨리더라도 궁극적인 해결로 이어지지 않는다. 논쟁하기 좋아하는 사람들은 내버려두자. 자기가 마실 차 한 잔 때문에 싸운들 무슨 소용이 있으랴. 그렇지만 영국인들이 차가운 우유에 차를 넣는 것에 대해서는 나도 견해가 있다. 프랑스 요리에서 소스를 만들 때 뜨거운 소스에 찬 버터를 한 덩어리 넣으면 순식간에 유화 작용이 일어나 소스가 쉽게 걸쭉해진다. 찬 우유를 뜨거운 차에 넣어도 같은 효과다. 그렇기 때문에 특별히 이유 없이 무턱대고 우유를 데워 비린내나 표면에 뜨는 막 같은 찌꺼기를 만들 필요 없다. 차갑고 신선한 우유를 그대로 넣는 편이 마음 편하다.

영국의 유제품은 대체로 품질이 좋다. 예전에 차를 마실 때는 채널 제도에서 난 우유를 즐겨 사용했다. 저지종이나 건지종 젖소에서 짠 우유다. 저온 살균이나 균질화 처리를 하지 않기 때문에 버터처럼 밝은 금빛의 유지방분이 작은 덩어리 채로 위에 떠 있었다. 잘 흔들어 마셨더니 걸쭉하면서도 매끈하게 넘어가는 것이 감칠맛이 있었다. 대만에서는 저지종을 '쥐안산니우(娟珊牛)'라고 번역하는데 수가 적고 저온 살균이나 균질화를 거치기 때문에 풍미가 다르다. 이상적인 우유는 구하려고 해도 좀처럼 구하기 어렵다. 차는 매일 마시기 때문에 너무 많은 돈을 쓸 수는 없다. 그래서 보통은 저온 살균된 우유를 적당히 구해 차에 넣어 마신다.

차를 마신 지도 10년째다. 습관은 찻잔에 착색된 앙금처럼 뿌리를 내렸다. 여행에 앞서 짐을 쌀 때 물건들을 넣었다 뺐다를 반복하다가도 찻잎만큼은 소량이라도 반드시 챙긴다. 마치 상비약처럼 말이다. 낯선 곳에서 황당무계한 상황을 만나더라도 차를 내려마시면 마음의 안정을 찾을 수 있다.

처음 런던에 도착했을 때 기숙사 근처는 치안이 좋지 않았다. 밤에는 총성이 들릴 정도였다. 기차역에서는 걸핏하면 경찰관들이 지명 수배중인 마약범을 쫓아다녔다. 내 방은 반지하였는데 천창이 바깥의 아스팔트 도로와 같은 높이였다. 창밖으로 보이는 풍경은 길을 지나는 사람들의 구두뿐이었다. 근처의 양아치들은 창문으로 내가 혼자인 것을 보고는 추운 겨울에도 바지를 내려 쪼그려 앉아 유리에 몸을 밀착해 겁을 줬다. 그 악의는 알몸보다도 더 적나라했다. 나는 힘주어 커튼을 치고 표정 하나 변하지 않은 채 부엌으로 갔다. 물을 끓여 차 한 잔을 내리며 마음을 진정시켰다. 전기주전자 손잡이를 잡으려는데 손가락 끝이 살짝 떨리는 것을 느꼈다. 물이 끓고 푸르르 소리가 나더니 증기가 잠잠해졌다. 나는 평소처럼 컵을 데워 찻잎을 집어 넣고 뚜껑을 닫았다. 그리고 기다렸다. 맥박이 잠잠해져 두려움이 가라앉는 것을. 그리고 찻잎이 물 속에서 나선형을 그리며 떠올랐다가 가라앉는 것을. 차가 깊어지고 진해지며 자기가 스스로를 완성하기를 기다렸다.

3. 타이베이 다과 노포

어르신들 중에는 유제품을 먹지 않는 사람도 많다. 반대로 우리 1980년대생들은 유제품이 장려되던 고도성장기 대만 사회에서 자랐다. 글로벌리즘의 바람은 대만 섬에도 불어왔다. 내가 태어난 이듬해 대만에서 처음으로 민성동루(民生東路)에 맥도날드가 문을 열었다. 그로부터 몇 년 뒤 피자헛도 들어왔지만 우리 가족들은 처음 보는 피자에 대해 신중했다. 그 당시 피자헛은 배달 서비스가 없었기 때문에 먹고 싶으면 직접 매장을 방문하는 수밖에 없었다. 즉 외식을 해야 했다.

피자헛 매장에는 붉은 박스 좌석이 있었다. 그때는 피자를 주문하면 셀프 서비스 샐러드바도 세트로 포함돼있었다. 참신했고 멋있었다. 외할머니는 처음 피자를 먹었을 때의 기억을 잊을 수 없었다고 했다. 대만 음식에 익숙해진 그녀의 입에 피자는 맞지 않았다. 생지 위의 토마토소스와 녹아내리는 치즈의 조합에 대한 외할머니의 반응은 "이상한 냄새가 나고 시큼한 것이 어딘가 상한 것 아냐?"였다. 그녀에게 유제품 냄새는 고약했던 모양이다.

그로부터 시간이 흘러 1990년대에는 카페에서 '뉴욕 치즈 케이크'가 유행했다. 원재료는 크림 치즈였는데 지방 함량이 높고 맛이 부드러웠으며 뒷맛은 살짝 발효된 신맛이 났다. 어렸을 때 생일이 되면 과일이 올라간 생크림 케이크를 주문하는 것이 유행이었다. 쉬폰 케이크에 생크림을 바르고 통조림 복숭아를 사이에 넣었고 위로는 초록색과 붉은색의 체리로 장식했다. 관찰해 보면 적잖은 사람들이 생크림 케이크를 먹을 때 플라스틱 포크로 생크림을 걷어내고 먹었다. 살이 찌는 것이 두려워서 그런 사람도 있겠지만 생크림 자체를 싫어하는 사람도 있었다. 당시 주류였던 생크림은 마가린을 사용했기 때문에 품질이 좋지 않았다. 먹을 때마다 혀끝에 고무 같은 이물감이 남아 사람들이 먹기를 꺼려했다. 사람들은 확실히 맛에 민감했고 깨어 있었다.

요즘에는 밖에서 차를 마실 때 프랑스식 파운드 케이크와 영국식 스콘을 곁들이는 게 유행하는 모양이다. 모두 버터를 사용하기 때문에 겉으로는 잘 보이지 않지만 지방 함량이 많다. 그래서 식감이 진하다.

영국에 살 때는 스콘을 꽤나 자주 먹었다. 위에 클로티드 크림과 수제 잼이 발린 것이었다. 눈이 내리는 날 진한 차와 함께 먹으면 위안이 됐다. 그런데 대만에 돌아온 뒤로는 먹고 싶은 생각이 들지 않았다. 한 입만 먹어도 컨디션이 나빠졌다. 대만은 기후가 고온다습한 데다 나도 나이가 들면서 몸이 더 이상 받아주지 않는 모양이었다. 그래서 조금만 먹기로 했다. 만약 차를 마셔야 한다면 함께 곁들일 다식은 여전히 필요하다. 유제품을 피하고 싶다면 전통 다과에 눈을 돌려보는 것도 방법이다. 우리 조부모 세대는 1930년대 전후 태생이 많다. 아직 살아계시면 80~90세의 노인일 것이다. 유제품이 대만에서 보급된 것은 제2차 세계대전 이후의 일이었다. 그러니까 조부모 세대가 어린아이었을 때 먹었던 간식은 토종 농산물을 가공한 것이었으리라. 기름은 식물성이면 땅콩이나 참깨로 만들었고, 동물성이면 일반적으로 라드를 사용했다. 진한 맛을 좋아한다면 팥으로 만든 소나 대추로 만든 페이스트도 있다. 쫀득함을 원한다면 찹쌀로 만든 간식들도 있다. 돌이켜 보면 모두 유제품을 포함하지 않은 것들이다.

그 가운데 가장 보편적인 간식은 투더우탕(土豆糖: 땅콩사탕)과 즈마탕(芝麻糖: 참깨사탕)이다. 우리집은 대가족이었기 때문에 외할머니가 사탕을 살 때는 항상 대량으로 구매했다. 땅콩, 흰깨, 검은깨가 각각 한 봉지씩이었다. 견과류로 만든 큼직한 사탕은 미리 칼집을 내놓았다. 플라스틱 봉지 안에 손을 뻗어 작게 쪼개 먹었다. 견과류 사탕은 굉장히 단단했다. 한 입 베어물면 부서진 것이 사탕인지 내 치아인지 분간이 어려울 정도였다. 그래도 입 안에는 맛있는 맛과 향으로 가득찼다.

어렸을 때는 타이베이의 서쪽에 자주 갔다. 제방을 따라 차를 몰다 중싱교(中興橋)를 건너면 도착이다. 홍러우(紅樓) 근처에서 샤차훠궈(沙茶火鍋)를 먹고 '진스러우(金獅樓)'에서 차를 마시는 것도 좋다. 지위안(驥園)의 쓰촨요리도 괜찮다. 무엇을 먹든 2차는 청두루(成都路)의 '상하이라오톈루(上海老天祿)'에 가야 한다.

이곳은 루웨이(滷味)와 다식으로 유명하다. 우리집은 조용한 지역에 있었다. 시먼딩(西門町)에 가면 시끌벅적하고 번화해서 도시와 시골의 차이가 확실히 느껴졌다. 어머니는 라오톈루에서 오리 혀와 날개를 주문해 집에 가져가 술안주로 먹었다. 매콤한 편인 루웨이는 어른들 몫이었다. 아이들에게는 먹고 싶은 다른 간식을 고를 수 있게 해줬다. 이를테면 순더우(筍豆)[1], 차오궈(巧果)[2], 마치우(麻球)[3], 유자산즈(油炸饊子)[4] 따위였다. 순더우는 볶은 콩이라 식감이 특히 좋다. 차오궈, 마치우, 유자산스 모두 튀겨 만든 과자로 바삭하고 고소하다. 가장 인상적이었던 것은 라우톈루의 구이화탸오가오(桂花條糕)였다. 찹쌀이 팥소를 감싼 길쭉한 떡 형태의 과자로 계화꽃에서 따온 이름답게 식감이 좋았고 향긋했다.

라오톈루 이외에 닝보시지에(寧波西街)의 '리우중지(劉仲記)'도 중국 강남 지방의 과자를 판다. 가게는 화려하지 않다. 상품 진열 방식도 잡화점 같다. 진열대에는 대기업의 포장 식품도 많지만 리우중지 상표가 인쇄된 수제 과자도 섞여 있다. 왕쉬안이(王宣一)가 쓴 『국가의 연회와 가족의 연회(國宴與家宴)』에 상하이 여성들이 즐겨 먹었다고 나오는 장미 씨앗도 여기서 판다.

---

1   간장, 고추 등으로 양념한 콩.

2   깨와 설탕 등을 섞어 만든 과자. 칠석에 주로 먹는다.

3   대만식 참깨볼.

4   계란과 밀가루를 섞은 반죽을 털실뭉치 모양으로 튀긴 과자.

리우중지의 트레이드마크는 참깨맛과 장미맛의 수탕(酥糖)[5], 자오옌타오펜(椒鹽桃片)[6]이다. 포장만으로도 매력적이다. 셀로판지와 흰 신문지로 수탕 세 개를 사각형으로 감싼다. 흰 신문지 위에는 붉은 잉크 인쇄와 검은 손글씨가 쓰여 있다. 서예에서 말하는 졸취한 서풍이다. 나는 안의 내용물을 다 먹으면 포장지는 따로 남겨둔다.

장미수탕은 맥아당으로 흰깨 가루와 찐 쌀가루를 겹겹이 말아올린 것이다. 단단한 듯 바삭하면서도 입 안에서 녹아내려 여러 질감들이 동시에 느껴진다. 장미수탕은 향기가 그윽한데 참깨가루와 섞여 하나가 되어 녹아내린다. 그냥 먹어도 맛있지만 용정(龍井)이나 동방미인(東方美人)과 같은 청향계 차, 또는 항국(杭菊)차를 함께 곁들이면 맛이 더 오묘해진다.

리우중지는 땅콩사탕이나 깨사탕의 종류가 다양해서 견과류 사탕 전문점이라고 해도 과언이 아니다. 그 중에는 중식과 양식이 뒤섞인 매력적인 것도 있는데 바이튀화성탕(白脫花生糖)이라 불린다. 바이튀란 과거 중국에서 버터를 번역할 때 썼던 표기이지만 여기서는 버터스카치(butterscotch), 다시 말해 유지방을 사용해 굳혀 만든 사탕을 뜻한다. 식감이 매우 바삭하고 카라멜 맛에 소금기가 분명히 섞여 있다. 현대어로 번역하면 솔트카라멜 버터다. 위험한 것은 이 음식의 열량이 마치 자연 발화를 방불케 할 정도로 높다는 것을 알면

---

5   바삭한 사탕 과자.

6   찹쌀과 깨, 호두, 소금 등을 배합해 만든 과자. 후저우(湖州)의 명물로 알려져 있다.

서도 계속 먹게 된다는 점이다. 하나만 더 먹으라며 왼손이 오른손을 때려 한 조각을 더 집게 된다.

만약 한 발자국 더 나아갈 용기가 있다면 리우중지의 버터사탕을 사와 약간의 가공을 해보자. 고품질의 비터초콜릿을 가열해 녹인 뒤 사탕 위에 붓고 건조시킨다. 파티에서 선보이면 맛에서도 열량에서도 프랑스의 공예품에 손색없는 디저트다.

지금까지 언급한 타이베이에서 만날 수 있는 레트로한 다식들은 선물로도 나쁘지 않다. 디화지에 100년 전통의 '가오젠퉁뎬(高建桶店)'이나 린펑이상항(林豐益商行)에서 뚜껑이 달린 대나무 바구니를 몇 개 산다. 다다오청에 있는 '유지차항(有記茶行)'의 기종오룡(奇種烏龍)이나 '린화타이차항(林華泰茶行)'의 일월담홍옥(日月潭紅玉)[7]도 한 상자 담는다. 나머지 공간은 리우중지의 장미수탕, 자오옌타오펜, 옌핑베이루 '롱위에탕(龍月堂)'의 대만식 뤼더우가오(綠豆糕)와 옌메이가오(鹹梅糕)를 조합해 채운다. 이 두 가게는 모두 흰 바탕에 붉은 글씨로 쓰인 포장이다. 고전적인 디자인이 귀여운 구석이 있다. 축하의 의미를 강조하고 싶으면 리팅샹(李亭香)의 진첸구이(金錢龜)도 추가한다. 작은 거북 모양의 땅콩 카라멜로, 등껍질에 수(壽)자를 쓴 모양이 재밌다. 이 노포들의 역사를 모두 합치면 수백 년에 달하기 때문에 이야깃거리도 가득하다.

요즘 사람들은 이런 전통 과자보다는 마카롱이나 갈레트 데 루아

---

7   대만 중부 일월담에서 나는 홍차.

에 더 익숙할지 모른다. 뭔가 아쉬운 생각이 든다. 독자 여러분은 이 고전적이지만 맛있는 다식을 통해 전혀 다른 새로운 맛을 경험해보기를 바란다. 그것이 이 복고풍 타이베이 여자의 바람이다.

4. 펑리수의 모던

대만인으로서 여지껏 정말 많은 펑리수(파인애플 케이크)를 먹어왔다. 그러나 펑리수를 '의식'하기 시작한 것은 역설적이게도 대만이 아닌 외국에서였다. 영국에 가기 전에 나는 펑리수와 우롱차를 챙겼다. 선물로 주거나 자기소개할 때 써먹을 용도였다. 아열대 지방의 섬에서 온 내가 열대 지방 작물인 파인애플이 들어간 과자를 선물하면 낯선 사람과 짧을지라도 서로의 출신지에 대한 이야기는 나눌 수 있을 것 같았다.

대만에는 다른 전통 과자들도 많지만 유독 펑리수 홀로 주목받아 민간외교의 도구가 됐다. 이유를 추측해보자면 아마 대만 전통 과자들에 들어 있는 팥소나 녹두소가 서양인들에게 낯설기 때문이리라. 그들에게 콩은 짭짤하게 먹는 음식일 테니 말이다. 그런 의미에서 파인애플 과육을 넣은 펑리수는 상상할 수 있는 맛인데다 열대과일에서 이국적인 정취도 느껴진다. 게다가 겉은 서양식 과자와 마찬가지로 버터를 사용했기 때문에 낯설지 않아 받아들이기 쉽다. 소비기한이 긴 것도 분명 장점이다.

펑리수는 여러 번 선물도 해봤고 나도 많이 먹어봤다. 바깥의 시선으로 보면 펑리수는 전통과자로 자주 분류된다. 그러나 거슬러 올라가면 대만의 농산물과 서양의 아이디어가 만나 태어난 모던한 산물이기도 하다.

*

모던하다는 것은 첫째로 겉모습이 그렇고, 둘째로는 그 식재료가 그렇다. 먼저 겉모습부터 이야기해보자. 대만의 전통 과자 세계에는 외관이 화려한 것들이 많다. 뤼더우가오나 결혼식용 다빙(大餅) 같은 것들은 나무로 된 틀로 만들어 수(壽)나 희(囍) 자를 새기거나 꽃, 새, 곤충, 물고기 모양을 장식한다. 뤼더우펑(綠豆椪)처럼 버터파이 느낌의 생지로 만든 것은 위에 붉은 색으로 문자를 새기거나 점을 찍는다. 문양에는 축복의 뜻이 담기고 붉은 표시는 그것을 설명하는 역할을 한다.

펑리수는 간혹 독특한 형태의 제품이 있기는 하지만 일반적으로는 직사각형 모양이다. 한두 입 정도로 먹어치울 수 있는 크기의 금빛 스웨이드 베개와 같다. 10년 전 런던에 살았을 때 룸메이트의 어머니가 대만 반차오(板橋)의 유명한 가게 '샤오판단가오팡(小潘蛋糕坊)'의 펑리수를 큰 상자로 보낸 적 있다. 당시의 포장은 소박했다. 요즘 쉽게 찾아볼 수 있는 낱개 포장이나 플라스틱 완충재 같은 것은 없었다. 펑리수가 서로 맞닿은 채 상자를 빼곡하게 메웠다. 그 상태로 9,000km나 비행해서 런던 2구역의 작은 아파트까지 도착한 것이다. 상자를 열어봤지만 조금도 파손되지 않았다. 직선 형태는 겹쳐올리기도 수납하기도 용이하다. 그야말로 형태가 기능에 맞춘 모더니즘 케이크라 할 수 있다.

펑리수의 생김새가 너무 단순하다고 생각하는 이는 아무도 없다. 우리는 꾸미는 것을 좋아하는 사회에 살고 있지만 왠지 모르게 펑리수만큼은 예외적으로 궁극의 미니멀리즘의 형태로 살아 남았다. 속을 딸기나 다른 과일로 채우거나 염장한 노른자를 넣더라도 겉모습은 항상 같다. 특별한 해설이 붙지 않는다. 그래선지 나는 겉모습에 변화를 준 펑리수는 먹고 싶은 마음이 들지 않는다. 하트 모양은 너무 장난스럽고 파인애플 모양은 너무 직설적이다. 그렇다고 대만 섬 모양은 애국심이 지나치다. 어떤 것도 사각형 모양에 미치지 못한다.

다음은 재료에 대한 이야기다. 영국 유학 시절 친하게 지내던 친구 중 여든 살의 앨런이 있었다. 그가 처음 펑리수를 먹었을 때 미간을 찡그리고는 잠시 동안 표현해낼 어휘를 찾는 데 고심했다. 결론은 "스코틀랜드의 버터 케이크에 파인애플 잼을 넣은 것 같다."였다. 만점짜리 묘사는 아니었지만 꽤나 생생한 설명이었다.

펑리수의 조상은 펑리빙(鳳梨餅)이다. 옛날 결혼식 때 나눠주던 다빙의 일종이다. 밀가루, 설탕, 계란 노른자 등을 섞어 만든 허성빙(和生餅) 생지로 파인애플과 동과로 만든 소를 감쌌다. 원형이나 사각형 형태로 다 같이 나눠먹을 만한 크기였다. 펑리수는 이것을 먹기 좋은 크기로 바꿨다. 초창기에는 생지 반죽에 라드를 사용했지만 점차 버터로 대체해 갔다. 주요 재료로는 버터, 밀가루, 계란 이외에도 분유, 치즈 가루 등도 더해져 유제품의 맛이 강해졌다.

국제결혼으로 태어난 펑리수는 반죽 자체는 우유맛이 나면서 속은 찰기가 있다. 대만에서 탄생했지만 서구적이었다. 절충주의가 낳은 신제품이라 할 수 있다. 펑리수는 그렇게 다른 전통 과자와 다른 길을 걷게 됐다.

*

우리는 펑리수의 역사적 순간을 목격했다. 속을 100% 투펑리(대만 산 파인애플)로 채운 '투펑리수(土鳳梨酥)'의 발명이다. 이름에 국산을 뜻하는 '투(土)' 자가 붙었지만 사실 원생종은 아니다. 20세기 초반 일본인이 하와이에서 가져온 카이엔 품종이다. 산미가 뚜렷하고 잼으로 만들어도 섬유질이 풍부해 많은 이들의 사랑을 받는다.

투펑리수는 전통적인 펑리수와는 성격이 다른 새로운 종류의 상품이었다. 그러나 대만 언론은 이를 너무 치켜세운 나머지 기존의 펑리수를 깎아내렸다. 속에 동과가 포함돼 있는 것을 문제 삼아 비웃었고 '파인애플 없는 파인애플 케이크'라며 혹평했다. 수십 년 동안 자리를 지켰던 펑리수는 돌연 가짜 취급을 당했다. 사람들은 속은 기분이 들었다. 여태껏 그것을 즐겨 먹었었는지 여부는 관계없었다. 디저트를 먹는 즐거움이 이분법적 대립으로 번졌다. 대만 사회에서 정치 이외에도 흔히 볼 수 있는 수많은 갈등 중 하나로 말이다. 투펑리는 섬유질이 많아 동과를 넣음으로써 식감을 부드럽게 만든 것은 특별히 신경 쓴 것이라 할 수 있다. 그런데 그런 취급을 당할 줄이야.

투펑리수가 등장한 지도 10년이 넘었다. 처음 나왔을 때는 대만의 모든 제과점들이 모두 투펑리수를 들여놓을 작정으로 보였다. 나는 어렸을 때부터 먹어왔던 동과가 들어간 펑리수를 더 이상 먹지 못하는 것 아닌지 걱정했다. 그러나 다행히도 열풍은 가라앉았다. 오늘날 펑리수에는 투펑리와 진쥐안(金鑽)펑리가 사용된다. 안에 들어가는 소는 파인애플뿐인 것도 있지만 동과를 섞은 것도 있다. 사람들은 자기가 좋아하는 펑리수를 먹고 마음에 드는 것을 선물한다. 펑리수 논쟁을 통해 대만 사람들은 경험을 쌓았고 다양성을 인정하게 되었으리라. 더 나아가 사회 전체가 그렇게 되기를 바란다.

제5부

남양으로의 여행

1. 시암으로의 하늘길

그것은 단 한번의 해외여행이었다. 다른 가족들의 동행 없이 나와 어머니 둘만의 시간이었다. 당시 어머니는 암 투병 중이었다. 진단을 받았을 때는 이미 4기였다. 격주로 항암치료를 받았다. 그때마다 2박 3일 일정으로 입원해야 했다. 본인도 가족들도 모두 앞이 캄캄한 상황이었다. 그저 서로의 손을 잡고 앞으로 나아갈 뿐이었다. 이 길의 끝이 어디인지 몰랐다. 빛이 보였다가도 다시 어두워졌다.

치료를 시작하고 1년이 지나자 꾸준히 병문안을 오는 것은 나쁜이었다. 어머니와 수다를 떨다 문득 제안을 했다. 아직 체력이 남아있을 때 짧게라도 같이 여행을 가자는 제안이었다. 내가 여행 계획을 세워 어머니가 바람이라도 쐬면 좋을 것 같았다. 그 당시에는 환자 본인뿐만 아니라 나 역시 피로감이 상당해 어디론가 도망치고 싶었다. 그렇게 우리 모녀는 잠시 현실에서 벗어나 도피하기로 했다.

목적지는 태국이었다. 비행기로 금방 갈 수 있는 데다 여러 번 간적이 있어 익숙했다. 환자인 어머니에게도 부담이 적을 것 같았다. 이번 여정의 중점은 방콕 차이나타운에 사는 지인인 차이(蔡)씨 일가를 만나는 것이었다.

어머니는 처음에는 내 제안에 주저했다. 안전상의 고려라기보다는 환자가 여기저기 돌아다니는 것에 대한 세상 사람들의 곱지 않은 시선이 걱정됐던 모양이었다. 이틀가량 고심한 끝에 함께 가기로 결정했다. 나는 곧바로 항공권을 예매해 어머니가 번복하지 못하게끔 했다. 어머니가 병에 걸려서까지 다른 사람들의 시선을 신경쓰는 게 나는 이해되지 않았다. 그러나 우리의 여행 계획이 알려지자 정말로 집안 어른 중 한 분이 나와 어머니에게 설교를 하셨다. 환자는 환자답게 집에서 요양해야 한다고 말이다. 환갑이 가까웠던 어머니는 선 채로 설교를 듣고는 얌전히 죄송스러운 미소를 지었다. 사람의 말은 정말 무섭다. 어머니는 대체 어떻게 그런 것들을 흘려보내는 훈련을 했을까.

어머니는 장녀였다. 학교를 졸업하고 곧바로 가족회사에서 취직해 병으로 퇴직할 때까지 줄곧 일했다. 평생 가족의 영역에서 벗어나지 못했다. 집이 교외에 있어 생활은 폐쇄적이었고 외출할 기회도 많지 않았다. 어머니는 또래 여자들보다 더 온순하고 성실했다. 행동은 고지식했지만 다행히도 생각은 틀에 박히지 않았다.

어머니는 일기장에 모든 가족들의 생일과 기일을 상세히 적었고 가족들의 우편물을 관리했다. 휴가를 모두 소진하는 경우는 없었다. 다만 명절 때는 반드시 휴가를 내고 시댁에서 시부모를 도와 백숙 요리를 했다. 매년 초하루 아침에는 국제전화를 걸어 태국에 있는 큰아버지와 혼자 사는 이모에게도 신년 인사를 했다.

선량한 사람이 반드시 유능하리란 법은 없다. 유능하다고 해서 꼭 먼저 움직이지는 않는다. 그런데 어머니는 선량하면서 유능하고 행동으로도 보여줬다. 나중에 그녀에 대해 말하는 사람들은 입을 모아 칭송했다. 좋은 딸이었고 좋은 누나였다고. 좋은 아내였고 좋은 어머니였다고. 각각의 임무를 성공적으로 수행했다고 어머니를 칭찬하는 모습은 마치 연비 좋은 차를 인정해주는 것 같았다. 칭찬을 받기 위해서는 기본적으로 좋은 사람이어야 한다. 자아가 강해지지 않도록 하면서 일에 매진해야 한다. 어머니는 홀로 서 있는 파라솔 같았다. 주위 사람들은 모두가 그 그늘에서 시원하게 지냈다.

운명은 불현듯 그녀를 덮쳤다. 평생 좋은 사람으로 살았지만 재난을 피하지 못했다. 일생을 타인을 위해 살았지만 신은 어머니를 데려가고 싶어했다. 큰 병을 앓고 나서 그녀는 좋은 사람이기를 절반 정도 내려놓은 것 같았다. 여전히 정은 많았지만 묵묵히 참지만은 않았다.

*

우리는 춥고 습한 타이베이를 떠나 건조하고 더운 태국의 수도로 날아갔다. 방콕에 간다고는 하지만 방콕의 구시가지에 사는 오랜 지인을 만나러 가는 여정이었다. 아니면 우리는 아무데도 가지 않고 차이나타운이 있는 야와라트 로드(Yaowarat Road) 부근의 차이 아저씨 집에서 어머니는 소녀였던 시절로 돌아가 비행기처럼 이착륙을 반복했을지도 모른다. 갔다가 되돌아오기를 되풀이했을 것이다.

야와라트 로드는 방콕 서쪽의 차이나타운에 있다. 5차선 도로는 일방통행이다. 곧게 뻗은 모양이 마치 활주로를 연상케했다. 그곳은 불야성 같았다. 금을 파는 가게의 거대한 네온사인, 차오저우요리 식당의 붉은 원기둥, 길거리를 매운 노점들, 도로를 빼곡히 채운 자동차 행렬은 무대극의 배경을 방불케 했다. 시끄러운 사람들의 목소리, 이것저것 뒤섞인 냄새, 여기저기서 보이는 번쩍거림은 영원한 번영을 나타냈다.

우리는 차를 타고 악명 높은 방콕의 교통 체증을 뚫고 야와라트 로드로 갔다. 도로가 막히는 만큼 거리의 풍경을 감상하며 천천히 시간이 응축된 옛 도시로 접어들었다. 야와라트 로드는 하나의 도로가 아니다. 한 지역의 상징이다. 방콕에서 택시를 잡아 태국어로 "바이 야와라트카(야와라트로 가주세요)."라고 말하면 기사는 야와라트 로드와 짜런 크룽 로드, 삼펭이 서로 교차하는 하나의 광범위한 지역으로 이해할 것이다.

야와라트는 낡았지만 조금도 지친 기색이 없다. 수십 년 동안 새로운 건물은 지어지지 않았다. 낡은 집들도 새로 고쳐지지 않았다. 불에 탄 금은방은 검게 그을린 채 남아있었다. 그러나 그 문 앞으로는 노점들이 아무 일 없었던 것처럼 장사를 이어갔다. 낮에도 밤에도 사람들의 발걸음은 끊이지 않았다. 황폐한 거리였지만 노래와 춤이 멈추는 일은 없었다.

18세기부터 오늘날까지 수십만 명이 광둥성 동부 차오저우나 산터우(汕頭)에서 이곳으로 이민을 왔다. 집집마다 걸려 있는 검고 붉은 나무 현판에는 중국어와 태국어가 금색으로 모두 적혀 있었다. 한자를 보면 무슨 뜻인지 짐작은 갔지만 단어들은 청나라 때 쓰던 것들이었다. 태국을 섬라(暹羅)[1]라고 불렀고 방콕은 태경(泰京)이라 했다. 거리에는 '유섬동향회(旅暹同鄉會)'라 쓰인 간판이 걸렸다. 중국어신문은 태국 국왕을 황상이라 칭하고 만수무강을 기원했다. 대만에서 사치마라고 하는 과자는 푸롱가오(芙蓉糕)[2]라 불렀다.

*

어머니와 야와라트는 오랜 친구와의 재회라고도 할 수 있지만 소녀였던 시절로의 회귀라고 하는 게 더 맞을지 모른다. 거리의 모든 것들, 이를테면 먹을 것, 다기, 약품 포장 등이 마치 성냥불을 켰을 때의 순간적인 불빛처럼 어머니를 비췄다. 그녀는 생기를 되찾았고 더이상 환자가 아닌 소녀로 돌아갔다.

　내가 어머니를 만났을 때 그녀는 이미 어머니였다. 따라서 그녀의 소녀 시절에 대해서는 들은 이야기와 몇 안 되는 사진들을 조합해 상상하는 수밖에 없었다. 나는 어머니가 집안일과 경제적 부담에 시달려 고단한 중년 부인이 되기 전에는 주옥 같이 반짝이는 총명한 소녀였다는 것을 어렴풋이 알고 있었다.

1　시암의 음역어.
2　찹쌀과 설탕으로 만들어 기름으로 튀긴 과자.

외가는 제조업과 무역업을 모두 하고 있었기 때문에 외할아버지는 바다 건너에도 친구가 많았다. 대부분 태국, 인도네시아, 말레이시아 등의 동남아 화교들이었다. 피부가 하얗고 사랑스러운 소녀였던 어머니는 재주가 많아 전통 요리도 잘했다. 그래서 동남아 화교 어른들에게 사랑을 받았고 그 흔적들이 지금도 집에 남아 있다.

어머니의 소녀 시절 체형에 맞게 허리가 잘록한 치마가 한 벌 있다. 인도네시아산 바틱으로 짠 것이었다. 원단도 좋은 데다 색채도 화려했다. 인도네시아와 말레이시아에서 고무농장을 운영하는 아버지 친구에게 선물받았다고 한다. 어머니는 출산 이후 체형이 커져 내게 그 치마를 물려줬다. 그러나 딸 역시 통통한 체형을 벗어나지 못해 입지 못했다. 치마는 그렇게 지금까지 옷장 속에서 잠들어 있다.

다른 한 분은 차이 아저씨다. 방콕에 사는 화교인 그는 조상들이 차오저우(潮州) 출신이다. 어머니가 결혼했을 때 차이 아저씨는 금쟁반을 선물해줬다. 쟁반 가장자리는 꽃무늬와 함께 태국 불기 연도가 새겨져있었다. 그녀는 그것을 겹겹이 싼 뒤 부엌 깊숙한 곳에 보관했다. 손님이 왔을 때만 꺼내 차를 대접했다. 집을 새로 지었을 때도 차이 아저씨는 멋진 축하 선물을 보냈다. 치앙마이의 장인에게 제작을 의뢰한 8개 한 세트의 유자나무 가구였다. 의자가 5개 테이블이 3개였다. 용무늬, 화조무늬, 수 글자가 양면 모두 입체적으로 조각되어 있었다. 제작에만 1년가량 걸렸다. 태국 북부에서 방콕으로 가구를 옮긴 뒤 배에 실어 대만까지 오는 데 수개월이 더 소요됐다. 비용도 비용이지만 뜻깊은 선물이었다.

무형의 선물도 있었다. 바로 지식과 기술이었다.

차이 아저씨는 어머니에게 차오저우식의 공부차(功夫茶) 내리는 법을 가르쳐줬다. 그래서인지 그녀는 야와라트 로드 6번가의 식기 가게 앞에서 시암 주석으로 만든 다반을 발견했을 때 홀린 듯 가게 안으로 들어갔다. 외할아버지의 책상 위에는 그와 같은 다반이 늘 놓여 있었다. 원형의 2층 구조로 된 밝은 은빛 다반이었다. 상부는 투각이 새겨진 얕은 접시였고, 하부는 밀폐용기였다. 원의 가장자리에는 손수 조각한 꽃무늬가 그려져 있었다. 어머니는 작은 자기잔을 들어 다른 잔 안에 넣었다. 손가락으로 찻잔을 움직였더니 원을 그리며 회전했다. 공부차에서 찻잔을 데우는 작업이었다.

가게 주인은 점잖은 중년의 차오저우 화교였다. 원래 신문을 보고 있었던 그는 어머니의 손놀림을 보고는 자리에서 일어나 말을 걸었다. 대화는 영어로 이뤄졌지만 차오저우말이 간간히 섞였다. 어머니는 내게 통역을 부탁했지만 중간중간 차오저우말이 들리면 미소를 지었다. 차오저우말로 공부차는 민난어와 같았다.

*

야와라트에는 금은방과 약방이 많다. 어머니는 창 너머 약방의 진열장을 바라보고 손가락으로 하나씩 가리키며 기억을 더듬었다. 옛날에는 차이 아저씨나 그 맏아들 아순(阿順)이 대만에 올 때면 태국 노점에서 구한 약품을 한가득 가져왔었다. 이를테면 '야홈파우더'나

'화이트 몽키 홀딩 피치밤' 등이었다. 우리집 서랍에는 이러한 동남아시아 약들이 가득했다.

야홈파우더는 분말 형태의 약이다. 초록색과 빨간색의 알루미늄 튜브에 포장되어 있었다. 설사에 특효약이다. 화이트 몽키 홀딩 피치밤은 흰색의 바르는 약이다. 납작하고 둥근 주석 캔에는 원숭이가 복숭아를 들고 있는 모습이 우스꽝스럽게 그려져 있었는데 몇십 년이 지나도 변하지 않고 그대로였다. 집에서는 이 약을 '원숭이 연고'라고 불렀다. 어렸을 때 모기나 다른 벌레에 물리면 어머니는 항상 이 약을 물린 곳에 발라줬다. 박하 오일 향이 시원하고 향긋했는데 바르고 나면 금세 붓기가 가라앉았다. 원숭이 연고를 애용하게 된 나는 태국에 갈 때마다 다섯 가지 사이즈 모두 사왔다. 가장 큰 것은 간장종지 크기였고 작은 것은 동전 크기였다. 원숭이 연고는 좀처럼 끝까지 사용하기 어려웠다. 그래도 언제나 근처에 두기 때문에 성인이 되고 나서도 어렸을 때의 따뜻한 추억을 떠올리며 벌레 물린 곳을 치유받았다.

*

방콕의 화교 사회에서는 차오저우 출신이 가장 큰 파벌이다. 차오저우를 대표하는 요리 중 하나인 루어(滷鵝)[3]를 잘하는 식당이 방콕에

---

3   거위 조림.

많은 것도 그 때문이다. 어머니는 여행을 할 때 딱히 음식을 가리는 편은 아니기에 우리는 방콕에 올 때면 반드시 루어를 먹는다.

예전에는 비행기를 탈 때 규정이 까다로운 편은 아니었다. 차이 아저씨는 대만에 올 때마다 방콕의 톤부리에 있는 유명한 레스토랑 차이친싱(蔡欽興)의 루어를 포장해 비행기에 올라 우리집 식탁까지 배달했다. 또 다른 홍콩에 살고 있는 차오저우 출신 지인은 집안 전통 루어 레시피를 어머니에게 가르쳐줬다. 어머니는 글로스터 룩 퀵 홍콩 호텔의 메모지에 자세히 적어뒀다. 이 호텔은 1933년 문을 연 역사가 오래된 호텔이었다. 옛날에는 바다에 접해 있었기에 메모지에는 정크선이 입항하는 모습이 그려져 있었다.

1980년대 타이베이 회전교차로에는 '쭈이훙러우(醉紅樓)'라는 이름의 차오저우 식당이 있었다. 어렸을 때 외할아버지가 나를 그곳에 데려가 밥을 사줬던 기억이 있다. 해질녘의 교차로는 밝게 빛나는 네온사인이 자동차 불빛과 합쳐져 낮처럼 훤했다. 다리가 불편한 외할아버지를 대신해 운전대를 잡은 외삼촌은 잠시 멈춰 노인과 아이들을 먼저 내리게 했는데 뒤에 바짝 붙어 줄지어 늘어선 차량들은 경적을 울려댔다. 오늘날 풍경에서는 기억 속 광경이 남아있지 않았다. 다만 쭈이훙러우는 지금도 있다. 빠더루(八德路)에 있는 건물 2층에 자리를 옮겨 영업을 이어가고 있다. 입구에 있는 카운터에는 개업 당시의 사진이 놓여 있어 사람들이 볼 수 있었다. 사진 속 식당 입구 부근에는 커다란 수조가 있었다. 여성 종업원들은 붉은색 치파오를 입고 일렬로 늘어서 손님들을 맞이했다. 내 기억과 완전히 일

치했다. 뿐만 아니라 뭐든지 과장되고 화려한 것을 좋아했던 1980
년대의 분위기가 잘 드러났다.

방콕 야와라트의 '라오천주밍루어(老陳著名滷鵝)'는 건물 두 채 사
이의 비스듬한 골목길에 있다. 식당이라고 부를 수도 없을 정도로
작은 규모다. 아침 일찍 문을 열어 점심 이후에는 재료가 다 소진된
다. 루어 양념은 원래 다진 마늘에 흰 식초를 넣어 만들지만 이곳은
고추와 고수도 넣는다. 차오저우와 태국의 만남이라 할 수 있다. 거
위 고기에는 양념이 깊숙이 배어있다. 양념에도 다양한 향신료가 어
우러져 복잡하면서 깊은 풍미가 느껴진다. 어머니는 오랫동안 맛있
는 루어를 먹을 기회가 없었기 때문에 눈이 거의 보이지 않을 정도
로 웃으며 행복한 표정을 지었다.

어머니가 치료를 막 시작했을 때 나는 일상의 식단을 모두 가급적
담백하게 바꿨다. 내가 진지하다는 것을 알고 그녀는 애써 협조하는
척을 했다. 어머니가 방콕에서 루어를 먹었을 때의 웃음 가득한 얼
굴을 돌이켜 보면 마음이 짠해진다. 그녀에게 그저 인내만을 요구하
고 당신이 원하는 대로 여생을 보내지 못하게 한 것이 두고두고 후
회가 남는다.

*

야와라트를 떠나기 전에 기념품으로 과자와 차를 조금 샀다. '정라
오전성중시빙자(鄭老振盛中西餅家)'는 백년의 역사가 있는 제과점

이다. 차오저우식의 라오빙을 주로 판다. 주소는 옛스러워서 마치 사극에 나올 법한 느낌이었다. 가게밖 거리는 뙤약볕이 내리쬤지만 가게 안은 어둡고 세월의 흔적이 느껴졌다. 둥근 유리로 된 쇼케이스 위에는 접어 만든 과자 상자가 사람 키보다도 높게 쌓여 있었다. 은 빛 쟁반 위에는 각양각색의 과자가 겹겹이 포개져 있었다.

여사장은 중국어를 할 수 있었다. 그녀와 중국어로 짧은 대화를 나 누고 라오빙 몇 개와 우샹셴더우샤오빙(五香鹹豆沙餅)⁴을 샀다. 대 표 상품인 라오빙은 밥그릇만한 크기도 있었다. 황금빛의 바삭한 껍 질에는 가게 이름이 붉은색으로 새겨졌다. 팥소는 부드러워서 짜내 면 기름이 나올 것 같았다. 그도 그럴 것이 광둥어로 라오(膀)는 '로'라고 발음하는데 라드를 뜻한다. 요즘에는 라드라는 말을 듣기 만 해도 무서워하는 사람들도 많기 때문에 대만에서는 그들의 취향 에 맞춰 적잖은 전통 제과점들이 라드를 대신해 버터를 사용하게 됐 다. 그러나 기름의 종류와 사용법은 문화적 차원의 문제다. 라드를 대신해 버터를 사용하는 것은 서양식일 뿐, 반드시 좋은 것이라 할 수는 없다. 기름을 바꾸면 중화식 과자로서 껍데기만 남는 것이나 다 름없기 때문에 오히려 새로운 상품으로 바라봐야 한다.

우리집은 라드를 신봉하는 편이다. 이상적인 라드는 순수한 향이 나고 연기는 적다. 밀가루와 반죽한 생지를 구우면 바삭해진다. 우 리는 라드를 미워하지 않는다. 오히려 그리워한다. 정라오전성의 라

---

4   오향 가루와 짭짤한 콩을 넣은 과자.

오빙은 맛에 있어 살아 있는 화석이다. 속에는 해바라기씨, 설탕에 조린 동과, 염장 계란 노른자가 들어가있어 화려하게 버무려진다. 우리는 라오빙을 사서 호텔로 돌아갔다. 각설탕보다 조금 더 크게 자른 뒤 진한 차와 함께 먹으니 혀끝에서 사르르 녹아내리는 게 일품이었다. 뒷맛도 깔끔했다.

*

방콕에 도착하고 며칠이 지나서야 차이 아저씨네 가족을 만났다. 서먹서먹해 보일 수 있었지만 미안한 마음에서였다. 차이 아저씨 가족은 옛 친구와의 관계를 굉장히 중시했다. 전에 어머니가 방콕을 방문했을 때는 일가족 30명이 공항에 마중을 나왔다. 이곳저곳을 데려가며 식사를 대접해줬을 뿐 아니라 대만에 있는 가족들을 위해 선물까지 준비했다. 어머니는 미안한 마음에 차이나타운의 레스토랑을 급하게 예약해 답례 차원으로 식사 자리를 마련했었다. 이번에도 차이 아저씨 가족들에게 신세를 질 수 없었다. 이런 연유로 현지에 도착하고 안정을 찾은 후에야 연락을 했다.

여든이 넘은 고령의 아저씨를 대신해 장남 아순이 우리를 마중 나왔다. 아순은 대만에서 오래 산 적이 있었기 때문에 어머니에게 그는 해외에 사는 동생 같은 존재였다. 두 집안은 수십 년간 왕래하며 3대째 친분을 쌓아왔다. 차이 아저씨의 표현을 빌리자면 '카키랑(家己人)'이었다. 자기 사람을 뜻하는 이 단어는 차오저우말과 민난어에서 모두 통했다. 아순은 어머니를 본 순간 기쁜 표정을 지었지만 그녀의 야윈 모습이 심상치 않다고 느끼고는 이내 건강 상태를 물었다. 어머니는 항상 밝은 모습으로 사람을 대하는 데 익숙했다. 먼저 아픈 이야기를 하는 일은 없었다. 아순에게도 다른 이야기를 하며 화제를 돌렸다.

*

방콕의 아순과 대만의 우리 외가 사이의 관계의 시작은 1970년대로 거슬러 올라간다. 당시 대만과 동남아 사이에는 무역 왕래가 빈번했다. 차이 아저씨는 자녀가 15명이나 있었는데 장남 아순을 각별히 교육시켰다. 그는 중학생 시절 매년 대만에 보내졌다. 수개월 동안 타이베이와 타이중에 있는 공장 여러 곳을 돌며 실습 경험을 쌓았다. 기계 수리나 자물쇠 제작, 발포스티로폼이나 풍선에 대해 배웠다. 요즘 개념으로 일하는 대신 숙식을 제공받는 것과 유사하다.

처음 대만에 왔을 때 아순은 태국어와 차오저우말밖에 하지 못해 의사소통에 애를 먹었다. 그는 방에서 매일 연필로 벽에 그림을 그렸고 방콕에 돌아갈 날만 손꼽았다. 그가 머물렀던 여러 하숙집 가운데 우리집을 가장 좋아했던 것은 음식 때문이었다고 한다. 대가족인 데다기 종종 손님맞이 연회도 열려서 식탁 위에 오르는 음식들은 항상 명절 때처럼 풍성했다.

외가에는 또래 아이들이 10명 넘게 있었고 집에 하숙하는 다른 화교 아이들도 있었다. 시간이 지나면서 모두가 자연스레 어울렸고 방콕을 떠나온 아순에게는 타이베이에 있는 고향집이 됐다. 태국과 대만을 10년 넘게 오가며 아순은 기술을 배웠고 태국에 돌아가 풍선 공장을 세웠다. 경영이 안정적으로 궤도에 오르자 그는 종종 신세를 졌던 하숙집 가족들을 만나러 대만에 왔다. 그럴 때마다 우리집에서는 한 달씩 묵었다.

내가 어렸을 때부터 아순을 정확히 기억하는 것은 냄새 때문이었다. 보통 여름철 온 집안에 코코넛 냄새가 가득 퍼질 때면 아순이 왔다는 것을 알아챘다. 그는 항상 단 찹쌀로 밥을 지었다. 판단잎을 묶고 코코넛밀크를 넣었다. 설탕과 약간의 소금도 더했다. 태국 북부에서 재배되는 길쭉한 찹쌀을 찔 때는 코코넛워터를 넣었다. 만드는 과정에서 향긋한 향이 올라왔다. 완성된 밥은 달달하면서 찰기가 있었다.

어른이 된 나는 코코넛라이스와 신선한 망고, 녹두케이크를 함께 접시에 올린 것이 태국 정통 디저트인 망고 스티키 라이스라는 것을 자연스레 알게 됐다. 당시에는 토핑 없이 달달한 코코넛 맛이 나는 찹쌀만 먹었는데 이 역시 아주 맛있었다.

*

차이 아저씨네 집은 차오프라야강 서쪽에 있었다. 어머니는 이곳에서 몇 년만에 아저씨와 아순의 형제들을 다시 만났다. 모두 반가워했다. 나는 이 집이 처음이었는데 두 집안 사이에 많은 공통점이 있다는 것을 느꼈다. 예를 들어 양 집안 모두 공장을 둘러싸는 형태로 집을 지어 마치 하나의 마을을 이뤘다. 그곳에서 공사 구분 없이 생활했고 가족들 사이가 돈독했다.

여든이 넘은 차이 아저씨는 체구가 작아졌지만 여전히 활력이 넘쳤다. 어머니는 그를 보고 친근하게 손을 잡고 긴 의자에 함께 앉아 즐겁게 이야기를 나누기 시작했다. 우리 외할아버지 외할머니에 대해서, 차이 아저씨 부인과 아이들에 대해서, 그리고 차오저우요리에 대해서 대화가 이어졌다. 곁에서 지켜보며 우리 어머니처럼 예의바르며 상냥하고 심성이 고운 여자가 또 있을까 싶었다. 어르신들에게 호감을 사는 조건은 말로 형용하기 어렵다. 다만 내가 본 가장 구체적인 사례를 하나 들자면 바로 우리 어머니였다

내가 차이 아저씨를 만난 지도 10년 가까이 시간이 흘렀다. 그때는 외할아버지 장례식에서였다. 장례식 전날 식장에서 준비하고 있을 때 아저씨는 아순과 함께 달려왔다. 외할아버지는 옛날 해마다 여름이 되면 일년치 리치주를 담가두고 식사 때마다 반주로 조금씩 마시는 습관이 있었다. 직접 빚은 그 술은 손님에게 주기도 했다. 우리는 남은 술을 작은 병에 나눠담고 조문을 온 외할아버지의 지인들에게 나눠줬다. 그리고 푸리(埔里)에서 옮겨온 큰 술독은 식장의 조화를 담는 데 썼다.

아저씨는 검은 양복 차림으로 식장 바깥에 수십 미터 떨어진 곳에서서 생화에 둘러싸인 외할아버지의 영정을 우두커니 바라봤다. 외

할아버지의 영정은 내가 골랐다. 최근에 찍은 사진을 찾을 수 없어 50대 당시 누군가의 결혼식에 참가했을 때의 모습이 담긴 반신상이었다. 가장 외할아버지다운 사진이라는 데 모두가 동의했다. 장년의 외할아버지는 갈색 양복에 타이 실크로 된 넥타이를 맸는데 의기양양해 보였다. 당시는 그가 가장 사람을 많이 만나던 시기였다. 외할아버지는 차이 아저씨와 바다를 건너가며 만났고 방콕에서 차오저우요리를 먹었고 대만술을 마셨다. 같이 줄담배를 피웠고 수많은 술자리를 함께했다. 아저씨가 영정을 바라보는 눈빛은 마치 바다 건너 먼 곳을 보는 듯했다. 한마디도 하지 않은 채 가슴 속으로만 대화를 하고 있었다. 시간은 대양이었다.

*

어머니가 돌아가신 건 방콕에서 돌아온 지 1년쯤 후였다. 전화로 부고를 전하자 아순은 막내동생 아타이(阿泰)와 함께 조문을 왔다. 두 번째 장례식이었다. 다시 상복을 입은 두 남자는 식장 밖 먼 곳에 서 있었다.

차이 아저씨네 자녀는 15명이었다. 장남 아순과 막내 아타이는 20년 넘게 차이났다. 아순은 어머니와 비슷한 연배였지만 아타이는 나보다 두 살 많은 또래였다. 아타이는 새로운 세대의 태국 화교였다. 더 이상 차오저우말은 못했다. 그는 내게 영어로 "너를 전에 만났을 때 열 살이었는데 대략 키가 이만했다."라며 가슴팍 근처에 손을 올려 보았다.

장례가 끝난 뒤에는 감사 인사를 하기 위해 식당에서 식사 자리를 마련했다. 차이씨 형제는 사람들이 따라주는 족족 술을 받아 마시다 취기가 올라온 듯했다. 둘 다 혀 꼬인 소리로 같은 말을 반복했다. 양 집안은 삼대에 걸쳐 끈끈한 관계를 이어왔다. 이 돈독한 고리가 끊어지지 않도록 앞으로도 사이좋게 지내야 한다.

그 뒤로 아타이는 몇 차례 아내를 데리고 타이베이에 왔다. 나와 남동생은 그 부부를 오래된 카페 '펑다(蜂大)'에 데려가 커피를 마시고 호두 쿠키를 먹었다. 시먼의 진펑(金峰)에 들러 루러우판을 먹었고 후식으로 시먼딩의 '양지(楊記)'에서 옥수수빙수를 먹었다. 외할아버지와 차이 아저씨는 술잔을 주고 받으며 형제의 정을 나눴지만 양 집안의 젊은이들은 이곳저곳 식도락 탐방을 하며 친분을 쌓았고 화상을 통해 새해 인사를 했다.

2년이 흐르고 나는 혼자 차이 아저씨네 집을 찾았다.

아순이 차로 마중 나왔는데 중국어를 배운 적 있는 그의 큰 누나가 중간에서 통역을 해줬다. 차이 아저씨는 조수석에 앉았다. 얼굴이 불그스름하고 행동에는 불편함이 없어 보였지만 인사를 해도 묵묵부답이었다. 시력에는 문제가 없지만 앞에 있는 것보다 뭔가 먼 곳을 보고 있는 듯했다.

아흔에 접어든 아저씨의 기억은 물 위의 모래톱처럼 조수 간만에 따라 가끔 모습을 드러내지만 대부분의 시간은 흔적을 감췄다. 아순의 누나에 따르면 2년 정도 전부터 아저씨는 말을 거의 하지 않게 됐다고 한다. 간혹 자식과 손자들의 이름도 기억하지 못했다. 어렵사리 목소리를 낼 때면 뜻밖에도 돌아가신 우리 외할아버지의 안부를 묻는다고 한다. "대만의 커(柯)씨는 잘 지내는가?"라며.

*

2021년 초 코로나19가 세계에 영향을 미친 지 1년이 됐을 때 대만도 태국도 출입국이 제한됐다. 차이 아저씨가 돌아가신 사실은 페이스북을 통해 알았다. 향년 91세였다. 사진 속에서 막내 아들 아타이는 침대 옆에서 양손을 모으고 무릎을 꿇고 있었다. 아저씨는 옷을 갈아입었다. 사진에서는 말쑥한 양복 소매가 보였다. 우리는 마음이 아팠지만 장례식에 참가할 방법이 없었다. 그저 전화를 걸어 긴 애도의 뜻을 표할 수밖에 없었다.

차이 아저씨가 눈을 감으면서 그 세대 사람들은 모두 떠났다. 앞선 세대는 떠났지만 후손들은 아직 여정이 끝나지 않았다. 두 장소, 삼대에 걸친 두 집안은 앞으로도 이착륙을 반복하고 되돌아올 것이다. 다시 떠났다가 다시 되돌아볼 것이다. 차이 아저씨네 집안의 타이베이 스토리도 우리의 시암으로의 여정과 마찬가지로 계속 이어질 것이다.

2. 향기의 총화

지난 10년 동안 태국은 10번 넘게 갔다. 대부분은 지인 방문이 목적이었다. 그중 북부의 유서 깊은 도시 치앙마이를 갔던 것이 일곱 번 내지 아홉 번이었다. 명확히 기억은 나지 않지만 갈 때마다 1~2개월씩 머물렀다. 가기도 많이 갔지만 머문 시간도 길기 때문에 심정적으로 태국은 마치 제2의 고향처럼 느껴졌다. 어떤 곳을 고향으로 느끼는가는 주관적인 일이다. 그 고향이란 하나의 문화권일 수도 있고 하나의 식탁일 수도 있다. 아니면 하나의 사람일 수도 있다. 경험이나 기억으로 그려지는 경계선이기 때문에 여권이나 허가는 따로 필요 없다.

몸은 특정한 공기의 습도나 바람에 묻어 있는 냄새를 기억한다. 추상적이면서 희미한 일이 오히려 선명하게 기억되기도 하는데 주관적인 것이어서 설명이 어렵다. 예를 들어 런던하면 나는 카펫 위 먼지의 단 냄새가 떠오른다. 출장으로 잠시 유럽에 머물렀다가 돌아올 때 공항 건물을 벗어나 눅눅한 흙 냄새와 풀 냄새를 맡으면 곧바로 타이베이에 왔다는 것을 실감한다.

냄새의 심오함은 보이지 않는 데 있다. 네덜란드 북디자이너 일마 붐(Irma Boom)은 한때 샤넬 No.5 향수를 위해 잉크를 사용하지 않은 책을 디자인했다. 글자와 사진이 볼록하게 가공돼 얇고 부드러운 종이 위에 도드라져 있는데 손으로 만질 수 있을 뿐 아니라 빛과 그림자가 있을 때는 읽을 수도 있지만 멀리서 보면 그저 한 장의 흰 종이일 뿐이었다. 붐은 디자인 컨셉에 대해 명랑하면서 당연한 해설을 했다. "냄새는 분명 존재한다. 다만 육안으로는 보이지 않을 뿐이다."

존재하지만 볼 수 없다. 냄새가 기억을 불러일으켜 삽시간에 특정 시점과 장소를 소환한다. 마치 자다가 갑자기 일어난 것처럼 미처 준비할 새도 없이.

그리고 나는 태국을 떠올릴 때마다 향기가 생각난다.

부처님이 무릎 위에 올려놓은 손가락, 소녀의 땋아 올린 머리, 꽉 막힌 도로를 헤쳐 나가는 툭툭의 백미러까지 모두 자스민꽃 매듭이 걸려 있었고 향기가 바람에 실려 흩날렸다. 태국에는 고품질의 자스민라이스가 있다. 이 쌀로 밥을 지어 대나무 그릇에 담는다. 밥알을 씹을 때마다 달콤함이 멀리서 천천히 다가오면서 꽃보다도 좋은 향이 난다. 레몬그라스, 가랑갈, 레몬, 카피르라임 잎은 똠양꿍의 기본 재료인데 어디에나 있다.

태국 요리에서 향은 빛이면서 그림자다. 많은 경우 우리는 진짜로 향을 먹는 것이 아니라 그 그림자에 둘러싸인다. 향신료는 때로는 은은하면서 미약하다가도 때로는 밝게 튀어오른다. 똠양꿍에서, 커리에서, 피쉬 케이크에서, 일상에서 존재감을 드러냈다. 이상하게도 나는 이 같은 향신료 조합의 냄새를 맡으면 차분해진다. 태국 사람들은 향으로 사람을 안정시키는 방법을 잘 알고 있다. 태국에는 향을 맡을 수 있는 다양한 도구가 있다. 말린 허브를 여러 종류 혼합해 기름에 적신 것이다. 플라스틱병에 들어 있는 저렴한 것부터 유리병에 들어 있는 고급스러운 것까지 다양하다. 몸에 지니고 다니면서 원할 때 향을 맡아 정신을 맑게 하고 코를 뚫는다. 다른 문화에서는 이 같이 향을 이용하는 경우가 드물다. 태국에서의 시간들은 각종 향신료와 함께 보냈다. 향들이 몸 안에 켜켜이 쌓여 천천히 안정되는 과정은 신비로우면서 종교 의식과도 같은 경험이었다.

여름의 타이베이 분지는 태국만큼 덥다. 게다가 습도도 높기 때문에 단순히 더운 게 아니다. 불쾌할 정도다. 이런 날씨에 건조한 태국에 있을 때가 그립다면 허브를 사용한 요리를 통해 온 집안에 향기가 퍼지도록 해보자.

그 첫 번째, 레몬그라스

신선한 레몬그라스는 일반적인 시장에서는 보기 드물다. 필요할 때는 신베이시 중허의 화신지에 있는 시장에 가면 직접 농사 지어 파는 아주머니가 있다. 만약 만나지 못했다면 태국이나 미얀마 화교가 하는 가게에서 냉장고에 들어 있는 것을 산다. 태국에서는 레몬그라스가 여기저기서 자란다. 마치 잡초 같은 존재다. 요리를 하기 전 뒷마당에서 적당히 한 움큼 뜯어오면 되기 때문에 따로 돈이 들지 않는다.

유럽에 사는 태국 사람들은 고향에 갔다올 때마다 짐의 절반은 레몬그라스로 채워온다. 고향집 정원에 심어놓은 레몬그라스를 비닐봉지로 정성껏 밀봉해 유럽 집의 냉동고에 보관한다. 조금씩 천천히 사용하면서 다시 고향에 돌아갈 때까지 버틴다. 레몬그라스는 항상 곁에 둬야 안심이 되는 중요한 존재다.

레몬그라스는 단단한 줄기 부분의 향이 레몬과 닮았다. 다만 레몬의 상큼함에 비하면 다소 흐릿하고 부드럽다. 요리할 때는 다지거나 잘게 잘라 향을 짜내듯 해야 서서히 향이 올라온다.

이 때문에 레몬그라스는 짓이겨 소스로 만드는 경우가 많다. 레드 커리, 그린 커리, 마사만 커리 소스나 태국 북부 스타일의 로스트 치킨용 조미료에는 모두 레몬그라스가 들어가 있다. 레몬그라스는 꽤나 단단하기 때문에 으깨는 데 시간이 걸린다. 물론 블렌더를 사용하면 금방 처리할 수 있지만 빠른 만큼 뭔가 허전하고 흉폭한 소리가 난다.

레몬그라스는 절구통에 넣기 전에 칼로 잘게 썰어둔다. 그렇지 않으면 으깨는 데 시간이 너무 걸려 손보다 마음이 먼저 지친다. 기계를 이용하지 않고 손으로 천천히 다지는 것은 한가해서가 아니다. 이렇게 해야 더 향이 나기 때문이다. 향은 화학물질이기 때문에 때때로 기름에 녹기도, 물에 녹기도 한다. 레몬그라스를 갈아 소스로 만드는 과정을 향기로 가득한 부엌에서 할 수 있다는 것은 감각기관이 누릴 수 있는 호사다. 손동작은 정해진 리듬에 따라 움직이고 서서히 집중하는 사이에 마음 속 잡념은 어느새 사라진다.

도시의 여자들은 너무 바쁘다. 커리 소스를 만들 시간이 없다면 레몬그라스를 써 보자. 간단하면서도 향을 즐길 수 있다. 레몬그라스를 조각내 상처를 내듯 여러 차례 세게 다진다. 가랑갈 여러 조각, 고수 뿌리, 카피르라임 잎과 함께 냄비에 넣으면 복합적인 향이 국물에서 어우러져 증기와 함께 향긋함이 올라온다.

이 국물에 해산물이나 고기를 넣는 것도 물론 좋다. 다만 때로는 각종 버섯, 파슬리 조금, 약간의 토마토를 넣어 야채 스프를 만드는 것도 담백하다. 사실 이것은 고기가 들어가지 않은 맑은 국물 버전의 똠양꿍이다. 재료는 거의 같지만 코코넛밀크가 들어가지 않았을 뿐이다. 태국 사람들에 따르면 코코넛밀크는 상하기 쉽기 때문에 수프에 넣은 뒤 한 번에 다 먹지 않으면 더위 탓에 금방 상해버린다고 한다.

그 두 번째, 카피르라임 잎

어떤 향은 몽롱하다. 덩어리 같기도 하면서 안개 같기도 한다. 그러나 카피르라임 잎은 다르다. 레몬 향과 비슷하면서 청아하지만 색깔이 분명하다. 요리에서 소프라노 역할을 한다. 색으로 치자면 선명한 청록색일 것이다. 대만에서는 예전에 카피르라임 잎을 '한센병 감귤 잎'이라 불렀는데 열매 표면이 울퉁불퉁해 한센병 환자의 피부와 닮았다는 이유에서였다. 분명 차별적인 별명이었다. 그럼에도 별생각 없이 다 같이 그렇게 부르며 별다른 문제 의식 없이 태연했다. 무서운 일이다. 그래서 나는 명칭을 다르게 한다. 카피르라임 잎이라 부른다. 이런 종류의 레몬 열매는 껍질이 두껍고 주름이 많아 착즙을 하려 해도 그다지 많이 짜내지 못한다. 그만큼 껍질과 잎의 향이 강해 동남아시아에서는 요리에 자주 쓰인다.

카피르라임 잎도 태국 사람들이 요리를 할 때 창밖에 손을 뻗어 두 장 정도 뜯어 사용하는 일상적인 향신료다. 그러나 대만에서는 신선한 잎을 구하기 어렵기 때문에 태국에 갈 때마다 지인들에게 잔뜩 받아온다. 가져온 잎은 여러 겹의 봉지에 넣어 밀봉한 뒤 냉동고에 보관한다. 필요할 때마다 꺼내 쓰는데 역시 말린 것보다는 향이 더 좋다. 카피르라임 잎은 수프나 커리에 넣어 일상적으로 쓰인다. 태국인들은 잎을 반쯤 접어서 잎자루 부분을 잡고 이파리를 찢는다. 이렇게 하면 놀랍게도 상자의 뚜껑이 열린 것처럼 진한 향기가 올라와 손끝까지 시원한 향으로 물든다.

카피르라임 잎을 특별히 좋아하기 때문에 나는 때때로 쿠아 클링 (Kua Kling)을 만들어 먹는다. 태국 남부 음식인 쿠아 클링은 커리 풍미의 말린 고기 볶음 요리다. 카피르라임 잎을 많이 사용해 매우 면서도 특별히 향이 강해 밥과 잘 어울린다. 현지에서는 다진 고기로 만든다. 소고기, 돼지고기, 닭고기 모두 가능하다. 나는 만약 집에 삼겹살 부위나 목살이 있다면 사용하는데 얇게 썰어 넣으면 기름 향이 더해진다. 마른 팬에 다진 고기를 넣고 기름이 나올 때까지 볶는다. 커리 소스를 넣고 향이 나기 시작하면 액젓과 야자당으로 양념을 한다. 다진 신선한 레몬그라스와 잘게 썬 카피르라임 잎을 더하고 고기가 완전히 익을 때까지 볶아 향이 충분히 올라오면 완성이다. 불을 끄고 잘게 썬 고추 듬뿍과 카피르라임 잎을 넣는다. 노란색 커리와 비취색의 카피르라임, 선홍색 고추가 어우러져 향이 증폭되고 혀가 얼얼할 정도로 맵다.

그 세 번째, 고수의 뿌리

우리집 냉장고에는 고수가 반드시 있다. 매일 사용하기 때문이다. 고수는 상하기 쉬운데 시장에서 사오면 잼을 담는 빈병에 물을 붓고 뿌리는 넣고 잎은 비닐봉지에 싸서 냉장고에 넣으면 2~3주가량 보관 가능하다.

고수를 통째로 들고 냄새를 맡으면 가장 강한 냄새가 나는 것은 뿌리일 것이다. 대만인은 고수의 뿌리 부분을 잘라내고 이파리와 줄기 부분을 잘게 잘라 국수나 취두부, 공완탕(貢丸湯)[1]에 곁들여 먹는다. 좋아하는 팬도 많지만 싫어하는 사람도 적지 않다. 나도 어렸을 때는 싫어했다. 국수 국물에서 고수를 빼고 먹을 수 없다면 전부 먹지 않았을 정도였다. 크고 나서는 뭐든 잘 먹게 됐고 결국에는 가장 사랑하지 않던 것도 사랑하게 됐다. 이처럼 사랑이란 참 어려운 것이기에 단언하지 않는 것이 좋다.

고수 뿌리는 태국인들에게 포켓몬 같은 존재다. 수많은 요리에 숨어 있다. 어떨 때는 형태를 알아볼 수 없을 정도로 으깨지고 다른 향신료와 섞이는데 이는 요리사들에게 공공연한 비밀이다. 정글을 방

---

1   고기완자를 넣은 탕.

불쾌하는 다습한 흙 같은 이채로운 향은 솔로가수로도 훌륭하지만 다른 것과의 듀엣도 어울린다.

고수 뿌리는 사용하기에 앞서 묻은 흙을 깨끗이 씻어낸다. 물로만 씻으면 안된다. 손톱으로 긁어내듯 흙먼지를 제거해야 한다. 상아색 뿌리 부분이 드러날 때 은은하게 퍼지는 향은 야채를 씻을 때 홀로 즐길 수 있는 선물과도 같다. 고수 뿌리는 용도가 다양하다. 태국 친구에게 배운 것 중에 내가 가장 자주 애용하는 방법은 해산물을 찍어 먹는 소스에 넣는 것이다. 최근에는 대만 요리에도 조금씩 넣어보고 있다. 이를테면 갈비 뭇국을 끓일 때 깨끗한 물에 고수 뿌리를 하나 넣고 가볍게 볶은 백후추를 조금 넣는다(차오저우의 흰 바쿠테(肉骨茶)에서 영감을 얻은 것이다). 그리고 나서 살짝 데친 갈비를 넣는다. 고기가 다 익기 전에 고수 뿌리를 건져내면 눅눅해지지 않고 국물에는 그윽한 향이 남는다. 그 향은 마치 기억처럼 있는 듯 없는 듯 분명치 않지만 분명 존재한다.

3. 절구와 공이

싱가포르의 태국 레스토랑 나나(Nana)에서 슈(樹)씨 성의 태국 친구와 밥을 먹으며 절구통과 공이에 대한 이야기를 나눴다. 상에는 요리 두 개와 탕이 하나 올랐다. 청파파야 샐러드, 태국 북부 스타일의 말린 돼지고기 샐러드 랍(Laab), 태국 북동부 스타일의 시큼하면서 매콤한 갈비탕이었다.

친구가 물었다. "이 중에서 뭐가 절구를 이용한 음식일 것 같아?"

"청파파야 샐러드는 분명해 보여. 랍의 핵심적인 향은 마른 팬에 다진 찹쌀과 고추를 볶아 만든 것이니 이것도 절구를 썼을 것 같아." 나는 이처럼 대답했다.

"그럼 갈비탕은 절구를 이용하지 않았다는 거야?" 그녀가 묻자 나는 살짝 흔들렸다.

그녀는 국물에서 고추를 건져올려 내게 자세히 보게끔 했다. 고추의 단면이 마치 톱니로 썬 것처럼 깔쭉깔쭉했다. 칼날로 자른 것이 아니었다. 이 역시 절구통 안에서 다져진 것이었다.

*

친구는 태국 북부의 치앙마이 출신이었다. 온 가족이 요리 솜씨가 좋았다. 그녀의 둘째 이모 사오는 영국인 남편 알렌을 따라 영국으로 이민을 갔다. 그렇게 영국의 작은 해변 마을에서 산 지도 30년이 흘렀다. 나는 영국에 있을 때 이 부부에게 많은 신세를 졌다.

처음 사오 아주머니네 집을 방문해 밥을 먹었는데 상에는 내가 먹어본 적 없는 태국 북부 요리들이 올랐다. 타이베이 시내에서 접하는 태국 음식은 태국 현지의 맛과 거리가 먼 데다 대부분 태국 중부 방콕 일대의 스타일을 흉내 내기 때문에 설탕과 코코넛밀크가 모두 듬뿍 들어간다. 태국 북부 음식들은 이와 완전히 달랐는데 이날 내 앞에 놓인 상차림은 완전히 신세계였다. 나는 아주머니를 보고 배워 손으로 찹쌀을 집어들고 느아남툭(Neua Naam Tok)이라 불리는 소고기 요리를 함께 먹었다.

아주머니는 채끝살로 이 요리를 만들었다. 절반 정도 익힌 고기를 얇게 썰어 잘게 썬 에샬롯, 다진 파, 민트잎과 섞었다. 그리고 액젓, 레몬즙, 고추가루, 그리고 가장 중요한 재료인 찹쌀가루로 양념을 했다. 찹쌀은 갈색으로 변할 때까지 볶고 절구통에서 다진 것이다. 이 세상에 이런 요리가 있었다니. 진하면서 향긋하고 복잡하면서도 발랄해서 나는 한 입 먹고는 푹 빠져버렸다. 분명 처음 만난 손님인데도 낯가림이나 내숭 없이 잘 먹고 잘 웃는 모습을 개성 있는 사오 아주머니는 좋게 봐준 모양이었다. 내게 매주 밥 먹으러 와도 좋다고 했다. 나는 이후 진짜로 제법 자주 아주머니네 집을 찾아갔다.

사오 아주머니의 부엌은 작았다. 아마 2평방미터에 불과했다. 나무 벽에는 알렌 아저씨가 아주머니를 위해 직접 만든 수납장이 있었다. 고추 같은 말린 향신료들이 일렬로 늘어서 있었다. 뒷마당으로 이어지는 통로에는 투명한 지붕이 있는 온실이 있었다. 고추를 비롯해 다양한 허브들이 심어져 있어 언제든 거둬들여 쓸 수 있었다. 이 밖에 위로 열리는 냉동고가 있었는데 해마다 태국을 다녀올 때마다 가져온 대량의 레몬그라스가 보관되어 있었다. 아주머니는 부엌에 나름대로 고향을 재현해 놓았다.

그녀는 매끼 알렌 아저씨를 위해 소세지와 으깬 감자, 베이컨, 샌드위치 등을 준비했지만 정작 본인은 이 같은 영국 음식들은 거의 먹지 않았다. 영국에 온 지도 30년이 지났지만 여전히 아침에는 토스트와 오렌지 잼 대신 매콤한 국물의 고기가 들어간 쌀국수를 먹었다. 다른 시간에는 태국 북부 스타일의 소세지를 만들고 레몬그라스 풍미의 치킨을 구웠다. 또 매일 찹쌀로 밥을 지었다. 사오 아주머니의 주방은 밀봉된 채 시간이 멈춘 태국의 우주와 같았다. 남플라(태국식 액젓)와 레몬, 라임잎의 향이 강렬한 존재감을 드러내며 시간이 흘러도 흩어지지 않았다.

사오 아주머니의 부엌에서는 공짜로 밥만 얻어 먹는 경우는 없다. 반드시 그녀와 함께 일을 해야 한다. 아주머니네 집에 두 번째로 방문했을 때 그녀는 내게 커다란 절구통을 주며 안에 있는 구운 땅콩을 모두 으깨도록 주문했다. 사테 소스를 만드는 데 쓴다고 했다. 그녀가 준 절구통은 태국 가정에서 흔히 볼 수 있는 도자기나 나무로 된 것이 아니었다. 높이가 40cm가 넘는 금속제였다. 두꺼우면서 무거웠다. 지진이 일어나도 2cm도 움직이지 않을 것 같았다. 만약 집 어던진다면 틀림없이 흉기가 될 정도였다.

여기에서의 문제는 왜 절구통으로 땅콩소스를 만들어야 하는지다. 아주머니는 믹서기가 있었고 그것으로 피쉬 케이크도 만들었다. 그런데 무엇 때문에 땅콩소스는 절구통으로 만들어야 하는가. 나는 작업을 마치고 나서야 비로소 이유를 깨달았다. 서툰 탓에 팔이 저릴 때즈음 겨우 아주머니로부터 합격점을 받을 수 있었다. 결과물은 눅진한 상태가 아닌 극도로 작은 과립 형태였는데 향은 더 좋았다. 알갱이의 크기가 고르지 않은 만큼 식감은 더 풍부했다. 이후 아주머니네 집에 찾아갈 때마다 나는 찹쌀이나 파파야 샐러드에 넣을 마늘, 말린 새우, 코코넛 슈가, 닭고기를 절일 레몬그라스 페이스트 등을 빻았다. 보통 내가 공이로 빻고 있으면 아주머니가 다른 재료를 넣었다. 나는 하나의 반자동 인간 기계가 됐다. 똑똑하고 효율 좋은 믹서기가 된 기분도 들었다. 이런 과정을 거친 뒤에야 비로소 절구통과 공이를 사용하는 데 익숙해졌다.

태국 요리에는 절구질이 빠질 수 없다. 유명한 셰프 앤디 리커(Andy Ricker)가 만든 타이 레스토랑 폭폭(Pok Pok)의 이름은 절구질을 할 때 나는 소리에서 영감을 얻었다. 절구통의 소재는 다양하다. 큼직하고 깊은 도자기 소재나 나무 소재의 절구통을 이용하면 청파파야 샐러드나 커리 소스를 만들 수 있고, 작은 석재 절구통으로는 말린 향신료나 허브를 빻아 소량의 양념을 만들 수 있다. 요리뿐만 아니다. 태국인들은 이것으로 결혼 상대를 고르기까지 한다.

절구질을 하는 속도의 완급, 세기의 정도 등에서 상대방의 성격을 유추해낸다.

*

태국뿐만 아니라 다양한 문화의 나라에서 절구는 고전적인 조리 도구다. 요르단 와디럼 사막에서 유목 생활을 하는 베두인은 커다란 금속 숟가락을 이용해 불 위에서 커피콩을 로스팅한 뒤 금속으로 된 절구를 이용해 카다멈과 함께 빻는다. 커피를 준비하고 있으니 다 같이 와서 마시자는 메시지를 절구질 소리가 주위에 전달한다. 커피를 마실 때의 예절은 컵을 세 번 들어올리는 것. 먼저 스스로의 존엄을 위해, 다음으로는 인생을 위해, 마지막으로는 손님을 위한 것이다.

대만에서는 한약방을 들려 쭈이지(醉雞)를 요리할 때 필요한 한방 약재를 사면 작은 사발에 붉은 대추를 넣고 공이로 가볍게 두드린다. 상처를 내 술에 맛이 스며들도록 하기 위해서다. 반면 태국 사람들이 요리할 때 항상 절구를 이용하는 모습을 보고 있으면 그들에게 절구는 부엌에서 중요한 도구 정도가 아니라 없어서는 안될 도구라는 것을 알 수 있다.

태국 요리 가운데 레드 커리, 옐로우 커리, 그린 커리는 모두 물기가 있는 걸쭉한 형태다. 이밖에도 청고추로 만든 페이스트인 남프릭 눔(Naam Phrik Num) 등 찍어 먹는 소스만 종류가 천여 개 이상 된다. 재료를 절구로 빻으면 향은 더 좋아진다. 공이를 찧을 때 열이 발생해 에센스가 스며나온다. 마늘이나 고추, 고수 뿌리, 카피르라임 잎의 강한 향이 절구통 바닥에 겹겹이 쌓여 태국 요리의 깊은 맛의 밑바탕이 된다.

절구질은 눈과 손을 잇는 노동이다. 손의 힘을 조절하는 것만으로 음식을 서로 다른 크기와 거칠기로 빻을 수 있고 천천히 절구질을 함으로써 눈으로 관찰도 할 수 있다. 믹서기 같은 기계를 이용하면 많은 작업을 빠르게 처리할 수 있지만 향이 약하다. 손질하는 재료의 양이 적으면 용기와 칼날에 달라붙어버려 낭비되는 부분도 있다.

대만에 돌아온 뒤 청파파야 샐러드 같은 요리는 재료 준비가 여의치 않아 만들지 않게 됐다. 먹고 싶을 때는 믿을 수 있는 타이 음식점을 찾았다. 식당에서 일하는 태국인 아주머니는 엄숙하면서 굳은 표정을 하고 있었는데 달콤하고 부드러운 것을 선호하는 대만인의 입맛에 타협하지 않는 점에서도 단호했다. 고추의 양을 적당히 조절하는 법이 없었다. 큰 소음도 마다하지 않고 청파파야 열매를 열심히 빻았다. 집중한 나머지 눈살을 찌푸리는 모습이 사오 아주머니와 닮았다.

우리집에는 도자기로 된 작은 절구통이 하나 있었다. 이것만 있다면 내가 좋아하는 매콤하고 시큼한 해산물 남찜(Naam Jim) 소스를 언제든 만들 수 있었다. 절구통은 런던 동부에 있는 오래된 편집샵 레이버 앤 웨이트에서 샀다. 도자기 자체는 도자기의 도시 스탠퍼드에서 만들어졌다. 상아색의 두껍고 둥그런 몸체에 손잡이는 나무로 돼있었는데 무겁고 사용하기 편리했다.

친구 슈와 통화할 때 만약 마침 부엌에서 나는 절구질 소리를 들으면 그녀는 내가 마치 태국에 있는 것 같다고 할 것이다. 그녀가 영국의 사오 아주머니와 통화하는 것을 곁에서 듣고 있으면 아주머니도 역시 요리를 하면서 전화를 받고 있는 것 같았다. 오래되고 거대한 절구가 내는 소리는 배경음악처럼 울렸고 편안하고 안심할 수 있었다. 주방에서 고향의 느낌이 났다.

4. 동남아시아에서 먹는 첸돌

말레이시아 페낭 조지타운의 컹퀴스트리트에는 첸돌 가게가 두 곳 있다. 현지의 택시 운전수는 도로 이름은 정확히 몰랐지만 '주후이 카페(愉園餐室)'를 가리키며 "저기 첸돌은 맛있기로 유명하다."라고 했다. 첸돌은 도로 이름보다 유명했다.

조지타운에서는 최근 벽에 채색화를 그리는 것이 유행이다. 컹퀴 스트리트에도 벽화가 그려진 2층 높이의 건물이 있다. 파스텔톤의 파란색과 녹색으로 소년의 모습을 그려냈다. 벽화 속 소년은 손에 첸돌 한 그릇을 들고 시선을 고정한 채 정신 없이 먹고 있었다. 그 아래에서는 진짜 첸돌 장수가 분주하게 장사를 하고 있었다. 사람들 은 정연하게 줄을 서 있었고 이미 산 사람들은 서거나 근방에 쭈그 려 앉아 첸돌을 먹었다. 거대한 벽화와 거리의 작은 사람들이 대비 되며 재미를 자아냈다.

첸돌의 한자 표기는 다양하다. 민난어로는 젠루이(煎蕊)라고 하는 데 이밖에도 젠뒤(珍多), 젠루(珍露) 등이 있다. 거의 대부분 음역에 서 비롯됐다. 주재료인 길쭉한 옥색의 젤리 같은 면이다. 대만의 미타이무와 닮았는데 식감은 매끈하면서 산뜻하다.

첸돌의 초록빛은 판단 잎으로 염색한 것이다. 옅은 타로 향도 난다. 컹퀴스트리트의 첸돌은 접시에 담고 얼음을 갈아 넣는다. 그 위에 코코넛 시럽과 코코넛밀크를 붓고 부드럽게 조린 단팥을 한 스푼 올린다. 이것이 가장 정석적인 조합이다. 어떤 이는 여기에 옥수수, 찹쌀, 잭푸르트 등 식감이 좋은 토핑을 추가하지만 오리지널 버전을 좋아하는 사람이 가장 많다.

일반적으로 첸돌은 인도네시아 자바섬에서 유래한 것으로 알려졌다. 이밖에 인도네시아인이 화교들의 미타이무를 본떠 만들었다는 설도 있다. 말레이시아까지 전해져 그곳의 화교들의 손을 거쳐 오늘날에 이르렀다는 이야기도 있다. 사실 동남아시아 전역에는 셀 수 없을 정도로 다양한 형태의 첸돌이 있다. 처음 첸돌을 먹었던 것은 싱가포르의 쇼핑센터에서였다. 차오저우의 푸른색 테두리의 도자기 그릇에 담겨 나왔다. 페낭의 맛이라는 설명이 붙었는데 먹어 보고 금새 좋아하게 됐다. 방콕에서도 여러 번 먹었다. 대만에서는 종허의 화신지에서 먹었는데 태국 미얀마 화교들이 하는 가게였다. 길쭉한 녹색 젤리 사진이 벽에 붙어 있었는데 음식 이름은 미타이무라고 쓰여 있었다. 베트남 식당의 첸돌은 단팥 대신 녹두를 넣었다. 베트남 여성들의 대화 내용을 들어보니 베트남에서는 이 같은 녹색 젤리가 더우화(豆花)의 토핑으로 오른다고 했다.

첸돌과 미타이무는 만드는 법이 비슷하다. 원재료는 일반적으로 쌀인데 간혹 타피오카 또는 다른 전분을 섞기도 한다. 반죽을 큰 구멍이 난 여과기를 거쳐 물이 든 냄비로 받아내면 양끝이 뾰족한 짧지만 우동처럼 생긴 젤리가 완성된다.

첸돌 한 그릇에는 동남아시아의 풍물이 담겨 있다. 쌀가루로 만든 젤리에 코코넛밀크, 단팥, 코코넛슈거에 부서진 얼음만 더할 뿐이다. 만들기 쉽고 들어가는 재료도 많지 않은 소박한 디저트다. 그렇지만 산지를 벗어나면 같은 맛을 내기가 쉽지 않다. 대만에서는 맛있는 첸돌을 먹기가 좀처럼 쉽지 않다. 재료가 없는 것은 아니지만 유통되는 물량이 적어 첸돌의 완성도가 다소 떨어진다. 이 때문에 동남아시아에서 첸돌을 만나면 가급적 많이 먹어두려고 하는 편이다.

첸돌 젤리의 녹색은 판단 잎으로 만든다. 화려한 색이라기보다 파란 매실 색깔이라고 하는 게 맞을 것이다. 첨가제나 색소를 쓴다면 얼마든지 화려한 색을 낼 수 있지만 그만큼 맛은 없다. 코코넛밀크는 그 자리에서 코코넛 열매를 직접 착즙하는 것이 좋다. 통조림은 살균을 위해 가열처리를 거치기 때문에 향이 약하다. 그러나 신선한 코코넛밀크는 대만에 거의 없다. 시럽이라 하더라도 순수한 코코넛슈가는 갈수록 구하기 어려워지고 있고 필요한 노동력도 많다. 야자나무에 올라 열매를 딴 뒤 반나절이나 끓여야 한다. 그렇지 않아도 불타는 듯 더운 동남아시아의 날씨에서 이 작업은 고되다. 이 때문에 현재 시장에 유통되는 코코넛슈가는 진짜보다 가짜가 더 많은 형국이다. 백설탕이나 사탕수수원당을 섞거나 캐러멜 색소로 소비자들을 속인다. 진짜 코코넛으로 만든 시럽은 캐러멜 향에 야생미가 더해지고 광물을 연상케하는 단단한 질감이다. 그래서 보통 소금을 조금 넣어 시럽의 걸쭉함을 완화해준다.

 최근 수년 동안은 방콕에 가면 짜런 크룽 로드 일대의 차이나타운
에 숙소를 잡는 경우가 많았다. 짜런 크룽 로드는 방콕에서 가장 처
음으로 정비된 서양식 포장도로다. 20세기 초에는 중국계 상업지구
로 번성했다. 지하철이 개통되기 이전에는 낡고 오래된 분위기가 옛
스러운 느낌을 풍겼는데 그만큼 음식이 맛있었다.

 묵었던 숙소들이 모두 외진 골목길에 있었기 때문에 온종일 한가
롭게 거리를 거닐었다. 고층 건물도 쇼핑센터도 몇 안 되는 지역이
었기 때문에 가게는 대부분 현지인들에게 맞춰졌다. 거리에는 중고
자동차 부품을 파는 가게가 있었는데 타이베이의 츠펑지에(赤峰街)
와 닮아 있었다. 길거리에는 출처를 알 수 없는 골동 꽃병과 장신구
들이 진열돼 있었다. 또 다른 거리에는 관(棺)을 파는 곳이 몇 군데
있었는데 시커멓고 커다란 관이 여럿 거리를 향해 놓여 있었다. 처음
지나갔을 때는 오싹했지만 이틀도 되지 않아 익숙해졌다.

 짜런 크룽 로드의 찻잎 가게 '쿤키(愙記)'는 문을 연 지 백년이 된
노포다. 이곳의 쿠차(苦茶)나 바바오량차(八寶涼茶)는 열사병에 효
과가 있다. 쿤키 옆에는 '싱가포르 포차나(Singapore Pochana)'
가 있는데 코코넛밀크에 초록색 젤리가 들어간 차가운 디저트가 유
명하다. 분명 첸돌과 비슷한 것이었는데 그곳에서는 '롯촌싱가포르'
라고 불렀다. 현지인에 따르면 '롯촌'이란 '길'이라는 뜻으로, 여과
기를 거쳐 만드는 음식에 붙은 이름이라고 한다. 싱가포르 포차나는
화교가 운영하는 가게로 역사가 70년 넘는 노포다. 싱가포르와는 관

련이 없고 옛날 싱가포르 영화관 근처에 있었기 때문에 붙은 이름이라고 알려졌다. 항상 더운 날씨의 방콕에서 나는 2~3일에 한 번 이 가게에 들려 롯촌싱가포르를 먹으며 더위를 식혔다. 주인장은 중국어를 할 수 있었고 가게 안 TV에서는 항상 중국 CCTV 뉴스가 흘러나오고 있었다. 베이징 억양의 중국어로 대만의 내정에 대해 논하는 것을 들으며 나는 난처한 기분이었지만 그와 동시에 한편으로는 디저트를 먹는 데 열중했다.

롯촌싱가포르의 가격은 20바트 남짓으로 저렴한 편이었다. 연두색 젤리가 들어간 얇은 유리잔에 부서진 얼음을 절반 정도 채우고 마지막으로 신선한 코코넛밀크를 붓는다. 일반적인 시럽이나 코코넛 슈가가 아닌 담백한 잭푸르트 시럽이 에메랄드색부터 흰색까지 그라데이션을 이루는 모습이 우아하고 아름다웠다. 그 이후 방콕의 왓수탓 사원의 벽화를 보러 갔다. 근처에서 쌀국수를 먹고 있었는데 태국 전통 목조 가옥을 리모델링한 디저트 가게를 발견했다. 가게 이름은 '반 카놈 팡 킹'이었는데 직역하면 '생강 케이크집'이었다. 의자와 테이블 모두 옛스러웠고 인테리어는 남색 천이나 대나무로 짠 등롱으로 꾸며졌다. 유행하는 옷차림의 아가씨들이 차를 마시며 수다를 떨고 있었다.

이 가게는 유럽식 케이크와 태국 스타일 디저트 모두 판매했다. 초록색 젤리가 올라간 빙수처럼 보이는 디저트가 마침 눈에 띄어 주문해봤다. 그렇게 해서 나온 디저트는 귀티가 흘렀다. 뚜껑 달린 양각된 유리 그릇에 담겨 나왔는데 둥근 모양의 코코넛 아이스크림에 노랗고 달달한 얇게 썬 코코넛이 덮여 있었다. 다른 유리 용기에 담겨 나온 시럽은 서양풍의 버터 캐러멜 시럽이었다. 이 모든 것들은 금으로 도금된 발이 높은 쟁반에 올려져 나왔다. 그 금빛 쟁반은 불교 용품점에서 볼 법한 것이었다. 보통 불전에서 향이나 꽃, 과일들을 담는 데 쓰이는 것 말이다.

이 디저트의 맛은 첸돌과 닮았다. 재료는 대부분 비슷했다. 판단뿐만 아니라 코코넛밀크도 들어갔다. 버터 캐러멜만큼은 서양식이었지만 전체적으로 그럴듯했다. 다만 이는 개인적인 감상일 뿐 다른 사람들은 동의하지 않을지도 모른다. 어쩌면 내가 담백한 롯촌싱가포르나 페낭의 첸돌에 강한 인상을 받았던 탓일 수도 있다. 다만 이러한 녹색 젤리는 짙은 갈색 빛을 띄는 단짠 조합의 코코넛 시럽을 곁들여야 한다고 생각한다.

5. 페낭에서의 쇼핑 일기:
인도의 주철 냄비

말레이시아 페낭 조지타운에서 철로 된 양손 냄비를 샀다. 아니, 정확히는 소리를 들은 것이다.

말레이 반도 중부 이포에서 페낭까지는 시외버스를 타고 교외까지 간 뒤 택시로 갈아타고 시내에 들어갔다. 해변가의 넓은 도로에서 비치 스트리트의 영국식 건축물들을 천천히 지나 번화가에 들어섰다. 우리가 생소한 풍경에 시선을 빼앗긴 사이 정신을 차려보니 차는 보행자들로 혼잡해진 도로로 진입해 거북이걸음으로 나아가고 있었다. 그곳은 조지타운의 인도인들이 모여 사는 리틀인디아였다. 마침 주말이라 많은 인파가 몰렸다.

리틀인디아의 주민들은 주로 인도계 무슬림들이다. 말레이시아에서 세번째로 큰 민족 집단이다. 대부분은 영국이 말레이시아를 식민 지배할 때 이주해 온 사람들의 후손들이다. 페낭은 화교가 많기 때문에 리틀인디아는 그곳에서 이질적인 지역이었다. 도로는 2차선으로 된 좁은 길이었다. 양쪽으로는 100년의 역사가 있는 점포 겸 주택이 늘어섰다. 가게들은 도로쪽을 향해 인도 가요를 틀어놨다. 또

렷한 북소리와 아름다운 노랫소리가 도로를 따라 흘러나와 축제 같은 분위기를 냈다. 카다멈과 향수 냄새가 거리에 풍겼다. 행인들은 유리 같은 남색과 대나무 같은 녹색, 감색, 등나무의 노란색 등의 색깔로 염색된 아름다운 복장을 하고 있었다. 소매 가장자리에는 금은이나 꽃 모양으로 수놓인 무늬가 있었다. 그 화려함은 마치 수공예 양탄자의 양각된 비단실과 토템을 연상케했다.

숙소에 도착했다. 구옥을 개조한 숙박 시설이었다. 원래는 19세기 동남아시아에서 이름을 날렸던 한방약재 도매상 '런아이탕(仁愛堂)'의 옛터였다. 좁은 땅에 무리하게 지은 듯한 3층짜리 건물이었는데 양쪽으로 도로와 접해 있었다. 우리 방은 모퉁이 쪽이었다. 양쪽 벽에 세 개의 긴 창이 나 있었다. 이중창 형태인데 바깥쪽은 개폐 가능한 나무 블라인드로 되어 있었고 안쪽은 나무 창틀에 유리로 된 창이 있었다. 에어컨 바람이 새어나가지 않도록 막을 수 있었다. 기능 측면뿐만 아니라 디자인 역시 훌륭했다.

여행으로 이 황홀한 공간에 머무를 수 있는 시간은 짧다. 바깥이 아무리 덥더라도 아쉬운 마음에 창문을 닫을 수는 없다. 오후의 햇볕은 창을 넘어 방 안으로 내리쬐어 나무로 된 바닥에 비스듬히 그림자를 드리웠다. 거리의 소음이 들려왔다. 오토바이 엔진 소리와 배기음이 발리우드식 신나는 음악과 오가는 사람들의 이야기 소리와 뒤섞였다. 실내에 있는데도 마치 왁자지껄한 거리에 있는 것 같은 기분이 드는 것은 소리가 곧 정경(情景)이나 다를 바 없었기 때문이었다.

밤이 되고 이중창을 닫으니 방 안은 조용해졌다. 새벽녘 잠결에 꿈에서 '캉캉, 캉캉' 하는 소리가 바깥에서 들려왔다. 낮은 소리로 '캉캉, 캉캉'하고 울려퍼졌다. 귓가에서 들린다고 느껴질 정도로 가까이에서 들리다가도 소리가 멀어졌는데, 어렸을 때 봤던 깊은 우물에서 울리던 소리처럼 들렸다. 이 소리는 분명 들어본 적이 있었다. 외할머니의 커다란 검은색 웍에서 나던 소리였다. 국자가 웍과 부딪히는 소리 말이다. 나는 아기처럼 웅크린 채 어렴풋이 생각했다. '조금 더 자면 꿈도 이어지겠지.'

*

고향집은 교외에 있었다. 친척들이 다 함께 모여 살았다. 인구가 적은 조용한 작은 마을이었다. 도시에서 얼마 떨어지지 않았지만 반은 농촌이라 해도 무방한 생활을 했다. 외할머니가 계실 때는 매일 온 가족이 모여서 함께 식사를 했다. 그녀는 3명의 외삼촌들 집에 모두 크고 서양식의 부엌을 마련해 수십명에게 대접할 식사를 준비했다. 그와는 별개로 둘째 외삼촌 집에는 외부에 구식 부엌이 더 있었는데 붉은 벽돌로 만든 아궁이에는 커다란 웍이 항상 올려져있었다. 업무용의 화력 좋은 가스레인지와 연결돼 있었는데 강불로 짧은 시간 안에 대량의 요리가 가능했다. 연중행사나 손님 접대로 대량의 음식을 준비할 때는 이 웍으로 오리고기 생강 조림, 볶은 쌀국수, 고구마가루로 빚은 타우미 같은 요리들을 했다.

외할머니가 요리를 할 때면 국자가 웍에 부딪히는 소리가 났다. 어렸을 때는 그 '캉캉, 캉캉' 소리를 제법 자주 들었다. 그러나 외할머니가 돌아가시고 십여 년이 지나면서 아궁이를 사용하는 사람은 없었다. 수년 전에는 외숙모가 부엌을 리모델링하면서 아예 아궁이를 철거해버렸다. '캉캉, 캉캉' 소리는 시간과 함께 멀어졌고 내 기억속에서도 자취를 감췄었다. 그런데 그 소리를 생각지도 못한 여행지에서 듣게 되다니.

잠에서 깼을 때 날은 이미 밝아 있었다. 그러나 '캉캉' 소리는 여전해서 꿈이 현실로 느껴졌다. 창문을 열어 소리의 출처를 찾았다. 길 건너편에 있는 차퀘티아우(炒粿條)[1] 가게인 것 같았다.

나는 숙소 로비에서 아침을 먹었다. 간단한 유럽식 조찬이었다. 토스트와 시리얼에 차와 커피였다. 구석구석까지 문화유적지 같은 숙소 치고는 뜻밖에도 조찬 메뉴는 소박했다. 레몬이 들어간 물과 바나나를 들고 밖에 나가 요깃거리를 찾을 요량이었다. 그러나 자리에 앉자마자 프런트 데스크의 한 눈치 빠른 인도 아가씨가 다가와 물었다. "손님, 차퀘티아우 드시고 싶으시죠?" 깜짝 놀랐지만 당연히 대답은 "좋아요"였다. 모텔에 있는 주방에서 만들어주는 것이라 생각했지만 아니었다. 뜻밖에도 그 아가씨는 밖으로 나가더니 길 건너편에 있는 가게에 주문을 했다.

길 건너편 차퀘티아우집은 바로 새벽녘 꿈 속에서 들었던 소리의 그곳이었다. 주인장은 주문을 받자마자 볶기 시작했고 웍에서 '캉

---

1   말레이시아, 싱가포르, 인도네시아 등 동남아에서 즐겨먹는 볶음 국수.

캉' 소리가 나기 시작했다. 음식이 완성되자 양손에 차퀘티아우 두 그릇을 들고 나와 길을 건너 모텔의 우리가 있는 테이블까지 갖다줬다. 플라스틱 접시 위에는 바나나잎 한 장이 깔렸고 그 위로 양이 그리 많지 않은 차퀘티아우가 올라갔다. 시커먼 면들이 쌓여 있는 모양새가 그리 좋지는 않았다. 현지의 차퀘티아우는 검은 간장과 칠리 소스를 넣고 센 불에 계속 볶아낸 것이었다. 한 입 먹기만 해도 향긋하고 맛있었다. 그리운 무쇠 웍의 냄새가 쌀국수에도, 새우에도, 계란이나 부추, 숙주에도 배어 있었다.

차퀘티아우는 말레이시아라면 어디에든 있지만 페낭은 특별히 유명하다. 다른 지역에서도 '페낭 차퀘티아우'라며 파는 것을 종종 볼 수 있다. 페낭에 있을 때 한 번 먹자마자 반해 매일 한 그릇씩 먹게 됐다. 재래시장에서 먹었고 카페에서도 먹었다. 택시를 탔을 때 운전수가 바디랭귀지로 '카페 헹핫'을 추천해줬다. 차에서 내려 찾아갔지만 가게는 마감 준비를 하고 있었다. 그러나 우리를 보고는 다시 불을 켜 요리를 시작해 1인분 분량을 만들어줬다. 페낭에 있는 동안 차퀘티아우를 요리할 때 나는 '캉캉' 소리는 줄곧 내 귓가를 맴돌았다.

*

식사를 마치고 거리에 나갔다. 이 일대는 바나나리프라이스 가게, 인도계 무슬림들의 녹두 율무죽, 각종 디저트 노점상, 옷가게, 철물점 등이 모여있어 완벽한 인도계 생활권이 형성돼 있었다. 가람 마살라를 사 오도록 가족들에게 부탁받았기 때문에 적당한 가게에 들어갔다. 가게 3곳 크기의 널찍한 도매점이었는데 가게의 절반은 인도 주방 용품을 판매했고 나머지 절반은 식자재를 팔았다. 황동과 금은색의 사발 그릇이 바닥부터 천장까지 쌓여있었다. 인도의 식용 유기(Ghee), 잡곡류, 밀가루 등이 도매용과 소매용, 또 크기에 따라 분류되어 판매되고 있었다. 우리가 찾는 가람 마살라도 크고 작은 포장으로 나뉘어 있었고 생선, 양고기, 닭고기 등 내용물에 따라서도 4~5개 선반에 진열돼 있어 실로 장관이었다.

그곳에서 각양각색의 검은 웍을 발견했다. 웍은 둥글둥글했다. 바닥면이 둥글고 납땜으로 붙어 있는 손잡이도 굵은 원기둥 모양이었다. 완성품이었지만 테두리 부분은 가지런하지 않았다. 옆에서 보면 높낮이도 일정하지 않았다. 직접 들어올려보니 방청을 위해 발라놓은 기름으로 손이 금세 시커멓게 물들었다. 가격은 놀라울 정도로 저렴했다. 25링깃(약 8,000원)이었는데 대만달러로 치면 200위안가량 됐다.

테두리 부분이 울퉁불퉁 했지만 저렴했기 때문에 금세 마음에 들었다. 거칠고 엉터리 같아 보이지만 솔직하고 견고했다. 사용하기도 전부터 중고품 느낌이 났다. 웍의 결함은 인공적인 것이다. 만든 장인이 내버려뒀기 때문에 그 모양이다. 부모가 아이에 대해 일일이 간섭하지 않고 방목해서 키우면 아이는 오히려 재밌게 자라는 것과 같은 것이다. 세상에 많은 경우가 그렇다. 완벽하지는 않지만 인간

적이고 매력적인 결함들 말이다. 제멋대로인 테두리는 도리어 웍을 재밌게 만들었다.

웍의 용량은 5리터가량뿐이었다. 외할머니의 부엌에 있던 무게만 6kg이 넘는 커다란 웍에 비할 바는 아니었지만 제법 무거웠다. 함께 간 일행이 짐 운반을 담당했기 때문에 반드시 그와 상의해야 했다. 이성적인 편이었던 그는 이틀 정도는 고민해보고 사자고 했다. 원래 대만으로 돌아가기 전 말레이시아 작가 린진청(林金城)의 책들을 사려고 했었던 터라 짐 무게를 고려해야 했다.

페낭을 떠나기 전날 일행은 내게 물었다. "진지하게 아직도 웍을 살 작정이야?" 나는 당연하다고 답했다. 그러고는 곧바로 짐가방을 꺼내 웍을 넣을 공간을 확보했다. 다시 인도 주방용품점을 찾아가 쌓여있는 웍 중에 가장 일그러진 것을 골랐다. 웍을 안은 채 계산을 위해 줄을 서 기다리고 있는 내 표정이 너무 들떠 보였는지 뒤에 있던 인도계 여성이 내 웍을 가리키며 엄지손가락을 치켜세웠다. 점원은 몇 장의 신문지로 웍을 감싸고는 비닐봉지에 담아 묶어줬다.

페낭에서 돌아오는 길은 쿠알라룸푸르를 거쳤다. 그곳에서 하룻밤 더 머물며 지인과 만난 뒤 대만으로 돌아왔다. 웍은 산 지 3일이 지나서야 비로소 집에 도착했다. 여행에서 돌아오면 보통 짐을 방 한 구석에 내려둔 채로 방치되기 마련인데 이번에는 달랐다. 곧장 웍을 꺼내 요리할 채비를 했다. 비닐봉지에서 꺼내 양배추잎을 벗기듯 신문지 포장을 벗겨냈다. 그러자 순식간에 인도의 향신료 냄새가 풍겼다. 틀림없이 페낭의 그 인도 가게에서 맡았던 냄새였다. '캉캉' 소리 덕분에 찾게 된 이 웍은 이국의 냄새와 분위기와 함께 바다 건너 타이베이까지 와서 나와 함께하게 됐다.

6. 차스의 문법

말레이시아에 한번 가보고 싶다는 생각은 몇 년 전부터 있었는데 드디어 가게 됐다. 모든 것은 싱가포르의 차스(茶室)[1]에서 만난 낯선 이와의 대화에서 시작됐다.

싱가포르의 카통 지구에는 80년 넘는 역사를 지닌 하이난차스(海南茶室)가 있다. 그곳에서 한 중년의 남녀와 합석을 하게 됐다. 한 할머니가 테이블을 돌며 작은 포장에 들어 있는 화장지를 팔고 있었다. 싱가포르에서는 구걸 행위가 법적으로 금지되었기 때문에 경제적으로 궁핍한 사람들은 그 대신 화장지 같은 생필품을 팔기도 했다. 그녀는 우리 테이블에도 왔는데 우리는 완곡히 사양했다. 할머니는 수없이 거절당하며 쌓인 울분이 폭발했는지 갑자기 우리에게 중국어로 화를 내기 시작했다. 하도 입이 험했던 터라 커피와 빵을 즐기던 가게 안 모든 손님들이 우리 쪽을 쳐다봤다. 할머니가 나가고 난 뒤에도 사람들은 숨죽인 채로 있었다. 천장에 달린 선풍기 돌아가는 소리만 들렸다. 가게 주인은 모든 상황을 목격했지만 표정은 태연했

---

1   중화권에서는 음료와 간단한 요깃거리를 파는 카페를 차스 또는 차찬스라고 부른다.

다. 분명 자주 있는 일 같았다.

　우리는 충격을 받은 나머지 아무 말도 하지 않았다. 잘못을 하지도 않았는데 얼굴이 뜨거워졌다. 다시 가게 안이 사람들 대화 소리로 시끌벅적해지자 맞은편의 여성이 썰렁해진 분위기를 녹여보려 우리에게 말을 걸어왔다. 그녀는 여행객의 옷차림이었다. 밝은 표정에 목소리는 낭랑했다. 그녀는 우리에게 어디서 왔는지 물었고 자기 이야기도 했다. 그녀는 싱가포르인이었고 남편은 홍콩인이었다. 나는 대만인이었지만 일행은 태국인이었다. 아시아 각지에서 온 네 명이 한 테이블에 모여 영어로 이야기를 나눴다.

　그녀는 어렸을 때 다녔던 중학교가 차스 옆에 있었다고 말했다. 홍콩에 시집간 뒤로 싱가포르에 올 때마다 꼭 이 차스에서 차를 마셨다고 했다. 그녀는 치앙마이의 커리면, 타이베이의 샤오롱바오와 우육면 등 아시아 여러 도시의 음식에 대해 이야기했다. 여행을 좋아하고 음식에 대해서도 관심이 많아 보였다. 그녀는 이 차스만큼은 예전과 맛이 거의 달라지지 않았지만 많은 싱가포르의 가게들이 변했다고 했다. 그러면서 동남아시아 화교들의 전통 음식이나 차스 문화에 흥미가 있다면 말레이시아에 가는 편이 좋다고 했다. 특히 페낭이나 이포 같은 곳들을 추천했다.

　며칠 뒤 차이나타운의 호커센터에서 이 부부를 다시 만났다. 싱가포르가 작다고는 하지만 타이베이의 2.5배 크기다. 우연히 만나기는 쉽지 않다. 아마 식도락을 좋아하는 사람들은 가는 곳도 비슷한 모양이다. 그녀는 우리에게 오징어완자가 들어간 탕 한 그릇을 추천했다. 먹어 보니 맛있어서 그녀에 대한 인상은 더 깊게 남았다. 세상에 갈 만한 곳이야 많지만 실제로 가기 위해서는 계기나 인연이 필요하다. 취향이 비슷한 사람의 추천은 충분한 동기가 된다.

*

싱가포르를 여행하다 보면 전통 차스는 거의 찾아보기 어려워졌다. 대부분 이색적인 관광지로 여겨진다. 여기저기서 쉽게 찾을 수 있는 것은 보통 체인점이다. 조금 전 언급한 카통의 차스 역시 벽에 '헤리티지 히어로(Heritage Hero)'라는 칭호가 장식되어 있었다. 마름모 꼴의 연녹색 타일 바닥, 대리석과 원목 다리로 구성된 원형 테이블, 동남아 스타일의 구부러진 나무 의자, 거기에 더해 냉담한 접객 태도까지 모든 것이 문화유산이었다. 2년도 되지 않아 이 가게 역시 조용히 문을 닫았고 또 하나의 영웅이 역사로 남았다.

그에 비해 말레이시아는 차스가 적지 않다. 길모퉁이마다 한 곳씩 있을 정도였다. 이번 여행은 쿠알라룸푸르와 이포를 거쳐 페낭까지 가는 여정이었다. 그러면서 열 곳 이상의 차스를 들렀다. 그곳 차스에서는 서민적인 활기를 느낄 수 있었다. 과거가 아닌 현재진행형이었다. 20세기 초반의 느낌이 나면서도 현대적인 취향에 맞춘 부분도 있었다. 나는 옛스러운 것을 좋아하기 때문에 이러한 노포를 방문하면 편안함을 느낀다. 앞으로도 그곳에 계속 활기찬 모습으로 남아있기를 바라는 마음이다.

자리에 앉으면 먼저 음료수를 주문해야 한다. 차스에서는 커피와 홍차 이외에도 차갑고 뜨거운 각종 음료가 제공된다. 점원이 다가와 "물은 어떻게 드릴까요?"라고 묻는다면 음료 주문을 받는 것이다.

음료 카운터에서는 음료 이외에도 토스트도 팔고 있다. 빵 사이에 달달하고 눅진한 카야잼을 바른 토스트다. 이밖에 반숙 계란도 있다. 흰자조차 완전히 굳기 전의 삶은 계란인데 껍질을 깨뜨려 접시에 담으면 물렁거리며 움직인다. 여기에 후추를 뿌리고 간장을 약간 부어 후루룩 들이마시거나 구운 토스트를 찍어 먹는다. 커피나 차를 한 잔 더하면 로컬에서 흔히 볼 수 있는 조식 세트가 된다.

차찬스(茶餐室) 공간은 다른 노점에 빌려줄 수도 있다. 예컨대 쿠알라룸푸르의 '레이훙차빙스(麗豐茶冰室)'는 건물 준공이 1953년이다. 이 차스와 인도 사이에는 노점이 들어서 있는데 이곳에서는 니우난몐(牛腩麵)[2], 지스허펀(雞絲河粉)[3], 차퀘티아우, 차슈, 각종 볶음 요리를 판다. 노점에서 주문을 한 뒤 차스에 들어가 자리를 잡고 먹을 수 있다.

한낮의 더위를 피해 페낭의 '허핑차찬스(和平茶餐室)'에 들어가 잠시 쉬려 생수를 주문했다. 주인장 아저씨는 뭔가 아쉬운듯 우리에게 재차 물었다. "로박 먹어보지 않을래요? 굴전은 어때요? 우리 가게는 제법 유명하답니다." 열심히 말을 걸며 노점의 장사를 도왔다. 말

---

2   우삼겹 국수.

3   닭고기를 얇게 썬 허펀.

레이시아에서 '루러우(滷肉)'는 일종의 튀김 모듬이다. 대만의 루러우와 이름은 같지만 내용이 다르다. 그 중 중요한 하나는 대만의 께꿍(雞捲)과 비슷한데 두부피로 고기를 말아 튀긴 것이다. 굴전은 푸젠 스타일인데 굴과 계란을 밀가루 반죽에 넣어 굽는다. 비교적 건조한 편으로 대만의 어아젠(蚵仔煎)의 고구마전분처럼 끈적거리는 식감은 없다.

오늘날의 '공유 경제'는 신흥 인터넷 플랫폼이 만들어낸 비즈니스 형태를 말한다. 그러나 차찬스를 잘 관찰해보면 공간을 노점상에게 공유하며 서로 의지하고 공생하며 번영을 꿈꾼다. 이것은 공유이고 경제이며 인간미까지 넘친다.

*

차스는 치러우(騎樓)[4]를 향해 있다. 보통 에어컨은 없지만 천장에 커다란 선풍기가 달려 있다. 바람이 잘 통하기 때문에 생각보다 덥지 않다. 차스 안의 사람들은 한가롭고 여유로우며 쿨하기까지 하다. 많은 경우 차스는 아침 일찍부터 문을 열어 하루 종일 수많은 사람들에게 모임과 휴식의 장소를 제공해준다. 나는 사람들 관찰하는 것을 좋아한다. 이곳에서 차를 한 잔 마시면 다양한 인간군상을 관찰할 수 있다.

---

[4]   남중국식 아케이드 양식 구조물로 무더위와 비를 막아준다.

한 번은 이포의 구시가지에 있는 톈진차스(天津茶室)에 젊은 부부가 아이를 안고 들어왔다. 캐러멜 푸딩을 주문한 뒤 작은 스푼으로 천천히 아이에게 떠먹였다. 할머니들 몇 명은 테이블 두 개를 붙이고는 디저트를 한가득 올려놓고 마치 연료 삼아 먹어가며 수다를 떨었다. 대화 주제는 해외에서 유학 중인 아들이나 손자의 학업 성적이나 여행에 대한 것들이었다. '케다이 마카난 남형(南香茶室)'은 사람이 너무 많기 때문에 합석이 필수다. 혼자 지스허펀을 먹던 여성은 왼손으로 스마트폰을 만지작거리며 오른손으로는 젓가락질을 하고 있었다. 그릇을 비우자 힐끗 올려다보고는 토스트 한 접시를 추가 주문했다. 홀로 많은 이들에게 둘러싸여 있지만 주위 시선은 의식하지 않고 스스로에 집중하는 듯했다. 일이 끝나고 3평 남짓의 작은 원룸 안에서 스마트폰으로 음식 배달을 시켜 먹는 그런 고독과는 다른 차원이었다. '신위안룽차스(新源隆茶室)'에서는 두 명의 할아버지가 마주 앉아 천천히 말을 주고 받았다. 중간중간 말의 여백이 있었고 둘은 사색에 잠겼다.

차스에는 음악이 없지만 소리가 멈추는 일이 없다. 불길 치솟는 소리, 웍에 국자가 부딪히는 소리, 점원들 목소리, 사람들의 대화 소리가 끊이지 않는다. 드라마의 한 장면 같다. 여러 곳의 차스에서 엿들은 사람들의 대화 내용에서 깨달은 것은 나이 든 남자들은 보통 옛 추억에 대해 이야기 하고 여자들은 대체로 눈 앞에 있는 것에 대한 이야기를 한다는 점이었다.

차스는 좋은 곳이다. 대만에도 동네에 차스가 있었다면 세상 돌아가는 이야기에 어둡지 않을 텐데 말이다. 우리는 스스로 음식을 고르는 것을 너무 좋아한 나머지 장소를 옮겨가며 조금씩 먹는다. 예를 들어 타이베이 다다오청의 자성궁(慈聖宮) 앞 먹자골목에는 양철로 된 접이식 테이블이 가득하다. 테이블 위는 파이구탕(排骨湯)[5], 샤위옌(鯊魚煙)[6], 셴저우(鹹粥)[7], 돼지 간 튀김, 볶음밥 등 여러 노점에서 산 음식들로 채워졌다.

차스에는 오래 있을 수 있다. 석재 상판으로 된 나무 테이블에 등받이 나무 의자는 노점보다 편하고 음식 종류도 더 많다. 도시의 카페에서 사람과 만나 시간이 길어질 때면 돈을 더 쓰기 싫은 것은 아니지만 버터, 설탕, 케이크와 파이 같은 것들을 계속 먹는 것은 속에서 받아주지 않는다. 그럴 때마다 생각난다. 따뜻한 밥이나 고기가 들어간 국물을 먹을 수 있다면 얼마나 좋을까? 목이 마르면 차가 있고 배가 고프면 요깃거리가 있다. 짭짤한 것을 먹고 나서 단 것도 먹을 수 있는 곳. 그런 곳이 차스 아닐까?

한번 상상해 보자. 대만의 한 주택가에 가게가 하나 있다. 좌석은 30~40개. 고객은 동네 주민들이다. 따뜻한 차와 커피를 내리고 대만식 빵도 판다. 예컨대 파가 들어간 빵, 소보로빵, 땅콩버터크림빵 같은 것들이다. 가게 주변에는 몇몇 노점이 들어서 있고 제대로 된

---

5   대만식 갈비탕.
6   훈제 상어고기.
7   짭짤하게 간을 한 죽.

먹거리들을 판다. 스무위죽[8], 우육면, 루러우판, 지러우판[9] 같은 음식들. 혹은 러우위안(肉圓)이 들어간 미가오(米糕)나 과일 모듬, 빙수와 더우화 같은 것들이다. 만약 이런 환경이라면 홀로 쉬며 시간을 보내는 것도, 사람을 만나는 것도 모두 가능하다. 기본적인 먹고 마시는 욕구를 충족하면서 말이다.

*

상상은 여기까지, 다시 차스 이야기로 돌아가자.

  현지인이 아니라면 말레이시아의 차스에서는 먼저 메뉴 읽는 법부터 배워놔야 한다. 그렇지 않으면 원하는 것을 주문하지 못할 수도 있다. 홍콩이나 마카오의 차찬텡(茶餐廳)에서 영어를 음차해 만든 메뉴들을 이해해야 한다. 이를테면 콩시 만지(클럽 샌드위치), 암릿(오믈렛), 야우짐뭐(버터 잼 토스트) 등이다.

  그러나 민난어를 할 수 있는 대만인에게 싱가포르, 말레이시아의 차스 메뉴는 모국어에 가까운 발음이기 때문에 멀지만 가깝게 느껴진다. 마치 타향에서 옛 지인을 만난 것처럼 말이다(싱가포르나 말레이시아 화교들은 대만과 마찬가지로 중국 푸젠성 남부 출신들이 많다).

---

8   갯농어로 만든 어죽.
9   닭고기 덮밥.

먼저 차스는 코피티암이라고 부른다. 코피(kopi)는 커피란 뜻이고 티암(tiam)은 민난어로 가게를 뜻한다. 차는 '테(teh)'라고 부르는데 이 역시 민난어와 같다. 코피오(Kopi O)는 블랙커피에 설탕만 넣은 것이다. 코피 뒤에 붙은 오는 '톈오오(天烏烏)'라는 동요에 나오는 바로 그 검다는 뜻의 오(烏)자다.

차스의 문법은 하이브리드이며, 음식은 퓨전이다. 예를 들어 토스트에 바르는 카야잼은 서양에서 전해졌다. 영국 식민지기의 커스터드 크림이 그 기원이다. 원재료는 계란, 우유, 바닐라, 백설탕이다. 동남아시아에서는 종종 계란 대신 더 풍미가 좋은 메추리알을 넣기도 한다. 우유는 코코넛밀크로 대체한다. 향과 관련해서는 바닐라 대신 판단잎을 넣으면 타로 향이 연하게 난다. 백설탕을 대신해 코코넛에서 얻은 팜슈거를 사용함으로써 카야잼이 토피에 가까운 갈색을 띠게 만들고 보다 다층적인 풍미를 만들어 낸다. 카야잼은 커스터드 부대를 떠나 독립해 완전한 동남아시아의 맛이 됐다. 동남아시아에서 나고 자란 새로운 음식이 된 셈이다.

차스의 문법은 이민과 식민, 원주민 사이의 충돌과 융합을 거쳐 새로운 전통으로 거듭났다. 이 같은 융합의 결과물은 결국 일상적인 것이 됐다. 대만인에게도 기시감이 있는 장면이다. 대만의 량몐을 예로 들자면 면은 푸젠의 누런 칸수이몐(鹼水麵), 소스는 즈마장(芝麻醬)[10]이다. 같이 딸려오는 국물로는 미소시루가 종종 등장한다. 결혼

---

10   참깨로 만든 소스.

식 피로연에서 전채 요리로 나오는 것은 대만풍으로 양념을 한 작은 전복과 우위즈가 곁들여진 모듬 사시미다. 조식으로는 더우장(豆漿)과 샤오빙(燒餅)[11]을 먹는다. 점심에는 이멘(意麵)과 피쉬볼이 들어간 국물에 데친 야채가 주린 배를 달래주고 저녁에는 베트남풍 파이구판(排骨飯)[12]이 상에 오른다.

＊

아시아 근대사에서는 천재지변과 인재에 의해 많은 사람들이 집단이민을 가야 했다. 바다를 건너고 험난한 운명을 넘어 살아남은 자들이 타지에서 새로운 생활을 이어갔다. 빈손으로 시작해 주어진 환경에서 적응하며 생존 방법을 찾게 된 역사가 차찬스의 음식에 응축되어 있다. 정치적인 힘을 발휘하는 것보다는 요리법을 연구하는 것이 더 쉬웠을 것이다. 민족간의 갈등이 빚은 아픔은 잊기 어렵더라도 음식으로써 융합하고 화해하는 것은 비교적 가능했을 것이다. 차스에는 곳곳에 서민들이 주체가 되어 만들어내는 자유가 있다. 자유의 소중함은 밥을 먹고 물을 마시는 것처럼 일상적인 것에 있다. 차스는 내게 그런 자유를 만끽할 수 있는 장소다.

---

11   중국 북부식의 빵.

12   갈비가 올라간 밥.

감사의 글

책을 마무리하는 단계에 접어드니 순간 황홀한 기분이 들었다. 나는 글을 쓰는 데는 아마추어다. 글쓰기를 늦게 시작했고 쓰는 속도도 느리다. 책에 담긴 어떤 문장도 어머니는 읽을 수 없었다. 만약 그녀가 아직 살아계셨더라면 나는 아무것도 쓰지 않았으리라. 본업에 충실하고 집에서 먹는 밥과 보내는 시간들을 즐겼을 것이다. 그렇게 세월을 흘려보내더라도 아깝지 않았을 것이다.

이 책이 출판된 2021년 봄으로부터 거슬러 올라가면 어머니가 돌아가신 지 꼭 5년이 지났다. 5년 동안 나는 그녀와 함께 보냈던 시간들이 마치 썰물처럼 빠져나갔고 계속 앞으로 나아가도 수평선은 도리어 멀어지는 것 같았다. 아무것도 남기지 않는다면 속수무책일 뿐이다. 그래서 이 책은 다소 물질적인 방식으로 바라봤다. 기억이 희미해지기 전에 과거에 있었던 광경들을 몇 만개의 활자에 담으면 일정 기간 동안이라도 보존해 둘 수 있지 않을까 하는 마음으로 말이다.

우리는 소음이 많고 불안정한 시대에 살고 있다. 이 책에는 집안의 어른들, 옛스러운 요리, 오래된 물건, 전통시장 등 '옛것'들이 어뚫게 생활 속에 닻을 내리고 안정감을 주는지에 대해 썼다. 시작은 단순했지만 다른 분들에게 조금이나마 도움이 될 수 있다면 그 역시 좋은 일이다.

원래는 에필로그를 쓰지 않으려고 했다. 그러나 쓰지 않으면 고마운 분들에게 감사의 뜻을 표할 수 없으니 후기를 빌어 마음을 전한다. 먼저 우리 어머니 커먀오비(柯妙比)와 외할머니 커라이아란(柯賴阿蘭)에게 감사의 뜻을 표한다. 시대를 잘 타고난 덕에 나는 이 두 사람보다 타고난 재능이 부족하지만 백배 이상으로 혜택을 받아 이렇게 글까지 쓰게 됐다. 만약 두 분이 자신들의 이야기를 쓸 수 있었다면 분명 훨씬 더 재밌었으리라. 그녀들의 아이로 태어난 것은 정말 행운이다. 하지만 이 책을 어머니와 외할머니에게 바친다고 말할 용기는 나지 않는다. 유년 시절부터 두 분과 함께했던 찬란한 시간들과 분에 넘쳤던 일상들에 비하면 책 한 권은 너무 보잘 것 없기 때문이다.

신인이자 까마득한 후배이면서 애독자로서 존경하는 대만 문학계의 국보급 선배들로부터 받은 소중한 격려를 바탕으로 앞으로도 열심히 매진할 것이다.

『상샤유푸간(上下游副刊)』의 구비링(古碧玲) 편집장께도 감사의 마음의 뜻을 표한다. 『상샤유』는 처음으로 내 글을 게재해준 매체다. 아마추어의 글을 창간호에 실어주신 대담한 결정에 감사드린다. 구 편집장의 지도 편달이 없었다면 이 책에 수록된 글 절반을 쓸 수 없었을 것이다. 또한 내게 『상샤유』를 소개해주신 천페이원(陳斐文)

씨와 차오리쥐안(曹丽娟) 씨에게도 감사의 뜻을 전한다.

위안리우(遠流) 출판사의 직원분들에게도 감사드린다. 여러분의 따뜻하고 세심한 배려와 보살핌 덕분에 마침내 책이 독자분들을 만날 수 있었다.

마지막으로 남편에게도 고맙다는 말을 하고 싶다. 오래도록 결혼은 두려운 것이라 생각했지만 잘 어울리는 짝을 만나면 걱정하지 않아도 된다는 것을 알게 해줬다.

2021년 3월 우구(五股)의 집에서
홍아이주

역자의 말

"대만에서 온 불량한 프랑스 친구 같다."

대만 타이베이의 한 철판요리 가게에서 두부 요리를 한입 베어 문 배우 김대명은 이 같이 표현했다. 나영석PD와의 대만 식도락 기행을 담은 웹예능 '맛따라 멋따라 대명이따라 대만따라'에서였다. 일본식 철판요리 가게에서 대만의 대표 식재료인 두부를 버터와 마늘, 파 등을 섞어 만든 프랑스 느낌의 양념으로 구워낸 요리. 그저 단순한 '먹방'으로 즐기고 넘어갈 수도 있지만 어쩌면 음식 너머 대만의 정체성을 잘 나타내는 장면으로도 보인다. 복잡다단한 역사가 빚어낸 용광로에서 탄생한 '퓨전' 말이다.

대만의 정체성은 단순하게 규정하기 어렵다. 복합적이고 다채로운 배경이 있다. 간단히 대만의 역사를 개괄해보자. 대만은 본래 크게 주목받는 섬이 아니었다. 말레이폴리네시아계 원주민들이 살았고 대만해협 맞은편 중국 대륙에서도 한족(漢族)들이 바다를 건너 이민 왔다. 이들은 제각각 흩어져 살았다. 그러다 대항해시대에 포르투갈, 스페인, 네덜란드 등 유럽 국가들이 대만섬에 관심을 가졌고 실제 지배로까지 이어졌다. 이후 명청교체기에는 정성공(鄭成功)을 필두로 한 명나라의 잔존 세력들이 대만섬을 점령했다가 다시 청나라에게 지배권을 뺏겼다. 19세기 후반부터는 청일전쟁에서 승리한 일본에게 넘어가 반세기 동안 식민 지배를 겪는다. 제2차 세계대전이 끝나고 광복 이후에는 공산당을 피해 중국 전역에서 사람들이 몰려들었다. 대만 사회가 다양성을 갖게 된 배경이다.

이 같은 역사는 자연스레 식문화에도 영향을 미쳤다. 인구의 절대다수가 한족이기 때문에 중화요리가 주를 이루지만 역사적 사건들을 계기로 중국 전역의 요리들이 대만에 전파되고 발전하면서 천태만상으로 진화했다. 열대와 아열대를 아우르는 기후 덕에 구할 수 있는 식재료는 풍부했다. 거기에 서양식, 일본식 식문화도 덧입혀졌고 동남아 이주노동자들의 유입과 함께 이국적인 향신료와 음식까지 들어오면서 한층 다채로워졌다. 대만에서는 모든 것이 '외래(外來)'였다. 그래서 모든 것에 관대하다. 실험적인 융합이 가능하다. 이 같은 토대가 있었기에 대만은 전세계 미식가들에게 주목받게 됐다. 2025년 1월 기준으로 미슐랭 가이드에 등재된 대만의 레스토랑 수는 348곳이다. 229곳이 등재된 한국보다도 많았다.

홍아이주의 『먹방과 추억』에는 이 같은 서사가 담겨있다. 단순한 음식 이야기가 아니다. 저자는 음식과 관련된 여러 대에 걸친 가족들 이야기로 대만의 현대사를 따라 생생한 풍경들을 그려냈다. 1983년 생임에도 불구하고 '복고풍 소녀의 쇼핑리스트'라는 뜻의 원제 『老派少女購物路線』에서 알 수 있듯 옛스러운 대만의 식문화까지 소개했다. 저자는 수백년 전부터 대만에 건너온 한족인 본성인(本省人)

집안이다. 국공내전에서 패해 장제스(蔣介石)와 함께 대만으로 이주해 온 외성인(外省人)과 성격이 다르다. 저자가 스스로 모국어를 표준 중국어가 아닌 푸젠성(福建省) 남부 방언인 민난어(閩南語)라고 쓴 이유도 이와 관련 있다. 본성인들은 푸젠성 출신이 많았는데 1945년 해방 전까지는 표준 중국어를 거의 하지 못했다. 일본을 몰아내고 대만섬을 접수하러 중국 대륙에서 넘어온 국민당 군인들이 의사소통에 애를 먹었을 정도였다. 대만에 중국 대륙과는 또다른 문화적 토양이 형성된 배경이다. 제5부 '남양으로의 여행'에서 나오듯 역설적이지만 이들이 동질감을 느낄 수 있는 대상은 바다 건너 동남아시아에서 발견된다. 성공의 꿈을 안고 해외로 이민을 떠난 화교들이다. 싱가포르, 말레이시아, 태국 등의 동남아 화교 사회에는 푸젠성 출신들이 많다. 이 같은 중국 주변부의 이야기들은 한국 사회에 아직 많이 알려져 있지 않았기 때문에 더욱 소중하다.

역자는 10년의 연애 끝에 대만인 아내와 결혼했다. 그동안 대만 방문은 연례행사였고 대만 사회를 이해하고 싶어 직접 살면서 공부까지 했다. 그렇게 만난 대만은 항상 영감을 주는 존재였다. 음식은 맛있었고 참신했다. 사람들은 친절했고 시민의식은 높았다. 식민지배부터 군사독재, 산업화, 민주화 등 한국과 비슷한 역사의 궤적을 함께 해온 만큼 사회 전반적으로 참고할 점도 많았다. 최근 들어 한국에서도 대만에 대한 관심이 커지고 있다. 한해에만 100만명 가까운 한국인들이 대만을 찾는다. 앞으로는 그 물줄기가 더욱 강해질 것이라 믿는다. 이 책이 그 흐름에 조금이나마 기여할 수 있을 것이라 기대한다.

　마지막으로 이 책은 많은 분들의 도움과 조언이 없었다면 번역 출판하기가 어려웠을 것이다. 우선 항상 곁에서 무조건적인 지지를 해준 가족들, 특히 15년 전 대만과의 인연을 만들어준 아내이자 제주도에서 대만 찻집 '호임당'을 경영하고 있는 호후혜(胡厚慧) 대표에게 고맙다는 말을 하고 싶다. 좋은 책을 만나게 해준 〈마르코폴로〉의 김효진 대표에게도 감사하다는 뜻을 전한다.

2024년 1월 제주도에서

임락근

먹방과 추억 사이
타이베이 소녀의 푸드 스토리

1판 1쇄   2025년 1월 28일

지은이   홍아이주
옮긴이   임락근
편집   김효진
교열   이수정
디자인   최주호
펴낸곳   마르코폴로
등록   제2021-000005호
주소   세종시 다솜1로9
이메일   laissez@gmail.com
페이스북   www.facebook.com/marco.polo.livre

ISBN   979-11-92667-79-9